国家级一流专

溪畔清音

XIPAN QINGYIN

贵州大学文学院

学生原创作品大赛获奖作品集（七）

主编◎谭德兴

图书在版编目（CIP）数据

溪畔清音：贵州大学文学院学生原创作品大赛获奖作品集. 七 / 谭德兴主编. -- 贵阳：贵州大学出版社，2023.10

ISBN 978-7-5691-0819-4

Ⅰ. ①溪… Ⅱ. ①谭… Ⅲ. ①诗词－作品集－中国－当代②散文集－中国－当代③小说集－中国－当代 Ⅳ. ①I217.1

中国国家版本馆CIP数据核字(2023)第184031号

溪畔清音

——贵州大学文学院学生原创作品大赛获奖作品集（七）

主　　编：谭德兴

出 版 人：闵　军
责任编辑：陈婷婷　江　琼
装帧设计：陈　丽

出版发行：贵州大学出版社有限责任公司
地址：贵阳市花溪区贵州大学北校区出版大楼
邮编：550025　电话：0851-88291180
印　　刷：贵州思捷华彩印刷有限公司
开　　本：889毫米×1194毫米　1/32
印　　张：10.25
字　　数：247千字
版　　次：2023年10月第1版
印　　次：2023年10月第1次印刷

书　　号：ISBN 978-7-5691-0819-4
定　　价：66.00元

/ 主　编 /

谭德兴

/ 副主编 /

赵永刚　吕　维　郭付利

/ 编　委 /

林　华　黄　海　郑国周　李　敏

目　录

一 等 奖

二 等 奖

三 等 奖

优 秀 奖

目 录

一等奖

一等奖

妈　妈

汉语192班　何　敏

我来的时候
什么也没带
妈妈却以为我怀揣着爱

笨手笨脚的不只是我
还有我的新手妈妈
头发乱得像春天里的迎春花
我在踉踉跄跄里长大

从农田里回来
你总会先磕掉鞋上的泥
这泥土，是你寸寸辛苦
薅草、锄地、做饭、洗衣
这是你的一辈子
从田野到家

这是你走过的路
妈妈是偷面粉的贼，脚底留白

妈妈的无望，就像田里被割掉的高粱
满心欢喜地种下，守着它发芽、长大、被割掉
她的期盼和悲伤都在这片土地上流淌
她的青春也在这片土地上荒芜
我却在这片土地慢慢长大
我像藤蔓依附——肆意妄为
妈妈这棵大树，永远不会倒塌

半字不识，卖掉劳动力的你
供养起田字格里歪歪正正写下的“家”
我以为一个农村妇女的眼界不足一口井高
但她内心却允许一场大雪、一场暴风雨、一场泥石流爆发
内心空荡荡，无聊也只会望着田野的妈妈
就像望着自己的孩子般深情
我是她的孩子啊

我走的时候
妈妈眼睛里一定有两个我
她不会让泪流下来
无奈、挥手、道不尽的别离
高粱一年都长两次

可我就像妈妈的春天

一年只来一次

我，羞愧

我是她的孩子啊

小城往事

汉语 2004 班　姚晓庆

裹着网纱的建筑物直直地立在路旁，平坦宽敞的柏油马路平铺在街道上，崭新的白色路灯和携带着新鲜泥土的小树整齐地排在两边。光从斜前方投过来，轻抚着这些新物件，模糊的影子里显现出了岁月的痕迹。十年前，小城还是另一番模样。而那座留在脑海里的小城，藏匿了许多往事。循着光影望去，陈旧的气息便扑面而来。

那片土地

土地陪伴了一代又一代的人。老一辈的大半光阴都在土地里，手上有泥土的清香，脚下有泥土的残迹。小一辈儿时的回忆也在那片土地里。

外公扁担的一侧挂着个小孩，从家到田里的路程，小孩瞧见了土地养育的万物。长锄头时而埋进土里，时而杵在空中。短锄头偷着闲，懒洋洋地在小孩脚边躺着。忽而小孩学着外公的模样，在田边挖着外公口中有害庄稼的杂草。但小孩不懂使用锄头的技巧，片刻后便用双手扯草，草是拔出来了，这人也和土地紧紧黏在一起了。到了饭点，祖孙两人踏着暖烘烘的土地回家。

外婆的背篼里始终装着小孩，颠簸的路上，小孩顺手扯了一根狗尾巴草，拿着它时不时挠挠外婆的后脑勺。被说了几次的小孩噘着嘴，把草丢在了路旁。回去的路上，外婆会去小水沟里洗洗靴子，小孩也会趁机玩玩水，最后不情愿地被拉着回家。

四个小孩约定去田里探险，好奇心在此刻冲破害怕的薄膜。她们拾根断枝，一前一后地在田坎上走着，走过横在田间的石头柱子，偶然走进了一片点缀着粉红花朵的树林，也从坟堆旁路过，也从拴着恶狗的门口路过，也从树干上看过不一样的风景。

四人原路返回，一条黑狗立在前面的路口，小孩们跟黑狗对视后撒腿就跑，黑狗紧追在后，叫嚷着。黑狗朝着两个小孩跑去，有个小孩哭着摔在了地里，另外两个离黑狗稍远的小孩，鼻涕和眼泪挤在两张脸上。紧要关头，狗主人赶了出来，拉住了狗。探险之路以险结尾。

家后面的这块土地上，长着挂满果子的树，长着能喂饱许多人的庄稼，长着清澈见底的小水沟，也长着能酿出蜜的往事。

春节

春节，新旧交汇，诸事宜。忙于生计的人，迎来一年中能够稍作休息的日子，好久未见的亲人跨越大半个中国，终于从远方回到故乡。

小脑袋瓜往墙边慢慢挪动，手紧紧抓着木门，透过门缝斜着看，不似方才那般活蹦乱跳，盼了整整一年的父母真的出现在转角路口。如今当真见着了，小孩却不敢亲近了，害怕、羞涩、紧张等心情交织在一起。一双拿着新衣的粗糙的大手出现在眼前，小孩先是藏在外婆身后，过一会儿才伸手接过新衣。亲情是足以与时间抗衡的，一个热烈的拥抱、几句关怀的话便缩短了父母与小孩之间的距离。

春节前总是繁忙的，长辈忙着增添年货，小孩忙着偷尝年货。高挂的红灯笼、摆满花生瓜子和酒水饮料的杂货铺、穿着新衣提着好几个大袋子的行人，这些专属于春节的标签通通贴在大街上。

鞭炮声从紧贴着耳朵的手指缝中传来，不一会儿，声渐止、烟终散，年夜饭便开始了。圆桌上挤满了菜盘子，小孩碗里的菜差点就要挣脱碗的怀抱了，厚重的电视机里装着精致的晚会主持人，屋里的欢笑声一阵接着一阵。

黑夜逐渐浸染天空，静悄悄的街道传来舞龙灯的声响。这类热闹声总是轻松爬进小孩的耳朵，赶忙循着声音跑去，只见一条巨大的龙灯在舞龙人手上宛如一条从天而降散发着光芒的真龙。尤其是龙头部分，眼睛、胡须、牙齿等都栩栩如生。小城有着这样的传说：除夕夜，从龙尾绕回龙头的人都会在新的一年平安顺遂。未能学会走路的小孩由大人抱着绕龙灯，能走路的小孩则与同龄人结伴绕龙灯。

农历正月十五，算作春节的最后一天。人们先是与亲人好友告别，接着怀恋那段时光，继而又各自奔赴忙碌的生活旅途。

祈　福

农历六月十九是观世音菩萨的生日，对于小城的人来说，这是较为隆重的一次盛会，大半个城的人都会来到寺庙，提前备好香纸和贡品，带着虔诚的真心，祈求菩萨保佑全年无灾、家人安康。

小孩总是爱热闹，没有缘由地偏爱新鲜的事件和人多的日子。平日里，小孩的眼睛直直地盯着电视机，一分钟还吞咽不完一口饭，生怕错过动画片中的任何一个关键时刻。今日，小孩没吵着看电视，反而催着大人少说话、快吃饭，自个儿恨不得将一碗饭全部灌进嘴里。长辈一句接着一句的唠叨声终于停了，晚饭时间也差不多结束了。

寺庙入口旁开始热闹起来了，卖香火、冰凉粉、热肠等物品的小贩涨红了脸吆喝着，前来祈福的人挤满了，空气中满是香火的气味与温度。

迈过门槛、点燃香纸、置于盆中、双手合拢、微微鞠躬，祈福的流程大致完成。小孩虽不懂，也模仿着大人作揖，小声嘀咕，许着让成年人捧腹大笑的愿望。

夏日的夜晚总是姗姗来迟，趁着太阳还未完全西沉，小孩便吵着要去爬山。大人的快乐留在寺庙，小孩的快乐则寄于后山。儿时带有特殊符号的经历，总会在时光里发酵成专属于小孩的甜蜜回忆。在狭窄的山路上，人与人之间的距离缩短，碰面的人时而颔首微笑，时而热情问候。小城很大，许多人都不曾见过；小城很小，来往的人仿佛都彼此熟悉。

年年今日皆想着，爬山必定要抵达挂着旗帜的山顶，往往都因为天渐黑而放弃，总念叨着下次一定要抢在太阳落山之前赶到，不承想时间是一直大步往前走的，从不等人。

河　边

透过窗户望去，经历了十几个春秋的河流已经变得更加曲折，曾经的一大块石头地，现如今已有大半都隐入水中。岁月改变的不仅是人，亦是大自然。

阳光悠闲地躺在河面，带着阳光余温的风轻轻地拂过河水，似星河般的水面映入眼帘。

小孩拿上粉色的游泳圈，急急忙忙地跟着大人来到河边。寻一处空地，把衣物丢在一旁，套上游泳圈，脱掉水晶凉鞋，踩着硌脚的、有点烫的石头，朝着浅水晃晃悠悠地走去。河水的凉爽从脚下蔓延到全身，整天的燥热在此刻统统消散。

偶然碰到一两个邻居家的小孩，河边的笑声又多了一阵。不管在什么地方，小孩总能找到属于他们的快乐。几个小孩用手扒出一条歪歪扭扭的沙坑，当他们看到河水一点点汇入沙坑，把泥沙浸湿的时候，欢呼声立马盖过周围的聊天声和河水缓缓流动的声音。

余晖倾向水面，冷绿色与暖黄色重叠在一起，小城人的身上也浸染上了一层温暖的颜色。太阳夹在两山的中间，缓缓下落。

河水的温度渐渐凉了，小孩自然是不肯回家，大人先是和气地哄着，久了便免不了一顿骂。回家的路上，月亮已经慢慢爬上夜幕了，温柔的晚风灌满衣服，明亮的星挂在头顶上的夜空中。

那时，河边是大多小城人向往的地方，它为炎炎夏日带来了淡淡清爽。清澈的浅水刚没过小腿处，小孩在河边嬉闹，大人在旁边休憩，一天中最美好的时刻便是如此。

柿子树下

院子的角落有棵柿子树，小孩见过它繁茂的样子，也见过它凋零的样子，而它知道小孩年少的故事，也知道小孩长大的故事。

风暖暖地吹着，吹散了小孩前额的碎发，吹平了外婆眼角的皱纹，吹开了柿子树宽大而浓烈的绿叶。一老一小在柿子树下乘凉。

秋天到了，捎着些许寒意的风吹着，吹落了枯黄的树叶，吹走了流逝的岁月，一老一小在柿子树下摘果。

一年光阴里，小孩最欢喜的便是在柿子树下荡秋千。

外婆从杂物堆里找出一根粗大的麻绳，小孩抱着搓衣板跟在后面。麻绳绕过柿子树的枝干，分别与搓衣板的两侧绑在一起，简易的秋千就制作完成。

小孩的屁股轻靠上去，脚紧抓着地面，双手用力握着麻绳，外婆在后边轻轻地推着，树叶时不时从头顶飘下来。

小孩的个头稍微长了些，再荡秋千时，胆子也随着年岁的增长逐渐大了起来，脚蹬着地面，晃动的幅度越来越大，树干与麻绳的交界处发出嗞嗞声。

在柿子树下，一老一小的影子被拉长再缩短，岁月就这么静悄悄地卷走生命中一个又一个难以停留的胶片。

四季轮回，柿子树下，故人已逝。

如今离别已是寻常之事，我们却总悲痛年岁渐长而韶华易逝，或深感未来迷茫。不如从往事中汲取前进力量，为此执笔，以奋斗题名，以韶光不负作句，博学笃志，定会摘得最终的勋章。

走向华北平原

汉语2103班　温　馨

有人一辈子守在大山，有人用一生走向华北平原。

——题记

“叔叔婶婶，他呢？”全屋人的目光都投向这个年轻女孩，她穿了件碎花棉袄，梳了麻花辫，手里拎着大包，笔直地站在门口，像一棵树一样。因为路赶得急，她的口里还哈着白气。屋里没人发话，张志宽一袋一袋地抽着旱烟。

又过了有半天，张志宽抬起浑浊的眼睛，望向摆在桌子中央那已经被撕得见底的日历。是了，还有两天便是儿子退伍回来的日子，他做了这么多年会计，不会算错的。

一

张建州是他的小儿子，是最像他的一个孩子，也是唯一一个留住了的儿子。“文革”时搞批斗，难为他在家里的妻子，他便拒绝了首长给的升职机会，从部队回到了河北省承德县三沟镇北杖子村的大山。而今他的小儿子又到部队去了，还当了排长。他走在路上，时常满意地享受着村里人尊敬和羡慕的目光。“石家庄陆军指挥学院”，夜里躺在床上，他默念着这几个字。这是儿子所在的部队，他骄傲地咂摸着。

“建州——建设华夏九州”，他笃定地相信儿子将来必有一番作为，“就叫建州吧！”他一锤定音。瑞宣推开门，急急撂下书包：“爸，这是弟弟？”木门在她身后吱吱呀呀地晃动着，回应着她因为激动而用力的动作。“你可回来了，下了学也不知道快点回来帮我做饭，妈还得歇着呢！”瑞玲的语气佯装严厉，脸上却没有一点儿对妹妹的责怪。

张志宽看看两个女儿，又看看还在襁褓里的小儿子，虽然四壁都是土墙，他却觉得这个破屋子发着光。“文革”结束了，这是1976年的秋天，张志宽觉得，这也是自己一生里最美好的一个季节。

张建州一天天地长起来，刚提得动刀便被父亲要求早训、晚训，马步一扎就要扎半个钟头。张志宽过分地爱着他，但他的爱并不是宠爱、溺爱，他常常对儿子讲自己早年在军队的经历，队友们如何团结，在部队要如何吃苦、如何生活。当儿子问他“什么是军人？为什么要参军？”的时候，他便说：“军人是最崇高的职业，现在国家需要军人，是男子汉就不能被困在这个大山里，就要去参军，就要做男子汉该做的事情。”其实他也并不完全想明白了“男子汉”和“军人”的关系，也并不十分清楚成为一个军人是否是男子汉都要做的事情，但在儿子身上，他便觉得二者之间被架构起了不可分割的联系。从部队回来后，他的心里还燃着一团熄灭不了的火，儿子的出生将这团火烧得更旺，烧满他整个胸膛。但作为一个读过不少书的“知识分子”，他偶尔也会想，如此自我地规划儿子的人生是否不妥，也许他将来不适合或者不愿意当兵呢？但这个想法很快被他心中的火遮了过去，“子承父业，子承父业，这自古便是应该的”，他很快说服了自己。

“志宽，你是村里念书最多、最有文化的，现在支部又评了你做会计，这回去县里开会，你去吧！”村长隔着张志宽家低矮的栅栏冲他喊，他平时觉得张志宽清高、不好相处。支部里开会时别人都巴结他、顺着他，张志宽却不，而且老说些他听不甚懂的话，什么文化建设之类的。道不同不相为谋，这两人在心底里互相瞧不上对方。村长的瞧不上是小肚鸡肠，张志宽却是真的清高，对人总是一副诚恳却又不好接近的态度。但这时候，村里要出一个代表去县里开会，他第一个想起张志宽，想着他可以用那些虚无缥缈的话唬一唬县上的领导，给村里挣些脸面。因此他说这话时，语气里不自觉地带了对张志宽的谄媚。

张志宽没多想就应了下来，他也不愿在这种小事上多想。

而就在他去县上开会的这半个多月里，他的小女儿出生了，家里托人去给在县里的他报信儿，要他取个名字。“应该跟建州一个字辈”，他在脑子里盘算着，“是个女儿，叫建莉吧！”“莉代表一种很香很美的花，草字头是四面八方的意思，莉这个字是希望她在四面八方都顺顺利利。”他向来人解释道。传信的人自然不懂他的这番言论，只听懂了最后的“顺利”。“好名字，是好名字！”来人夸赞道。

从县里回来后，他先回了家。他给儿子女儿买了一些吃食，给妻子买了一件衬衣，兜里的钱已不够他再给自己买些什么，他也想不起来这回事。给孩子们买的栗子，每人分一个，分了两三轮袋子就空了。他抱歉地看看空袋子，又抱歉地看看孩子们，不作声地把孩子们分给他的栗子又塞回每个孩子手里，就转身去村支部了。

“建小学？”村长喜得从凳子上站了起来，“建小学好哇，县里有没有说给批多少钱？”他心中想，张志宽果然有两手本事，上次他去县里开会可是碰了一鼻子灰，说他不把心思放在村民身上。这回张志宽竟能够说服县领导给村里建小学，小学固然是要建的，但绝对花不了那么多钱，那么剩下的钱……他高兴得浑身发痒，身子也朝张志宽的方向靠拢了一些。张志宽的语气里却带着十分的清明：“村长，县上给批的钱都是要用来建学校的，县领导是要我记明白账的。若是用不完，要返回县里；若是不够用，县里还会给再批。”村长感觉自己被他看穿了，又碰了个实打实的钉子，不由得恼了几分。但他很快换上一副笑脸：“志宽，小学是要建的，你看之前县里给批的款子，不也都是用来建设了嘛……你看这样怎么样，具体多少就不告诉支部里那些人了，剩下的，我们对半分。不！你六我四……”村长似乎是咬着牙说出了这段话，却被张志宽打断了：“不，村长，我建议明天就开个支部会议，大家一起规划规划这笔钱如何建小学，怎么才能建得又好又节省。”他像是没听见村长的关于分钱的意见。

“建州，过一阵子，你就在村里上学，你该去上学了。你姐姐们也回来上，不用再去十几里外的镇上了。”回到家，他看了看等在门口的儿子，对他说道。妻子帮他整理好脱下来的外衣：“建小学？村长能乐意吗？之前他就不少为难咱们家。”“这事固然有再多人不乐意，为了孩子们，为了这个村的未来，也必须去做。”张志宽一板一眼地回复妻子。“那记工分的时候他……”张志宽已经转身走进屋，听不见妻子后面的话了。他整体上是善解人意的好丈夫、好父亲，但他也时常认为，自己在一些事上要有绝对的主导权和决策权，这时的他可以说是油盐不进的。

“爸，你是在哪当的兵？”“天津和昌黎都待过。”“天津？天津在哪啊？”“往后你学中国地图就知道了，天津在华北平原。”“爸，你一直都在天津当兵吗？”“五九年那会在西藏平叛。”“西藏……”“你往后学了中国地图就知道了。”这样的对话经常在父子之间展开，张志宽很乐意向儿子讲起在部队的经历，却总刻意避开离家参军这一事实。儿子很恋家，依恋姐妹和母亲，张志宽这样认为。更多地，他怕儿子步他的后尘，囿于亲情而不能出去做一番事业。这时候的张志宽觉得，在家里待着是不能有出息的，要有出息的第一步，就是要走出家门，走出这片大山。他惯于靠一遍又一遍的默念说服自己，这个法子很有效。

小学在村长及其党羽的万般阻挠下还是建成了，他们已经使出吃奶的力气，却没想到张志宽能一毛不拔到这个程度。从开始的在会议中明里暗里地不配合、投反对票、使绊子，到后来建设过程中故意拖延、试图偷工减料，又找出许多借口，诸如找不到老师、学生去上学家里农活没人干之类的，甚至在小学建平房的时候，他们还合伙试图从工人处下手，想从中间揩油——以请工人吃饭喝水的由头想多记支出，各种途径拉拢工人，希望找机会换便宜材料。但是张志宽永远义正词严，在会上他掷地有声、条分缕析，说出的话像一记记重拳打在村长等人的脸上。他们使绊子，他就以报告给县里撤他们的职作恐吓；他们试图换材料多记账，他就从早到晚守在工地，每一批材料在用之前都亲自检验，每一笔账都坚持自己来记。如此一来，那段时间村里老少出门时，总能看见一个戴着帽子到处疾走的背影。目的没达成的村长等人自然是捶胸顿足、气急败坏，他们一边拿张志宽的固执没办法，一边在心里给他狠狠地记上了一笔。

建设小学的劳累使张志宽在军队落下的旧病复发，他病倒在了床上，错过了小学开班的仪式和第一堂课。但县里派下来的校长是个很敬仰张志宽的年轻人，从张志宽在县里开会时发表先进的、积极的言论开始，他就觉得这个村会计是个有思想、有作为的人物，这在当时在全县相对落后的北杖子村是非常难得的，张志宽让他看到了希望。于是在县里选派小学校长的时候，他没有犹豫地举了手。张志宽病愈后，校长找到他，表达了对他的敬意，说第一节课应由他来讲，希望他病好后能为学生们上一节课。张志宽却摆了摆手："年轻人的事情还是要你们年轻人来做，我不懂教育，但我会让我的孩子们去村里的小学上课。还望你们不要辜负我们这些村民的希望，不要辜负咱们村的未来。"他拍了拍校长的肩膀，没有因为他是校长就巴结讨好，亦没有因为他年纪轻就将他看扁，他谦逊地、恳切地，说着所有送孩子去上学的村民们的希望。回去的路上，校长一遍遍回忆着这位大哥并不丰富的几句话，他的心里大受感动。

"爸，我不愿意去上学了。"平稳的日子过了一阵，即将小学毕业的张瑞宣在一个晚上，手指绞着衣角，吞吐地对张志宽说。

“为什么？你想学你姐，只念完小学就不上了吗？”张志宽并没有第一时间动怒，他对女儿的温柔多于对儿子。“我不是读书的材料，课业我都跟不上……而且，爸，姐不上学也是因为……咱们家的日子……”瑞宣的声音渐渐小了下去。张志宽立刻明白了女儿的意思，他像是站在一口钟里被狠狠地震了一下。他回想起家里种种窘迫的情景，想起两个女儿曾在上学之余还要帮着做饭、砍柴、喂猪，想起还在牙牙学语的小女儿和明明正在长身体却只能经常喝粥还喝不饱的儿子。他的心里生出了愧疚，他比谁都清楚，这种比村里其他家更加困难的局面，除了因为家里人口多，最重要的原因是村长他们因为记恨他，明里暗里给下绊子的结果。他第一次深深地怀疑了自己：“让家人生活至此，这样真的对吗？”他的思绪冗长深沉，他点了一袋烟。抽完这袋烟，他抬头看到了还立在桌旁的女儿。“那么这样，”他以他能做出的最温柔的姿势拉过了女儿，“看看你考不考得上初中，如果考得上咱们就继续念，钱的问题你不必操心。我给人家记账，也有些额外的收入。如果考不上，我们就此不念了，但你要答应爸，要好好考，不能故意考不上。好不好？你听爸的，你听爸的。”他的语气越来越温情，最后夹杂着愧疚与哀求。瑞宣从来没见过说一不二的父亲这个样子，她本来想好的话突然都说不出口了。她看了看父亲，咬咬下唇，点了点头。

张志宽固然是希望女儿能去上学的，对瑞玲的辍学他一直觉得亏欠，这种亏欠在二女儿瑞宣同他说自己也不要上学了的时候，终于达到了顶峰。他时常看着瑞玲的小学毕业证书，心想，已经是改革开放的好时代了，瑞玲是个聪明的孩子，要是也能多上几年学，一定有更好的出路。他不免时常在无人处落下泪来。张志宽的心情非常复杂：一方面他觉得，瑞宣应是学习的材料，从她一直担任学习委员这一点来讲就不会有错；一方面他又想起曾经对女儿夸下的海口，说钱的问题不要她担心，可瑞宣去上学就意味着家里少了一个人干活，还意味着要多一笔书费的开销，这担子压在他肩上无疑是沉重的。

二

像冬日早晨的太阳一样，这时照着张志宽家的阳光是冷漠的、缺少温度的。

张志宽家的这种窘迫，村里其他人也很快有了体会。平素，村里有哪个人家娶媳妇或是老人去世都会请张志宽来主持，如同村长所说的那样，他确实是全村比较有资格的人里最有文化的一个。包括逢年过节人们来家里求张志宽的一副对联，他都欣然应允，且这些从不收费。而最近村民们发现，张志宽开始同其他写字的人一样，要“润笔费”了。但他们还是愿意给他一些润笔费的，他毕竟是他们能找到的事情主持得最漂亮、对联写得最大气的人。给的也不多，几个鸡蛋，一块肉或是几分钱。这对张志宽来说却非常犯难，他因此在办事时给人家尽更多的心力，办好后嗫嚅着张不开口向人家讨要“润笔费”。这对张志宽来说是从前从未经历也没有想过的，举手之劳的事情还要收人家的钱，且都是低头不见抬头见的乡亲，这在他看来，像放下尊严跟人家乞讨那么令他难堪。

无论如何，这种事情多了，张志宽的处境稍微不那么难挨了一些。一方面是润笔费起到的作用，一方面是村长阵营里有心软的人实在看不下去了，对村长吹耳边风："张志宽家日子眼看着一天比一天难过了，克扣工分的事情我们就少做一点吧……他人是固执了一些，可事情都过去那么久了，都是乡里乡亲的，也不至于就要他们的命吧……"看着张志宽放下面子收润笔费，村长也动了恻隐之心，他只是想给张志宽教训，从没想过要他家里都跟着一起活不下去。想想事情也确实过去很久了，钱铁定是拿不到了，继续对张志宽发难也没什么作用，便作罢了。

日子就这样平淡而拮据地一天天过下去，二十世纪七十年代实行家庭联产承包责任制之后，村里陆陆续续盖起了砖房，镇上条件更好的人家还自己盖起了小楼，但张志宽家还是土坯房。学了中国地图的张建州时常在教室里贴的地图上，拿着放大镜找——北杖子村，找不到；又找——昌黎，也没有。天津！有天津，建州踮着脚感到了一些亲切。他知道自己的家乡是河北省，天津和河北离得那么近，他感到了一些温暖。他从心里并不害怕去当兵，对父亲提起的军旅生活，他觉得陌生而好奇。他还去问了老师是不是男子汉都要当兵，老师回答他如果有远大志向，当兵是好的选择。小小的建州自认为心里有志向，从跑步都要跑过全班所有人开始，他更加笃定，他未来是要去当兵的。建州常在下课后面对着大山远望，"你看啥？"下学回来的瑞宣推推他。"爸说他在天津当过兵，天津在咱的大山外头。"建州依旧看着山的另一边，夕阳落下去的方向。"爸是很有文化的人，当时建小学就是他牵的头，你听爸的，你也去当兵。"瑞宣敬佩地说。"嗯！"建州点了点头，视线依旧没有移动。

上完初中的瑞宣铁定心肠不再读了，她认为已经给家里少帮活了三年，且考高中对当时的她来讲确实是一件很吃力的事情。在当时来说，上大学还是一件时髦的事情，瑞宣没想过要考大学，她不觉得自己要过“时髦”的一生。但是阴差阳错地，她后来留在了北京，这是后话了。张志宽也没有想到，最宠爱的小女儿建莉居然是孩子们里读书最好的一个，大概也是因为家里境况越来越好吧，建莉顺利地读了下去。

二十世纪九十年代初，瑞玲嫁给了隔壁村的一个年轻人。家里曾给介绍了几个，瑞玲都觉得不满意，已经是恋爱自由的年代，也没人好逼迫她。瑞玲和他是小学时的同学，小学毕业后只在每次赶集时见过面，他还时常帮瑞玲提要在集上卖和要买回家的东西。相亲的所有人里，只有他是瑞玲熟识的，便想着接触接触，一来二去就走到了结婚。这与瑞玲随和本分的性格脱不开关系，男人甚至没正式给她求过婚，只是在从瑞玲家里出来后走在路上时问她：“你愿意到我这来不？”瑞玲没答话，羞涩地点了点头。这大抵是她一生中最大的叛逆，因为就在刚才，父亲张志宽还向她述说了他对她未来的丈夫不满意的几个条款。见过这个年轻人后，张志宽心下衡量了一番，觉得不甚合适。第一，他家里太穷，也是读完小学便再没读过书了。张志宽不是嫌贫爱富的人，也没有做要瑞玲如何攀高枝的打算，但是他终究不愿把女儿嫁到那么穷的人家里。第二，他觉得这男人脸颊狭长，鼠目寸光。但究竟不能看面相下定论，于是他把这一点也往心里压了下去。可是——第三，最重要的一点，举手投足间，他并没看出这个年轻人如何爱他的女儿，相识这么久也没送过她什么东西。虽不是一定要用礼物衡量，可张志宽觉得，如果这个没钱的穷小子肯在瑞玲身上花钱，那么瑞玲对他来说一定很重要。看看女儿站在面前羞红的脸，张志宽想起多年前的一个晚上，瑞宣也是站在这张桌子前，绞着衣角和他说不要再读初中了。他想起那时对瑞玲的愧疚，自然，而今他仍然愧疚，在想起这一茬事的时候。于是，张志宽的愧疚以及害怕再一次耽误大女儿的心理，让他最终对瑞玲点了头。瑞玲确是十分喜爱这个男人的，她是随和、善良的人，她觉得他的寡言少语也是同她一样老实本分的体现，她想找个和她一样适合过日子的人。

次年，瑞玲和这个男人生下了一个女儿，志宽家也终于盖起了砖房。瑞玲给女儿取名“晨曦”，这是她上学时觉得课本里最美好的一个词语。“晨曦，晨曦……”她反复念着，这真是个好名字。瑞玲喜欢这种不需要拐弯抹角，从字面上来看就十分好的词语，她希望女儿能像晨曦一样冉冉升起。她又想到，冉冉升起的还有五星红旗，她心下更加满意了几分。她甚至生出了些骄傲，虽然没有上过许多年学，但她为女儿取了一个顶好的名字，这将是女儿美好一生的开始！她幻想起来了，像之前看借来的小说时幻想其中的情节发生到自己身上那样。

三

一天一天长起来的建州也不再问“为什么要参军”这样的问题了。同父亲一样，他心里生出了一团火，在学校上课时学到五四运动，他热血沸腾，他觉得自己也该是那些青年中的一员，他的心早已飞出了教室，与他们同在。1994 年，建州高中毕业；同年年末，十八岁的他应征入伍。但他没有去到父亲曾经在的天津或西藏，而是去到了石家庄陆军指挥学院，成为一名新兵。建州离开家的那天身上戴着红花，志宽的心情非常复杂，他又点起了旱烟，他的两个心房仿佛分离开了，一个满满当当，一个空空荡荡。他讷讷地坐在屋里，没有关注到外面锣鼓喧天的场面。建州长这么大还从没离家那么远呢，他心下想着。建州没有表现出过多对家的留恋，这不正是他多年来所希望的吗？可这一念头并没有让他高兴起来。这是他唯一的儿子，他并不是不爱三个女儿，他甚至给了女儿们更多的宠爱。但在内心深处，他明白自己更加偏爱儿子，并不只是因为传宗接代这样封建的原因。志宽虽然上过学，也读过很多书，写得一手好字，但他终究不能免俗。可对他来说，比传宗接代更要紧的是，他一直盼着建州能够实现他年轻时未有机会实现的理想——在部队做出一番事业，为国家、为人民做出一番事业。他努力地在村支部做为民的好事，但他并不觉得这对国家的发展有什么大的助益，建州一定做得比他更好。他继续想着，身子还是没站起来。

“要不过了年再让建州走吧？眼看着到了年根儿底下了。”他岔开了自己的思绪，不知道具体想到了哪一个点上。直到建州进屋来和他告别：“爸！我走啦！”这才拉回他的胡思乱想。他抬头看看站在地上的儿子，建州已经长这么高了；他又看看四周的砖墙，已经不再是泥土和报纸糊的了。他试图努力转移自己的注意力，又张了张嘴，强忍着不让眼泪掉下来，他闭了闭眼，努力将眼泪关进眼眶里。在这时的建州眼里，父亲的表情是复杂的，有点哭笑不得的样子，甚至让人看了觉得有点滑稽。诚然，这时候的建州是笑不出来也不能笑出来的。“建州，从今天起你就是一名真正的士兵了，到了部队，要团结战友，不要怕苦；要听首长话，不要顶撞；要照顾好自己，不要想家……”他说着曾经无数次向建州交代的话，说到“不要想家”时却再说不下去了，他闭上了嘴，将精力放在忍住眼泪上。建州听着这番时常回响在耳边的话，他觉得今天的父亲格外动了感情，他又何尝没有动感情呢？他固然放不下家里，放不下亲人们，但他觉得，这是成为一个“男子汉”的第一步，他不能让家人，尤其不能让父亲看出来他的不舍和依恋。他曾经多次在脑海里排练过这一幕，甚至哪一步路该如何走、脚如何迈出去，他都已细细地想过了。他的心里有个声音在呐喊“到华北平原去，到华北平原去！”一遍遍地，执着地。他不能叫父亲失望。建州郑重地点了点头，撩开门帘走了出去。志宽呆呆地望着被儿子撩起来还摇曳在穿堂风里的门帘，回想起儿子自小时候以来的一幕幕画面，他终于无声地流下泪来。

建州到了石家庄，成了新兵连里的一员。这儿和被山包住的他的家乡完全不一样，他已经学过地理，知道这里就是“华北平原”。后知后觉地，他心里生发出了一些类似他离家时张志宽有的情感，望着眼前无际的平原，他觉得辽阔敞亮，也觉得一眼望不到边，看得人心里发毛，这毕竟是他第一次走出大山。下绿皮火车的那一瞬间，他才真正有了点感受，自己确确实实是离开家了，并且爸爸告诉他，在新兵连待的两年里是不准回家的，意思就是说，他下一次再回家，最早也是两年后了。建州毕竟只有十八岁，这一点突然的清醒的认识，让他难受了好一会。

艰苦的训练是他早早就有心理准备的，儿时贫困的生活经历也练就了他适应恶劣环境的能力。冬天的华北平原上，刮着刀子一般凛冽的风，积雪挂在松树上形成了冰柱，地上也结了一层脆而薄的冰。训练不分天气，何况石家庄的冬天大多是风雪天，也没有冬天就要停训这一说。张建州不怕这个，在家的时候，冬天上学的路上，他也因为口渴或困倦折过树上的冰柱来嚼。他在军旅日记里写下："积水打湿了穿在肥大军装里面的毛裤，毛裤冻在了一块，跑起步来与外裤碰撞在一起，发出了清脆的响声。好像雄伟的火车通过漆黑的隧道，奔向未来的道路……"他对火车有着很深的情谊，虽然他只坐过一次火车，从县里驶向军队。在他的军旅日记里，经常出现把什么东西比作火车的句子，尽管不很恰当，可他觉得火车是能够带着人向前的，且是雄赳赳、气昂昂的，是大张旗鼓的。就像他在火车上时，并不知道石家庄有多远才到，但每一秒钟都沉浸在光荣里一样。

建州这种积极的训练态度也让他很快当上了新兵连的班长，他连忙回到宿舍，铺开纸要给家里写信，用衣袖将信纸压了一遍又一遍。他读书时成绩并不非常好，因此写信时也偶有错字，但不影响对句子的理解。他咬着嘴唇，握着父亲给的钢笔，一笔一画地向父亲报告在军队的经历，报告如何训练，又如何当上班长；又用柔软的情感写下对母亲的关怀，对两个姐姐生活状况的询问，对小妹学习的督促……他甚至将对父亲的报告和写家长里短的部分分成了两页纸，为的是让父亲知道他做到了"不要想家"，他将工作和生活分开来了。

张志宽拿到信后，一眼就看出了儿子年轻的、细腻的心思，又不免在深夜的炕沿上一袋袋地抽烟。父子连心，血脉之情使他那么了解自己的小儿子，他也正因为这份了解而更加痛苦。自儿子离家后，他常常回想自己对儿子是否太过苛责，没有让他像其他孩子一样过随心所欲的、虽然劳作但也很快乐的童年。比起害怕儿子怨怼他，更多的是他对儿子的愧疚。他的性格使他很容易愧疚，且通常是在事情发生过后愧疚。

于是志宽在给儿子回信时，只用寥寥几笔带过了妻子在一旁强调的要儿子天冷加衣、有困难就给家里说，甚至没有按妻子说的，在信封里放一张全家近期到镇上拍的照片给儿子。他极力用嘱咐、劝导的口吻要儿子好好训练，不要怕苦，要听首长话……诸如此类说过无数遍的道理。父子之间的心意相通让他明白，这就是儿子需要的。既然建州希望他认为自己已经适应军营生活且不再想家，那么志宽就要按照儿子的意思办，而不叫儿子知道他已经将他看破。父亲的慈爱在这时升上他的心头了，他把这种细节当作补偿自己后悔与愧疚的一部分。最后，当建州拿到这封嘱咐远大于关怀的回信时，他很满意，同时心里也有一点淡淡的失落，他也不知道自己在期待什么。这一点大抵是他的父亲没有读出来的。

四

像太阳在一天中最漂亮的时刻一样，张志宽家也迎来了最好的时候。

瑞宣经亲戚介绍，决定去北京的一家纺织厂工作。她从小就不爱做在家烧火做饭的活，而宁愿去山上砍柴、捡蘑菇。父母起初是不同意的，他们还保有着传统的观念，认为女孩一生安稳顺遂就好，没有必要去离家两百多公里的地方“闯荡”。但自懂事以来，瑞宣决定的事情就很难改变，在这一点上，她遗传了父亲的倔强。她决意要到北京去，去看看天安门和毛主席纪念堂，不在村里过一眼望得到头的人生。

在新兵连服役期间，建州还考取了货车驾驶证，自新兵连役满后，连长叫他担任连里管事务文书的工作。这是人人艳羡的美差事，不用再每天拼死拼活地练功、参加训练，又能学到不少东西，还有很多与领导见面的机会。建州这个直脑筋却不这么想，他认为当兵要有个当兵的样，该练的基本功一样也不能落下。对于领导的安排，他自然绝对服从，但也在心里犯嘀咕，觉得事务文书冗杂的工作压缩了他练功的时间。不用跟着一起练，他就抽空自己加练，单双杠、军体拳、散打、硬气功……他觉得充实而满足。军队紧凑忙碌的生活节奏让他来不及感到落差，只能全身心地投入，他很喜欢看着自己从外形到心理都越来越像一个合格的军人，这是他自小的梦想。在梦实现的这一刻，他觉得曾经经受的苦难都非常值得。

瑞宣渐渐在北京安顿下来，平时住在职工宿舍，偶尔去拜访住在西四环亮甲店的亲戚。亲戚常劝她：“你也老大不小了，总漂着也不是回事，物色物色单位有没有中意的，姨托人给你介绍。”瑞宣都只是嘴上应承，心里觉得单位里并没有能入她眼的男人。倒不是她要求多么高，只是觉得在纺织厂接触的这些人里，女人偏多，男的也显得娘里娘气，成天踩着织布机。上层领导或是其他岗位的人她又接触不到，她可不想嫁给一个腰酸背痛的裁缝，这不是她来京之前畅想的未来。瑞宣没能读完书，但心里喜欢有学识的人，她觉得那样的人谈吐之间都更有见地。过年回家，瑞宣得知小妹建莉考上大学的消息，又高兴又感叹。高兴小妹足够争气，二十世纪九十年代，大学生还是很稀缺的，考上大学是全村人都来庆贺的事情；感叹自己当初放弃了继续读高中，没有再努一把力。虽说是为着帮衬家里并不后悔，但瑞宣不免去想，如果她也努力考上高中，会不会就有和小妹一起上大学的机会？

随着日月更迭，时间流逝，村长也不似之前那般斤斤计较、唯利是图了。他打心眼里羡慕张志宽有个在连队的有出息的儿子，还有考取大学的女儿。过年的时候，他也会跟着别人去张志宽家求对联了。志宽并未真正恨过村长，即使他曾经差点使他们一家人饿死，他只是觉得人与人的追求和需要不一样，道不同便不相为谋。如今村长主动来求字，他也不愿去回想多年前的不和，从而能够真心热情地欢迎他。

建州逐渐不敢给家里寄信了，他害怕被看出蛛丝马迹。在部队，他有了一个喜欢的姑娘，是连队的文艺兵，送文书的时候认识的。夜半无人，他时常回想起他们初见时的场景，虽然老套但能让他无限回味的剧情。那是一个夏天，他埋头走路，撞散了她怀里的剧本，而后木讷地用洪亮的声音道歉：“对不起，同志！我急着送连长要的文书，撞翻了你的东西，真的非常抱歉，请你原谅！”女兵被他一本正经的道歉逗乐了，露出两排齐而白的牙齿：“没关系！我叫夏小萍，萍水相逢的萍，我是文工团的。”她伸出一只手，建州短暂而用力地握了一下，觉得自己的脸在发烧。“装甲五连一排一班张建州！”他身体不受控制地立正，几乎是吼出来这句话。夏小萍又笑了。他不好意思地挠挠头，说不出来下半句话——“建设华夏九州的建州”。那是张建州觉得人生中最美好的一个夏天，他悄悄在日记本上写，说夏小萍是一个像夏天一样的姑娘。

此后的许多个深夜，他像在家里炕沿上一袋袋地抽烟的老父亲那样，也翻来覆去地想着自己的心事。父亲牵挂着他，他惦念着自己心上的姑娘。在木讷又敏感的这一方面，他完全地从父亲那继承过来了。他们都喜欢在心里不断地反复咂摸着，而在面上很好地隐藏起来。他不知道自己的这种性格是好是坏，但这确实让他的心灵平白地受了很多苦。

他们从未对对方互诉喜欢，但都在日常的工作接触中情愫疯长。建州知道了夏小萍就是石家庄本地人，和他同一年入的伍。心里暗暗想着，退伍的时候要带她回家介绍给父母认识。他之前从未有过恋爱经历，也不知道要怎么对喜欢的姑娘表白，他总是患得患失，有时觉得她也是喜欢他的，有时又觉得他们之间还很疏远。

后来，建州成功入了党，被调任到装甲车的驾驶岗，也分配到了一辆自己的装甲车。他飞奔去告诉夏小萍，她激动地抱了他。对建州来说，那是与他进部队时候的激动完全不同的体验，那一刻他觉得自己的灵魂得到了升华，全身的血一股脑地往上冲，他沉迷在女性独有的香气里，直直地僵在原地。夏小萍跑开后，建州还是愣在那里，他的脑子一时不知道该想什么。他觉得自己最该感谢的人是父亲，如果不是爸爸从小便教导他要进部队、要当军人，他也不会拥有今天的一切，更不会遇到夏小萍。

五

时光荏苒，很快到了建州和夏小萍退伍的那一年，此时的建州已是排长。建州也收到了连队下达的最后一次任务命令——护送三辆装甲车的货物装卸。去执行任务前，他十分认真地梳了头，戴好军帽，打算去找夏小萍。站在她面前时，他却嗫嚅着张不开嘴："夏小萍同志……小萍同志……"小平同志？夏小萍听见他这样叫，又咯咯地乐了。"你笑啥嘛……这次任务过后，我就要退伍了。到时候，你……你愿不愿意跟我回家一趟？"他终于说出来了。夏小萍的脸上飞速升起两团红云，她抬头看进张建州的眼睛，仿佛在承诺着什么似的："我愿意！"得到了夏小萍肯定的答复，建州有一种尘埃落定的感觉，在退伍前的最后一封信里，他终于在信上把夏小萍介绍给了家人。

看着被火车拉着的装甲车如期驶进车站，张建州有一种功德圆满的感觉，他的心已经飞向了家乡。从新兵连出来的这四年，每年春节都赶上他带新兵，他知道战友们一年没回家了，都不愿意揽这个活，都想回家看看。可是再不愿意做，也终究要有人来做，他便在每年的春节前默默地向首长申领了这个任务，虽然他的老实并没让他在当时生出更多的想法，但他的这些付出终究也是他能够评上排长的重要原因。他心里想着六年没见的双亲和姐姐妹妹们，虽然后来父亲终于在信中给他附上了每年照的全家福，他还是觉得要自己亲自回去一起再照一张。家人们肯定也盼着他回去补上。这也成了他年年留守的一个念想和安慰，他过惯了苦日子，心里有一点甜便能幸福地支撑下去。

“排长，火车多滑了几十米！我去看看！”一同执行任务的新来的士兵王晓宇的话打断了建州的思绪。他来不及阻止，王晓宇已经跳下了车，他只好紧随其后也跟着跳下去。王晓宇走到车头趴下察看，突然有火车从另一条轨道自南向北飞速驶来，那是一段失控了的车头。时间没有给张建州思考或说话的机会，他扑上去用尽全力推开王晓宇，自己被急速驶来的火车甩出去一大段。他并不知道具体多远，身体在空中没办法很好地衡量。王晓宇却分明地看见了，张建州被活生生甩出去十几米，他用尽全身力气，连滚带爬地向已经重重摔在地上的张建州奔过去。

“排长——排长！”最后的最后，张建州依稀听到耳边王晓宇撕心裂肺的呼喊，他的嘴角动了动，似乎想对他微笑一下。他想起了小萍，那个他爱着的、羞涩地答应他的表白的姑娘，她今后要怎么办呢？还有父亲，他觉得自己没有辜负父亲的期望，但父亲一定不希望自己是以这样的形式实现梦想…… 还有母亲，也不知道母亲的腰疼好些了没有。还有两个姐姐和考上大学的小妹，家里来信说二姐往北京去了。自小妹考上大学后，再没能同她见一面，他最疼小妹了……他已经没精力把所有人都再想一遍。模糊的视线里，他最后深深地望了一眼华北平原。

张志宽在一个半夜突然接到部队打来的电话，说他的儿子生病了，在石家庄和平医院。生病了？张志宽没有先想儿子得的什么病，他有过在部队当兵的经历，知道士兵生病了一般不会通知家里。如果给家里打电话，又是半夜，那多半是……他不敢再往下想，他想要穿上裤子，却发现手哆哆嗦嗦地不听使唤了，全身上下连牙齿都跟着颤抖。他费了极大的力气抓住裤子，跌下了床。他摇摇晃晃地向外面走去，留下了一句：“让建莉、瑞宣她们都回家来！”这句话比他的步子更虚浮和无力。张志宽仿佛失去了思考的能力，整个人空空地不知道要想什么，要做什么。他甚至因为走得太急连帽子都没戴。他连夜走到车站，凭着一丝清醒和肌肉记忆，买了最早的一班火车票。

到了医院，部队的人却把他带到了军营。见过连队的各位领导后，他终于见到了儿子——那个用国旗包着的，摆在桌子正中央的盒子。虽然他早就隐隐知道儿子已经不测，但那一刻他还是感到一阵头晕目眩，双腿发软。他甚至没有见到儿子最后一面！他想过最坏的结果，但他觉得至少应该由他合上儿子的眼睛，再摸一摸儿子的脸。他感到自己是残忍的、不负责任的，又觉得自己是可怜的。不！最可怜的是他的儿子，他那只有23岁的儿子啊！张志宽的世界在那一刻无声地坍塌了。那是一场悄无声息的覆灭，他却觉得自己连骨头都被碾成了碎末，同儿子的一起被放在了那个盒子里。

稍稍平稳了呼吸后，他开口的第一句话是：“首长，建州的党费交到几月了？”整个屋里笼罩着悲伤的气息，领导们似乎没有想到，这位两鬓发白的老人开口便是问这个。他们甚至在心里打好了安抚家属的草稿，但张志宽迈的这步让他们不知道接下来要如何走。有人开始低低地啜泣，他们再也止不住悲伤，大家好像丧失了说话的能力，所有语言都显得苍白无用。屋子里响起此起彼伏的哭声。

此时的夏小萍还在外面执行任务，任务刚完成，便听到连队里传来的建州生病回家的消息。她自然知道部队的规矩，顿时慌了阵脚。按照建州之前同她讲过的家里的地址，她向部队请了假，连夜赶了过去，甚至没来得及回连队报到。

她站在张建州家门口时，由于建州已经在之前的信里向家里介绍过她，志宽和妻子也就知道了来人是谁。这时的志宽刚从部队回来不久，外衣还没有脱下，又因为难过或是无措，依旧抽着他那袋烟。听到她问建州在哪，屋里虽没人回应，大家的目光却都看向了桌子上用国旗包着的盒子。夏小萍一路忐忑的心情在看到建州的骨灰盒时得到了释放，她哇的一声哭了出来，扔下所有行李跑了出去。她表达情感的方式比别人更直白和激烈，她甚至想一死了之。但她的一点理智让她觉得，不能死在志宽家，给人平添伤感和晦气。

望着眼前陌生的景象，面前残败的、被严冬洗劫过的田地，她心里的太阳沉沉地落下去了。

六

外面，各家都已张灯结彩，村民们都盼着千禧年春节的到来。建州应该能够回家来过这个春节的，张志宽一袋一袋地抽着旱烟，这样想到。屋外的夏小萍对着路上的积雪，对着田地里干枯的秸秆，哭得直不起腰。他甚至还没有过二十四岁的生日，那个年轻的、高大的、在她心里鲜活着的人。在他同她说要带她回家见父母后，她曾无数次地期盼过他们的未来，她甚至都和家里说了，她喜欢了一个承德的士兵，他勇敢、坚贞、善良，她表明了她要嫁到承德去的心迹！可现在，她只剩无限的痛苦，她的爱人消逝在了他们初遇的华北平原，消逝在了2000年春节前寒冷的冬天。

张志宽一病不起了很多天，病好后比从前更加沉默寡言，脊背也弯下去了许多。他鲜少再提起儿子，像他不曾有过一个儿子一样。同样地，他也甚少再和人谈起别的，他变得比以前更不爱说话，却不再是因为清高。他觉得这些都没有意思也没有意义，连同他自己也是。

瑞宣嫁给了一个北京人。又一年春节，她牵着女儿走在回家的道路上时，那条土路已经被修成了宽阔的柏油马路，张志宽家的砖房也变成了小楼。走着走着，她突然停住："你舅舅当年就是从这条路上走去部队当兵的，他是一个排长呢。"久违地，熟悉的骄傲涌上她的心头。

瑞宣望向山的那头，平原的方向："在他的时代里，他是一位优秀的青年。"瑞宣这话是对着女儿说的，但又好像是说给山听。

自瑞宣在北京结婚后，张志宽余下的生命里，再没去过华北平原。

二等奖

老　聂

汉语 2001 班　赵倩妤

老聂是我初中三年的语文老师。

“我姓聂，你们可以叫我老聂。我每一天都在做自我介绍，在这里我就不再多介绍自己了。”这是初中第一堂语文课上我和老聂的第一次见面。在说这话之前，老聂在讲台上板着脸，徘徊了不下十分钟。这样奇特的自我介绍，赢得了同学们的阵阵掌声。我记得毕业时同学聚餐，我们围在一起聊天，说起老聂的自我介绍。一个同学说，他常常在自我介绍时会不由自主地模仿老聂，其他几名同学也纷纷表示自己也是这样。

老聂中等个子，身材偏瘦，头发稍卷，时常还像蓬草一样，一副黑色的眼镜松垮垮地架在鼻梁上。他的衣服几乎都是朴素的黑色，但这是上课之前，下课以后，老聂便像一个刚粉刷完墙的工人，满身都是白色的粉笔屑。老聂的普通话说得不是很标准，有着比较浓厚的乡音，但是声音很洪亮，想要在他的课堂上睡觉，的的确确不是一件容易的事情。最令他的语文课代表头疼的是，老聂有至少三处办公点，这让课代表寻找起来总需要点默契和运气，我们同学之间常戏称这是“狡兔三窟”。

二

老聂的课堂是有趣的。

他讲课不喜欢用幻灯片，印象里似乎也没用过几次。他的字写得很快，当然也不是很工整，龙飞凤舞的，有大有小，虽然他总说自己在练字，可他上课讲到尽兴之时，书写又恢复到了老样子。重点的内容会被老聂用粉笔反复圈很多次，一旦走神，就会跟不上进度。

关于粉笔还有一件趣事，讲台旁边挂着一小块抹布，是专门给老师写完粉笔字后擦手用的。老聂上课时，经常把抹布当成道具，拿在手里比画，也不时拿去擦手。由于他用粉笔用得最多，语文课又基本都在早上一二节，所以后面来上课的老师对那块抹布都难以下手。于是我们只好又挂一块抹布，让老聂享受“一对一”的“贵宾级”待遇。

老聂上课富有激情，经常在讲台上“上蹿下跳”，还不时情景再现，让我们更好地理解课文内容。我记得在讲《孔乙己》时，老聂把粉笔当作铜板，再现了孔乙己“排出了九枚大钱”的酸腐文人形象；在讲《核舟记》时，老聂直接躺在讲台上展现“佛印绝类弥勒”的样子。

初中的语文课有不少是令我难忘的，尤其都德的《最后一课》就好像昨天才上过一样。我清晰地记得韩麦尔先生“使出全身的力量，写了‘法兰西万岁！’”，我也记得老聂讲到“他呆在那儿，头靠着墙壁，话也不说”时候，老聂自己也正对着我们，背靠着黑板，眼镜松垮垮地架在鼻梁上，久久地沉默了。我仿佛看到了另一位深爱着祖国的韩麦尔先生，他的眼睛里满是凝重。那也是我第一次深切地感受到语言是民族的桥梁、沟通的纽带，爱国首先就要爱自己民族的文字和语言。仔细想来，这也许就是日本侵略者推行奴化教育首先从学校、从语言文字开始的原因吧。我还记得上完《最后一课》的几天后，班主任老师特意夸了我们最近的书写都有了进步。

我最怕老聂讲鲁迅先生的文章。倒不是对文章本身有多大的恐惧，而是鲁迅先生是老聂最喜欢的作家，因此对我们学习鲁迅先生的文章期望很高，要求很严，见我们多次没有回答上来问题，老聂“啪”的一声便把书本砸在多媒体柜上。这时候教室便会死一般的寂静，要大约持续五分钟后老聂才继续开始讲课。也是从那时起，我真正感受到鲁迅先生的伟岸，他用最朴实的语言剖析最深刻的现实，敢于揭露历史和社会血淋淋的真相，他对中华民族的赤诚见于笔端，一旦读懂他的文章，便会受到最激动人心的鼓舞。

二

老聂是个正直的人。

他多次说过，他最愿意教的学生是成绩“最差”的学生，因为能把“差学生”教好才是他真正的本事，而且“差学生”不功利，他们更容易真正地喜欢上语文。他也毫不掩饰对我们班的不喜欢，在他眼里，分班分等、关系户……都是他最难以忍受的。也是因为这个原因，到了初三，由于工作岗位的调动和老聂的家事，他无力继续教两个班，只能放弃其中一个。他当时选择了另一个班，但最终不得不来教我们。我们两个班本是“好邻居”“兄弟班”，但发生这件事后，说是“兄弟反目成仇”也不为过。

后来毕业了，我才了解到：当年我们班上的“好学生”每天去办公室找他，不是问语文作文怎么拿高分，就是来和他申请今晚语文作业不做（老聂说，要是觉得他布置的作业没意思的，就可以不用做，而老聂的作业对于中考而言，大多数的确是“无用”的）。而老聂被迫放弃的那个班的学生，课余时间不时笑呵呵地拿着两颗糖去找他，老聂问他什么事，那学生说就是来和老聂分享几颗糖而已。

三

老聂是真正关注、关心学生的。

每当同学做错了事，他总会先问原因，不会直接去批评。有一次他了解到一名同学家里突发情况，没能完成作业，他便去关心同学的家庭，之后也不时会问“最近怎么样了”。我还经常听到他对他的课代表说“谢谢”，而在有的老师眼里，课代表做的事情就是理所应当的，甚至有的老师会因为课代表的一点点失误而大发雷霆。

老聂也总是站在学生的角度思考问题，和他聊天，我没有感受到半分的优越感，也没有什么压力。同其他老师说话，我或许得真话假话各参一半，但是面对老聂，我从来没有这种包袱。他知道我喜欢唐朝，因此需要举例说明来让我理解时，也会尽可能举有关唐朝的例子。

老聂能够因材施教，平等地对待每一位学生。班上的同学没有不被他表扬过的，或是因为某同学昨天的作业写了一道题，或是因为某同学今天上课全程没有睡觉，或是因为某同学作业的错别字比昨天少了一个……

我现在还清晰地记得一件事：有一次做写作练习，老聂要求我们写一篇记叙文，要尽可能详细地记录一件事情发生的过程。那次练习的优秀作文出自一名“差生”之手，他写的是自己家将面粉做成面条的全部流程，就连我这个从来没见过、没听说过的人看了这篇作文，都觉得自己学会了制作面条。可是班上不时传来唏嘘声，老聂为此严肃批评了几名“好学生”。此后，这位同学爱上了写作，虽然难以在考试中发挥这一优势，但课余时间他总会写些文字拿给老聂看。毕业以后，我们和老聂说起这名同学，老聂对他很是惋惜，说他初中读完就去打工了，自己之前还不时和这名学生联系，后来就联系不上了，也不知道过得怎么样。

四

老聂是真正在教语文的老师。

上课时，他并非单向地传输知识，而是启发我们思考，引导我们自主学习。课堂上同学的回答，只要不是立场不正确、客观知识有明显错误的，他都不会进行反驳，而且是赞赏同学的发散性思维和奇思妙想，这和我高中的语文老师形成了鲜明的对比。而这样的开放式讨论、没有唯一标准答案的讨论，是在我时隔三年后，来到大学才再次体会到的。老聂也反复提醒我们上课要拿着笔，他不喜欢学生用另外的笔记本来记笔记，提倡直接记在课本上，不要怕课本变“脏”。他更反对上课拿着辅导资料。

课堂临近结束时，老聂总会抛出一些额外的问题，喜欢语文的同学一下课就会扑去讲台，将他围得水泄不通，唯恐去晚了占不到好位置。有时候会因为谁先来的而发生争执，还有时候有的同学跑得太快，把桌子都给撞倒了。而每当下一节课的教师进门，发现里面黑压压的一团，也就知道了上一节课是语文课。更有甚者，比如我的班主任，在她自己的授课表上把语文课标注了出来，因为如果下节是她上课，那么她无需去得太早，只有踩着铃声进去才有底气把讲台的同学“赶下去”。后来毕业了，班主任还说，语文课之后的那个课间，她也不会找任何同学，因为她曾经历过把一位正在讲台前听得有声有色的同学喊去，那同学看她的眼神就像她欠了那同学几百万一样。

课后，我也喜欢去问老聂问题。最令我印象深刻的，是我曾经去问“秦始皇真的就是个暴君吗？”老聂连忙摆了摆手。他并不否认秦始皇的暴行，但他说秦始皇统一中国是前无古人的创举，也是从那时候开始，中华民族才生出了国家统一的观念，这使得中国在历史的主潮流中，始终朝着国家统一的方向努力，才没有使得中国变成像欧洲国家那样零散。言语之中，老聂满是严肃和尊重。

初中三年来，不论课程有多紧、是否逼近考试，周五下午的两节连堂语文课用于阅读从来没有改变过。老聂也并未规定阅读篇目，更不要求和考试相关，只要是有价值的、个人感兴趣的都可以阅读，只要在下课之前交一份读书笔记就好。也是在那个时候，我的阅读量得到扩充，兴趣得到了挖掘。

初中三年来，老聂批改作业总是认真的。只要是我们自己写的文字，老聂都会用红笔把他认为有价值的话，用横线或波浪线勾画出来。后来，班上同学只要看到谁的作业上没有几句勾画，就能知道他昨晚没有认真完成作业。而这样带有老聂勾画的笔记本和作业本，我有七八本，一本都没舍得扔。

五

老聂更是我人生的导师。

他见证了我的成长蜕变。在我的考试作文因“偏题”被打低分时，他默默地不说话，只递给我一张纸巾，就这么原地坐着。后来我才了解到，他已经找批卷组理论过了。这让我明白，人处在哪，不过都是“戴着脚镣跳舞”，谁有自己无法改变的事情。

他使我爱上了语文，爱上了文字。我的父母一位工科出身，一位商科出身，都希望我能学个理科。在他们看来，文科的未来是迷茫的，远不如理科好上大学、好找工作。但在遇到老聂后，他使我真正喜欢上语文，这份喜爱能让我有勇气去抵住压力，能不畏别人的眼光，向着自己的目标前进。

他是一位沉思者，经常眼睛盯着一处，坐着一动不动。他教会了我思考，让我感受到“无声胜有声”的意义，让我学会在每晚夜深的时候，望着天空发呆，去思考自己真正需要的是什么。可我，却从来不知道老聂在低头思考什么……

他是淡泊名利的人。我相信，凭借他的才华，如果出版书籍、发表文章，一定会有更好的前途，但他从来不曾舞弄笔墨，若非学校要求，他写的文字总是表达自己的情感。他不像有的老师喜欢活跃在讲座和会议上，上课教书才是他看重的事情。

当然，老聂也不是完美的人。由于他个人经历的事情，让他对有的事物充满了敌意，他有时的情绪和观点也会很偏激。他有时也会把课堂设计理想化，我们时常不能按照他的进度完成，以至于直到考试前有的课文都没讲过。他有时也会太偏重于集体，不想让一个同学落队，以至于占据了多数同学的时间去讲少数同学的问题，对多数人来说那无疑是浪费。但是这些不足并不影响老聂在言传身教之中潜移默化地教书育人。

离开初中学校时，我是带着遗憾走的。不是因为学校的一草一木还没有看完，而是因为语文课给我留下了太多的遗憾。三年的时间什么都太长，唯有语文课堂和课后问问题的时间太短。

看多了相识与离别，早该平静了。可我内心还有一股涌动的热血，是为了您——老聂。本子上您的勾画是对我最大的鼓励和支持，那些年用“套路”斩获高分的作文，我从中获得的喜悦不及您一席话的万分之一。

老聂，我的恩师，我敬您、爱您、谢谢您、赞美您！

欣逢盛世颂党恩　砥砺奋进赴征程

汉语 2001 班　陈　薇

流光一瞬，华表千年，历史车轮滚滚向前。五千年风云激荡，新时代催人奋进。让我们在岁月的长河里漫步，回到最初的起点，手捧细沙，看先辈们一片碧血丹心至死无悔；让我们于今朝，走在革命先烈用血肉铸成的康庄大道上，党的二十大举世瞩目、催人奋进，习近平总书记的讲话高屋建瓴、金石有声，给人以信仰的感召、方向的指引、前进的力量。

在这个建功立业的新时代，车水马龙的街道上，一道道特别的身影，不分晴雨，从不停歇。有人为了城市的干净整洁，早出晚归；有人为了交通安全挥舞双手，风吹日晒；还有人为了方便大家的出行坚守驾驶室，来来往往。在党的照耀下，炎黄子孙迎风向前，坚守岗位，以昂扬的姿态守护着我们的新时代。

在这个凝聚力量的新时代，鳞次栉比的建筑中，一间间白墙方桌的办公室，不分昼夜，灯火通明。有人守着三尺讲台，传道授业；有人守着民众的来电通道，紧绷神经；还有人守着手术室，与生命抗争。在党的呵护下，中华儿女在不同的岗位，充分发挥着自己的才干，用饱满的热情浇灌着祖国的大地。

在这个验收成果的新时代，卓越不凡的奇迹里，一道道治山治水的工程，宏伟壮观，令人瞠目。“世界之最”的三峡水电工程，利在多方；“水往高处流”的南水北调工程，互济互利；“全国一张网”的西气东输工程，能源优化。在党的指引下，我国在方方面面都展现出非凡的力量，不忘初心、牢记使命，用积极进取、奋发拼搏踏上新征程。

百年漫漫征程路，且将岁月赠河山。回首过往，各行各业的开拓者奋勇向前，在荒芜的土地上开拓出一条条通达的道路，是无数后来人视为榜样的模范。中国石油的奠基人王进喜勇于探索，用身体搅破中国石油历史上从无到有的窘境，用“铁人精神”展现中华儿女的坚韧卓绝；著名数学家华罗庚放弃国外优厚的待遇毅然决然地回归祖国，并呼吁“为了国家民族，我们应当回去！”将热爱祖国的情怀洒在异国他乡；“中国航天之父”钱学森冲破重重阻力，在黑暗中摸索出道路，用行动筑就中国内外交困的飞天梦；“水稻之父”袁隆平不分昼夜，守护着金色的麦田，用一生辛勤搭建起中华儿女战胜饥饿的里程碑……他们于昏暗中燃炬火，于苟且中得壮志，吾辈共勉，不负重托，炬火已亮，吾辈当往！

时代飞速发展，中华儿女步履不停。着眼当下，新时代有理想、有抱负的后来人，沿着前辈的道路继续向前，是我们仰望的开拓者对后辈的期待，新中国正以崭新的姿态和负责任的大国形象屹立于世界的东方。丽江华坪女高校长张桂梅，用生命“燃灯”，为大山的孩子逆天改命；年过九旬的老人刘盛兰，用布满皱纹的手，拾荒捡起远方孩子的上学梦；扶贫干部黄文秀秉着“我愿做一颗永不生锈的螺丝钉”的信念火炬，将生命奉献给脱贫攻坚事业；身患渐冻症的院长张定宇，用蹒跚的步履，筑成抗击疫情的铜墙铁壁……熠熠发光的是每一个为国家做贡献的英雄，时代不断仍在更迭，我们新时代的青年终会接过接力棒开始发光发热。愿所有青年不负党、不负国家，扬帆起航，与党同行！

少年应有鸿鹄志，当骑骏马踏平川。曾几何时，那些在长辈眼中“挑不起大梁”长不大的90后、00后，已经站在时代的风口浪尖，独当一面。世界上没有从天而降的英雄，只有一个个挺身而出替大家负重前行的人。在重症病区里，年轻的夏思思医生不惧感染风险，坚守岗位，奋战一线却不幸感染离世；在广西火场中，年轻的杨科璋无惧浓烟烈火，迎难而上，以血肉之躯保护孩子而壮烈牺牲；在白鹤滩水电站，年轻的梅琳耐得住寂寞，坚守初心，用热爱建设大国重器……在伟大的中国共产党的领导下，当时代的“接力棒”传至我们手中，我们乘着不断修葺壮大的党的巨轮，肩负新的责任与使命，伴随着祖国高歌猛进。我们这一代见识了“嫦娥”探月、“北斗”组网、天宫遨游、“蛟龙”入海等重大科技成果，目睹了上海世博会、博鳌亚洲论坛、北京“双奥”等的成功举办，见证了中国速度、中国创造、全面脱贫、全面建成小康社会的中国奇迹，看见了新发展理念、人类命运共同体等中国智慧和中国方案的提出……“居高身自远，非是藉秋风。”在党和国家的呵护下，当代青年一代已有“秋风”，只差“居高”，我们更应当坚守初心，不负韶华，要树立正确的远大理想抱负，努力成长成才，成为党、国家和人民所期盼的有志青年，做一名合格的社会主义建设者和接班人。

习近平总书记说："新时代的中国青年要以实现中华民族伟大复兴为己任，增强做中国人的志气、骨气、底气，不负时代，不负韶华，不负党和人民的殷切期望。"时代昂扬向上的曲线，应该是中国青年的生命轨迹，如今，这幅沉淀千年的瑰丽画卷正在我们面前徐徐展开，正待青年人指点江山、挥斥方遒，铸就新的辉煌。新时代的我们，是与新时代同向同行、共同前进的一代，正是风华正茂，今后，我将进一步深入学习贯彻党的二十大精神，提升素质，要把自己的人生目标和与祖国的命运联系起来，肩负起历史使命，怀抱远大理想，努力提高自身素养，不断学习教育知识，将来成为有理想信念、有道德情操、有扎实知识、有仁爱之心的好青年，争做新时代社会主义建设者和接班人！

"俱往矣，数风流人物，还看今朝。"历史的车轮不断滚动，未来依旧充满着挑战。新时代，新征程，新使命。重温党的二十大报告致青年的话："怀抱梦想又脚踏实地，敢想敢为又善作善成，立志做有理想、敢担当、能吃苦、肯奋斗的新时代好青年。"吾辈青年从小受党与国家的栽培至今，出生在祖国快速进步的新时代，施展才干的舞台无比广阔，实现梦想的前景也是无比光明。我在党的教育中成长，无数先辈的事迹感动、鼓舞着我，作为新时代的青年，今后我一定会更加坚定不移跟党走，我将坚守初心，牢记党的教诲，用我的绵薄之力，将种子培育出花朵，将对祖国真挚的热爱，倾注到每一天的学习工作和生活当中，延续这份满怀的使命和担当，肩负重任，矢志不渝跟党走，强国有我新征程！

欣逢盛世，当不负盛世，我必将牢记总书记的嘱托，坚定不移听党话、跟党走，怀抱梦想的同时脚踏实地，敢想敢为的同时善作善成，立志成为有理想、敢担当、能吃苦、肯奋斗的新时代好青年，将小我融入祖国的大我之中，与时代同步伐、与人民共命运，努力让青春在社会主义建设中绽放光芒，用热忱的信仰在青春赛道上努力奔跑，为祖国的贡献绵薄力量！

忆加车①

汉语 2003 班　吴贵波

风尘路，初见时

怀揣着满腔的期待，伴随着些许对未知的担心，七月十七日早上七点，迎着暖暖的晨阳，我带着“推普助力乡村振兴”组委会②寄来的活动物资，独自③踏上了前往贵州加车苗寨的旅途，去和可爱的队友们一起，奔赴一场未知的旅程，希望用自己的热情和专业所学，到校园外的“另一个世界”会合，去做我们所认为的有意义的事。

窗边浮现过钢筋水泥的高楼大厦，然后是县城小洋楼，最后

---

① 加车（jū）村，位于贵州省黔东南苗族侗族自治州从江县加榜乡。

② 为对国家通用语言文字进行调研和推广，2022 年暑假教育部联合多个部门主办了“推普助力乡村振兴”暑期社会实践活动，在全国近千所高校推荐的几千支队伍中，最终有 958 支队伍通过了组委会的审核得以开展活动。幸运的是，我们也在其中。

③ 因为运送活动物资的快递晚到了一天，作为队长的我退掉了已经订好的车票，领取活动物资后再出发去和按计划到达加车村的队员们会合。

在都柳江边，是饶有苗族特色的木制小房子，在不断地换乘和颠簸后，我知道终点已经在不远处，因为已经可以看到鱼鳞一般的梯田，田里的水如明镜一般反射着日光，照在眼睛里好像可以净化掉疲惫。

司机在一片苗族建筑前踩下一脚刹车，引得路旁树上的鸟儿飞向远方，逐渐消失在视野之中，作为远路人的我终于踏上了这片即将生活一周的美丽土地。抬腕看了一眼时间，已是下午四点，从省会到偏远村落，我已经在三十多度的夏天、在陌生的他乡奔波了整整九个钟头。为了不浪费时间，我匆匆放下大包小包的行李，和已经到位的队员们一起沿着石板小路在苗族木制的房屋间穿梭，进入神秘的苗寨里初步探查加车村的情况。

加车村是一个全体村民均为苗族的独特苗寨，二百六十九户人家基本上以公路为界被分成了两部分，由于我们的住处在公路下方，所以我们选择了公路下方的这部分寨子先进行走访。通过实地观察，我们发现寨子里的路陡而窄，一层一层的阶梯把村子由高而低绵延至山谷，户与户之间常常是一条一米见宽的小路，由于房屋紧挨着，村子显得比较温馨，一家人炒菜的香味可以传到好多户人家中，提醒着已是饭点。村里基本都是木制建筑，瓦片和房檐共同构造出一条协调的曲线，具有自然的美感。这里还保持着较为纯正的苗族风貌，上了年纪的苗族奶奶都是穿着自制的苗族服装，从梯田里劳作归来的叔叔阿姨总是背着一把镰刀、扛着一捆草，慢悠悠地往家的方向走。路边总是有一个个木制的架子，听队员说，那是晾晒糯稻用的。稻田里的鱼不时大力摆动，把水洒到田埂上，水田里激起阵阵涟漪。白云从山的那一边缓缓飘过来，不久又飘向另一座山的背后，我们走累了就在树下的水池旁乘凉，感受着稻香味的清风，在鸟鸣声中沉醉于这世外桃源的景色，直到太阳快要西下，才想起来已是归时。

回到住处后，我们吃到了地道的农家饭[①]，一碗又一碗，在胃被征服的同时，我们的心也慢慢被这个地方勾住。因为第二天有培训任务，又因为吃饱喝足，我们一致决定早早睡觉，养好精神为第二天的活动做准备，于是在若有若无的蛙声里，我们与皎月和繁星一起坠入了美梦。

感真情，有所思

第二天一早，邻居家的公鸡伴随日出准时地引吭高歌，队员们陆续起床参加江苏师范大学[②]的线上活动培训[③]。培训结束后，我们对之后的活动安排有了更清晰的思路，于是和之前联系好的加车小学王义民老师在住处见了面，他非常热心地带着我们去到了往后几天里要开展活动的加车小学了解情况。

---

① 当地抓住优美的自然景观和独特的人文风俗大搞旅游开发，村长带头装修自家屋子做起了民宿，我们正好住在村长家的民宿。村长工作比较忙，所以家里都是他父亲在管理，在我们活动的一周时间里，一日三餐都是由村长的父亲准备的。

② 江苏师范大学是本次活动的承办方，负责物资的发放和培训、通知、评选等工作。

③ 我们按照教育部语言文字运用管理司的通知内容进行了活动策划，按照原定进度，线上培训应该于活动开始前进行，但是由于未知的原因，培训被延后，我们只能够在到达实践地后再接受培训，好在没有对活动产生较大影响。

当天，六年级同学的家长自发组织了毕业聚餐，碰巧赶上的我们一到学校就感受到了大家的热情，盛情难却，我们在同学们的簇拥和期待下品尝了十分有当地特色的糯米饭和猪肉羊肉，虽然只是普通的食物，但是出产自当地的好食材和大家的温暖让我们吃得津津有味。吃过饭后，我们请学生和部分学校教职工与我们一起，在学校的旗杆下举起我们的队旗拍摄了留念的照片。让我们感动的是，校长、老师、同学和家长们并没有因为我们是远道而来的陌生年轻人而对我们有丝毫怠慢，他们大方地、面带微笑地与我们站在一起，让相机定格了那个欢乐的瞬间。

我们看到木质结构的校舍在蓝天下散发着棕黄色的光，在绿色的大山中十分显眼，于是对加车小学的教室也很好奇，再加上了解他们学校的通用语言文字使用情况也是我们调研的重要内容，所以就更想进到教室里看看。加车小学的两位同学看到了我们的好奇，大方、热情地邀请我们去参观她们的教室，于是我们跟随她们的脚步进入了教学区。

我们发现楼梯陈列着许多来自老师、学生的画作和书法作品，作品旁标注了名字和班级，其水平很让队员们感到惊艳，这些作品多用简约的线条勾勒出灵动的造型，或是美丽的苗族姑娘，或是雄奇的加榜梯田，或是天马行空的幻想形象，无一不传神地展现着孩子们纯粹的内心，简单又使人感动。在这样一个教职工不到十人的学校里，学生们能有这样的艺术修养是很让我们佩服的，团队成员看见一件又一件打动人的作品连连发出感叹，也为辛勤工作的加车小学老师感到感动和敬佩，特别是一幅由老师创作的“捧着一颗心来，不带半根草去”的书法作品让我印象深刻。

上到二楼后，大家进到教室里仔细观察教学设备和校园文化建设展示。让我们没想到的是，在距离县城有两小时车程的村寨小学，教室里都配备了先进的多媒体设备，电视和白板一应俱全，可见国家对教育事业的重视。值得一提的是，学校拿出了一间专门的房间作为图书馆放置图书，虽然学校里只有一百多位同学，但是图书馆却放置了满满一屋子的图书，除了一些现代的作品外，还有例如《资治通鉴》等经典陈列其中，完全可以满足加车小学学生的阅读需要。在门口有一个登记台，借阅登记册最后一个借阅登记的时间比较近，说明这个图书馆是正常使用着的。进入几间教室，我们看很多桌椅上都有公益组织捐助的字样，在这远离城市的苗乡，同学们却没有远离社会的爱意，通过这些桌椅，我们能够深刻地感受到学校学生在受到很多人的关心，不由得为同学们高兴。

学校教职工虽然人数不多，但是在他们的尽职工作下，学校不管是硬件设备还是文化氛围都让人惊喜，能让人感受到他们工作的用心，他们的工作成果也让我们对这次活动产生了更多思考，重新审视了这次活动的意义。

白头新，倾盖故

十九号是我们正式开始活动的一天，之前由于物资问题和培训问题，我们没能做太多工作，而前一天接受了活动组委会的培训后，大家对活动的认识也清晰起来，所以一早大家就起床准备一天的工作了。按照计划，这一天我们应该到村里进行问卷调查和访谈，但是由于培训没有说到问卷的问题，我们不得不根据相关专业书籍和论文自己制作问卷，经过一个多小时的激烈讨论后，一份较能让大家满意的问卷终于被设计出来了。于是我们趁热打铁，顶着毒辣的日光开始进入村寨里开展活动。

在遇到年轻人时，问卷的填写往往会比较顺利，一份问卷一分多钟就能够填写完毕；但当遇到年纪较大的爷爷奶奶时，往往就会比较困难，队员们需要用从江方言或者苗话和他们说明我们的来意，然后又要用他们能够理解的话解释我们问卷的问题，最后再根据他们的回答填写问卷，一份问卷填写下来，往往需要花费五分钟。每到需要用当地话沟通的时候，我就暗暗庆幸组队时的先见之明——当时为了贴合活动，我在队员招募的选择上着重于吸纳黔东南的少数民族同学，果然，在开展活动的时候，这些同学发挥了巨大作用，大大减少了我们在交流方面的障碍。

在和村民交流的过程中，我们深刻感受到了他们对于普通话和村外世界的热情，在对一个苗族爷爷进行访谈时，爷爷说以前他参加过村里的夜校，在夜校上课时学过普通话，他还说推广普通话十分有必要，因为我们国家是一个统一的国家，要有一门统一的语言来方便不同地方的人进行交流，虽然在村子里大家交流都是用苗语，但是有游客进入村子和出去打工时，普通话是必须要掌握的技能，就算是问到完全听不懂普通话的爷爷奶奶“推广普通话有没有意义？”时，也没有一个人对国家大力推广普通话的意义有怀疑，虽然他们听不懂，也不会说，但是却都用苗语大力地肯定了普通话的价值。

我突然很感动，山川异域，风月同天，同在一个时代，处于不同的土地，当一些国家还在充满纷争甚至刀剑相对时，我们国家的人民却对自己的祖国有着那么深的认同感。虽然民族不同，生活的方式也大不一样，但是好像有一种特别的力量将我们联系在一起，就算是和他们第一次见面，却有着莫名的亲切感。上学时，我们的古代汉语课讲到《史记》的时候，曾有一个句子让我一直忘不掉："白头如新，倾盖如故。"意思是有的人就算是在一起一辈子，等到白头了还像陌生人，而有的人仅仅是停车交谈了一会儿，就有了故交一般的情谊了。我感觉因为某些东西的存在，我们和这些苗族的爷爷奶奶也被联系在一起，"倾盖如故"了。

在结束寨子里的问卷调查后，我们马不停蹄地来到了加车小学，虽然期末考试已经结束，但是还是有很多同学在学校的篮球场上打篮球，我们看学校里人多，就去访问同学们并进行问卷调查。小同学们一开始有些羞涩，只是远远地看着我们，但当我们对他们的同学进行访谈的时候，他们又会忍不住好奇走近我们，我问了几个一二年级的同学关于普通话学习和掌握的情况，了解到他们基本上只有在学校和遇到说普通话的人的时候才会说普通话，其他时间里都是讲苗语。影响他们说普通话的原因主要是环境，因为在家里没有人说，在寨子里没有人说，所以自己也不主动开口说普通话了。

同学们还和我们说除了在学校上课时能够学到普通话外，平时在家看电视、玩手机时也可以跟着学，他们学习普通话的渠道还是较为丰富的。我一方面比较开心，开心同学们能够有比较多的渠道接触外部世界，这对他们掌握普通话和扩大眼界无疑是有帮助的。但是同时我又有一些担忧，因为通过和这些一二年级的小孩子沟通，我们了解到他们的爸爸妈妈大部分都外出务工了，平时在家里陪伴他们的往往就是一部智能手机，这虽然让他们和外面的世界有了更多的联系，但是网络上很多未经筛选的信息显然是不适合这个阶段的孩子的。在我们的交谈中，他们不时说出几句很流行的网络语言，与他们的年纪很不匹配，这也让我们对互联网带给孩子们的影响感到十分不安。在给球场上的大部分人做了问卷后，我们团队结束了当天的活动，返回到住处整理当日的资料。

晚上，当大家都在紧张写稿、剪视频的时候，负责在微博上发帖的队员一声“我们的微博投稿得到了中国教育电视台的转载！”让疲惫的队员们精神一振，大家脸上终于露出了笑容，纷纷打开微博，开心地看着我们的帖子被大家关注，浏览量飞涨，于是大家干劲大增地继续工作，就连打字的速度好像也快了很多。

新禾旁，诵古诗

月亮落下，太阳照常升起。二十号是我们集中开展活动的一天，我早起给队员们做了青椒肉末面，大家吃了后连连夸赞我是“田螺男孩”，餐桌的氛围也随着日光的照耀而温暖。大家吃完后就整理物资，准备前往加车小学准备开展活动。

我们八点半到了加车小学，恰好是拿成绩单的时间，所以已经有一些同学在学校里了，我向一个女同学询问了校长办公室的地址，然后就来到了吴昌华校长工作的办公室和他沟通今天的活动内容。吴校长对我们的活动给予了大力支持，亲自带我到六年级教室里打开了上课需要用到的白板，然后又交代来拿成绩单的同学先不要离开学校，到六年级教室里集中起来听我们给他们进行经典诗词的教学。不久后，我们顺利开始了诗词课堂，让我们很惊喜的是，加车小学的学生对汉字的掌握情况超乎我们的预想，在遇到一些生僻字的时候，我总担心会大家会卡住，但是他们总是大声、流利地准确发音，不仅如此，他们学习诗词的速度也很快，没多久就学会了以前完全没有学过的作品。

记得在教《苔》这首诗的时候，在台上教学的队员问同学们："大家知道这篇作品告诉了大家什么道理吗？"同学们纷纷摇头说不知道。队员说："'白日不到处，青春恰自来。苔花如米小，也学牡丹开。'这首诗说的是在太阳照射不到的地方，苔藓也可以展现绿意，如米一般大的苔花也能像牡丹一样尽情展现自己的美，勇敢开放。大家也是这样，不要觉得自己是苔花而畏惧开放，要勇敢表现自己，展现自己独特的魅力！"同学们恍然大悟，发出了"哦"的声音，队员们也都露出了微笑，欣慰地看着这些纯真的孩子。上完诗词课、教会同学们一些作品后，在校领导的同意下，我们有序带领同学们去往室外开展"梯田诵读"活动。[①]

在暖暖的晨阳中，我们沿着层层叠叠的翠绿梯田，将目光投在厚重的棕色苗寨建筑上，和加车村的苗族孩子一起，于蓝天下朗诵着祖先给我们留下的经典诗词作品。"稻花香里说丰年，听取

① 我们的计划是通过结合推普活动和当地独特景观，以视频的方式进行媒体宣传，尽可能扩大影响，在一定程度上提高当地的知名度。

蛙声一片”，“苔花如米小，也学牡丹开”……在这景色里听到孩子们用溪水般清澈的声音朗诵出来的应景的诗，我的心好像被什么东西打动，一种微妙的感情突然生发出来，那瞬间我好像感觉不到劳累，只觉得一切都值得，深感作为一个中文系的学生能够做这些是多么幸福。在田埂上朗诵完几首诗后，我们就带着同学们往回走。在一片草地上，我对几个参加活动的同学进行了采访，问他们对于我们今天的活动满意与否、对哪些环节比较满意，还问之前有没有和我们类似的哥哥姐姐给他们组织这类活动，这些孩子捧场地表示他们对活动很满意，说这类活动之前在学校里开展比较少，所以他们觉得很新奇。

让我印象比较深刻的是一位叫吴周波的一年级同学，他看我采访了其他同学后，就在返回学校的路上问我为什么采访他们，我说我们采访了会录制视频发给电视台投稿，到时候大家就可以上电视了。他说：“那你怎么不采访我啊？”随后就表现得很不开心，在和大家合影的时候，感觉他难过得就要流出眼泪，其他同学一直在笑话他，他一直瘪着嘴，我们既觉得好笑又觉得心疼，于是我承诺他返回学校后单独采访他，他这才又重新开心起来，队员们都说：“这下是吴贵波采访吴周波了，一个贵，一个周，不就是‘贵州’了吗？”我也觉得很巧，和大家一起笑起来，之后便拉着吴周波的小手往回走。随后，队员将同学们安全地带回了加车小学，还给每一个参加活动的同学都买了雪糕降暑，我采访完吴周波后就和在学校里的同学们一起打篮球。加车小学虽然面积很小，但是篮球场修得非常好，还铺了防滑垫。打完球后，一天的活动就算是基本结束了。下午，我们看太阳没有那么毒辣了，便去公路上面部分的寨子里又做了问卷调查，希望通过广泛的调查让数据更能反映实际情况。

寻苗歌，惜不得

二十一号，我们的计划是去拜访当地能够唱传统苗歌的乐师，希望能够通过音视频记录的方式留住曾在这片梯田旁传唱数百年的历史之歌。我们曾提前和梁仁和村长探讨过这个计划，他很支持我们的想法并答应亲自带我们去到乐师家。但是到了我们准备出发的时候，却收到梁村长的微信，他说他去和村里最后两个会唱苗歌的乐师沟通了，但是他们年纪太大，很久没有唱已经忘记了，我顿时有些慌张，又问："那苗笛呢？还有人能够演奏吗？"村长回复我："很遗憾，这个我不清楚，应该也没有了。"一瞬间，我的心里满是遗憾和哀伤，前一日我们还在给这些苗族孩子教千百年前就传唱在先人口中的古诗，但是到这一日我们却遗憾地发现这片土地上的苗族孩子以后再也不能像他们的祖先一样用苗语尽情地欢唱了，我长叹了一口气，很久没有说话，坐在窗边看从远方飘来的云，又看它像苗歌一样飘离我们，只留下了蓝色的空空的天。

晚上，我们的一个队员说她一个当地的朋友在我们所住的民宿旁唱歌，说机会难得让大家快去捧场。我们纷纷下楼来到隔壁的小卖部，看到苗族小伙拿着吉他和非洲鼓在准备演唱，队员们都下楼后，他们也唱起歌来，他们唱的多是民谣和流行歌曲，我问他们："你们村里大男生大多数都会乐器吗？"一个苗族兄弟回答我："基本上百分之六十的男生都会乐器。"我又问："那你们有没有会苗族传统乐器的啊？"他回答："已经没有年轻人会了。"我看着吉他和非洲鼓，听着苗族小伙子把来自远方的歌洒在梯田护佑下的加车，一时有些恍惚，感慨良多，等到夜深了，才带着思绪和队员们一起返回住处休息。

琴声中，泪沾衣

二十二号是我们在加车的最后一天，因为没有能够采访到乐师，我们在这天便没有做之前规划的活动。下午三点，我带着同学们拿着相机三脚架和云台到之前匆匆走过的地方认真记录了建筑物和村民的生活。我想，虽然没能记录下苗歌，但是能够在加车村大规模商业开发前记录下原汁原味的建筑和苗族同胞的生活，也算是留下珍贵的资料吧！顶着烈日拍摄了一段时间，我们在第一天来时的那个水池旁歇脚。看着天依旧蓝，云依旧白，但我知道我们的心已经被加车滋润得不一样了。

晚上吃过饭后，村长组织了几个村里比较有才艺的年轻人给我们唱歌送行[①]，我发现其中有两位乐手是前一天在小卖部门口给我们表演过的苗族兄弟，村长说没能让我们采访到乐师他很不好意思，他会和他的兄弟一起用歌声祝福我们第二日返程路上平安。当吉他声响起，我们聚在民宿门口昏黄的灯下，听着《苗乡恋歌》

① 我们要搭乘第二日早上八点的班车离开，村长想用歌声为我们送行，祝福我们好运。

《山水之约》，仿佛在那片氛围里，呼吸一口都会沉醉。歌声、鼓声、吉他声从村长家流出，划过加车的夜，再跃至星空，给予我们好运，我知道我与这美丽土地一定会再相见。

回忆这次活动，满是感动和收获。在组队阶段，大家因为共同的理想聚在一起，活动中又各自发挥自己的优势，共同让这次活动由梦想变成现实。我记得《士兵突击》里的王团长曾和许三多说过“想要和得到，中间还有两个字，那就是做到”，是同学们的配合让我们最终圆满地完成了这次活动，从“想要”变成了“得到”。不论是在推文的写作还是在单位的联系上，林洁、林华两位老师都给予了莫大的帮助，是两位老师的无私奉献使得队员们能够安心享受在活动本身中，这次活动要感谢的人和单位还有很多：加车村梁仁和村长、加车小学吴昌华校长的帮助让我们的活动有序地顺利开展；从江县融媒体中心的工作人员积极报道了我们的活动，增强了活动的影响力；中国教育电视台微博转载了我们的活动帖，给予了我们满满的动力；还有一个又一个可爱的孩子，在他们的欢笑和读书声中，我们的一路的疲惫被彻底治愈；以及一个个配合我们的村民，还有……

我们在这次活动中感受到了中文人的责任和担当，感受到了保护民族文化的急迫性，感受到了在祖国广大乡村地区我们大有可为，主办方教育部语言文字应用管理司将这次活动的主题定为“普语振乡村，青春筑梦行”我觉得再适合不过了，新时代青年就是要通过自己的努力让理想的光慢慢照亮自己的学习和工作，让自己不断往光明的明天走去！

归去来兮

汉语 2003 班　冉晶晶

归去——为你署名

那是一块贫瘠的土地，破败的村庄里满是颓圮的篱墙，杂乱的枯黄，以及萧条的死寂……村子里零落着几户人家，袅袅的炊烟尽头有一棵老槐树，那盘根错节的地底延伸着通往新世界的路。

我时常想逃离这狭小的桎梏，斜阳余晖拉长那佝偻的背影，束缚住我想出逃的妄想。破碎的记忆里，我曾用无数功利的话语骗取父亲的同情，也曾用无数奚落的字眼讽刺他的无能。这苟延残喘的生活令我窒息，可怜的田野、卑微的村庄催促着我去孤独地漂泊，去自由地流浪。我偷窃了藏在檐头上的钥匙，典当了我远行的路费，当我窃喜这悄无声息的顺利，得意这天衣无缝的计划，却未曾想到这实际上是父亲无声的纵容，是他叹息般的退让……

五月石榴花开的一天，我攥着攒了几个月的毛票，第一次走上了和家乡相反的方向，我看见父亲含着失望的眼里，噙满了晶莹的泪水。我不知道这是否正确，出走故乡，我只想遵听心灵的呼唤，不违这短暂的一生。

几年以后，一个忧郁的影子回到了那个衰老的村庄，满目疮痍中夹杂着盎然的绿色，似乎在祭奠一个死去的灵魂，又仿佛在挣扎一个崭新的生命。我两手空空，什么也没有……拖拽着疲乏的皮囊，裹挟着倦怠的面容。阴雨绵绵的暗沉里，我无比渴望和煦的太阳。那一方没有杂草、没有污秽的庭院，是父亲用半生打理的小家。父亲也衰老了，他眼里有化不开的浑浊，皲裂的手掌，颤巍的身躯，他似乎不再高大。昏黄的煤油灯下，温着一壶老酒，我与他斟满畅饮，诉说着这几年的见闻，他眼里闪过一丝清亮，随后又化为无尽的沉寂……

我时常在月下漫步徜徉，在街头黯然神伤，清辉的月光衔来满目苍凉，撕扯心灵的创伤。当我背上行囊，踏在崎岖坎坷的路上捡拾希望，我要翻越险峻的高山，去看壮阔的大海。前行的列车缓缓驶出，不知道停留的终点是何方，只知道那是梦想启航的方向，而起点是故乡。

独自在异地流浪，蓦然回首观望，不禁热泪盈眶。那里是林间小巷，那里是几里故乡，它没有都市的繁华璀璨和霓灯耀目，只有柴米油盐的打量、酸甜苦辣的品尝。生命维度里的航向，我用多年来怀念，又用多年来遗忘。时光驿站里的轮廓，拼凑出温情的形状，惊艳了人生中的漫溯时光。

四季交叉更替，又一年冬雪雨下，那蜿蜒曲折的渡口，是否依旧有人擎灯遥望？青山远黛，烟雨画舫，撑一柄油纸伞，当缓缓远去的身影消失在尽头，你依旧站在原地眺望，眼里闪烁惜别的泪光。在那一方狭窄的土地上，永远点着一盏灯，留着一扇门，等着一个人……

在无数缝缝补补的岁月里，在世界角落的一隅，总有那么一个地方，是我一生的牵挂、半世的惦念。那是用生命烙印在心头的印象，是托明月清风去寄问的故乡，半生漂泊流浪，不曾相忘的是那人那树那村庄。

若山河无恙，那是我唯一想守的地方；若纸短情长，那是我唯一想留的地址；若菩提有愿，那是我唯一想圆的允诺……

为了从废墟中救起自己，为了追求一个至善至美的真理，我又离开了我的村庄。临走之际，父亲站在长满青苔的门前张望，等我辞别离去，他交给我希望的重量，要我坚定心中的理想，效忠神圣的信仰。我读不懂他意味深长的话语，看不懂他耐人寻味的目光，也许更多年以后，经过时间的沉淀，再忆起这一幕，我会理解他的所作所为，我会明白他的良苦用心……

我走了，再次踏上了与家乡相反的方向，我害怕的不是村庄的荒凉贫穷，而是那世辈的愚昧无知。我用无力的笔触写下密密麻麻的文字，是诗歌，是散文，是记录和叙述。今天，太阳吻着我昨夜流过泪的脸颊，吻着我被人世间的丑恶厌倦了的眼睛，吻着我为正义喊哑了声音的喉咙……呻吟着病痛，刺激着麻痹，热烈的火焰将把一切颓靡烧为灰烬。明天，会折射新的黎明的曙光普照大地！

来兮——为你正名

我沿着你的步履，去到过许多地方，长街里飘扬烟尘，古巷里涤荡霞光。狂风乍起，落花飞絮凌乱了满湖的星影，裹挟着旅途的风尘破败了衣衫，密密麻麻的针脚缝补着泛滥成灾的思念。旧梦化作远水荒山的碎石，白昼长了一分，黑夜也增了一寸，在崇山峻岭间逾巡不前，拾捡那搁浅的星光。

夜半清辉映照着纵横交错的小径，曾经一路同行的人多半已不知去处，依稀有些细碎的片段闪烁。苍穹闪烁着的是长庚，是启明，藏着忘却的过去和隐约的将来。清风从千万里吹来，像远方的故人在我耳畔低语，掠着些许他乡的叹息。辽远的距离，成为我们之间划分界线的沟壑，枯木盘踞在河的两岸，坟茔埋着地底的骸骨，晚归的路人一心修补残存的记忆。

听着狂风里的暴雨，看着狂风把一切都吹向高空，暴雨又把一切都淋入泥土，借着窗边仅剩下的微弱昏黄，写出简单的诗文，慰藉天边壮美的沉沦。生命中能有几回春几回冬？只感受到时序的轮替，忘却了人间规定的年龄，依旧拖着佝偻的身躯，想去荒芜的原野寻找人迹，甚至妄想在一片孤陋的废墟上耕耘春天。

阔别多年，路和水相携，风和云相应。后来的我，不知你的去向，不知你是否也回到了故乡。包裹里几封破损的信件、几张泛黄的照片，证实了我们生命里暂住的曾经。风雪一年又一年，远处传来阵阵箫声，恍惚间，又见那个吹洞箫的少年。松林翕萃，暮钟消散在浓雾里，遮盖了一生的惋惜伤怀……

锁在匣子里的秘密终究要被宣读，在许多路口，我们早已彼此错过。在没有英雄的年代里，我寻找砌在墙里的传说，那被世人遗忘的关于你的名字。我认真地校对时间，妄想回到过去，更改你悲切的故事结局，纵使我一再涂改，也未能及时挽留住你远去的灵魂……

远方响起鸽子的哨音，我的肩上是停留的风，在尘土飞扬的黄昏里，在那颤抖的枫叶上，私自写下关于春天的谎言。磨损的记忆省略了过往所有，每一个故事都有了新的开始，买下一张船票踏上新的航程，昔日的欢声笑语，在被抛弃的地方早已成为一堆废墟。风把最后的余温朝落日吹去，连带着那缥缈的回忆，一切的一切消失在这个秋天里，悄无声息……

借过不是告别，因为我们并没有相见，尽管影子和影子曾在路上折叠，我们依然像一个孤零零的囚犯，踩着记忆的影子四处逃窜。人们都说真理是反复出现的主题，时间将要中止，依然在倒卖那被埋葬的尸骸，在浮光掠影般的人海里穿行，或许会有彗星出现，拖曳着残垣中的瓦砾，带我寻找苦难中的幸存者。

暗夜里的游荡者被追捕，戴着脚镣和枷锁的囚犯，被鞭打和烙印的罪人，在黎明到来前四处逃窜。我企图侦破那精致的谎言，让光照到每一个阴暗角落，在坍塌的地狱下自赎，靠坚定的信念和正义的真理……

站在时之彼端，写着青春沦落的诗，闲置的记忆被拆毁，脱离命运的手稿被改写，那是你误解的一切。一个遗落在人间的故事中有你全部的过去，用缄默无言使满天的星星失去光亮，是指责和控诉，是对时间捉弄的反抗。聚敛万家灯火，等待破晓时的熹微，沉重的山影代表了模糊不清的历史，残缺的月亮被愚昧者藏进浓雾，让那秋天枯草上的霜染白智者的鬓角，从破旧的篱笆和肮脏的街巷寻找生活的炊烟袅袅……

黎明揭起白昼的帷幕，黎明死了，在无尽的血泊中留下迟暮的早霞，它是被光偷去的光明的影子，散落在每一寸土地上，熠熠生辉。引路的灯盏没有欺骗你，虚构的故事拖延着信服的人沉落，有人抗议无效，有人以死相逼。

山那边是月亮的谷地，那旅客正携带着落日与晚风，于黄昏的尘埃中向我们走来。我倾听你的诉说、回应你的呐喊，细碎的光影铺展在大地上，种下希望，书写篇章！

信号灯用三种颜色代表季节的秩序，战士用躯体裁剪出光明。那无上的荣光不可否置，太阳晒过的情感炽热强烈，去到过许多地方打听你的下落，从白昼走到黑夜。夜深了，风还在街上东奔西撞，我在披星戴月的路上满载而归，时间过去了很久，它终于重新带回属于你的璀璨星光！

阮郎归

汉语 2003 班　罗　幹

1949 年 10 月 24 日，新中国成立的第二十四天，金门战役打响。

人民解放军第三野战军第十兵团一部三个团九千余人渡海进攻金门，发起金门战役，在岛上苦战三个昼夜，因后援不继，全军覆灭，甚为壮烈。

一

“谢谢你给我来信，讣告已闻，我即派儿子儿媳赶赴厦门扶榇归葬。”当阮阮吩咐儿子陆长云寄出这封回信后，她内心悲痛，像个孩子似的哭倒在床上。

“文德，你到底还是离我而去了。”她想。这是 1995 年 9 月的一天，秋风萧瑟，天气多云转阴，不见阳光，天空青灰一片，恰似阮阮伤心的脸庞。

陆家在努努河北岸的河滩上，两进院落，还算宽敞。灰瓦屋面，梨木椽条，菱花格子木窗朝南而开，院墙与地面用的是东山产的大青砖，错落有致。

到了迎柩那天，院里一早搭建起一座灵棚，角落处蒲团堆得如小山高。午后一点，在焦急等待了数小时后，护送陆文德骨灰的灵车到了，一共两辆。但与其说灵车，不如说是车前挂着一匹五尺黑纱的旧面包车。

车到南岸，隔着一座石桥，桥道狭窄，不能通过。待车停稳当，陆长云抱着骨灰盒率先走下车，面色凝重，形容憔悴。快到大门口时，阮阮脚步蹒跚，连忙领着一群戴孝的儿孙小辈上前相迎。

“文德。”她眼眶湿润，右手在骨灰盒上来回摩挲。许是冷风灌进袖子，突然整个人身子一软，她差点摔倒，幸亏被几个同年的妇女给扶住了。

阮阮强作镇定，示意众人放手，正声道：“文德，你终于回家了！”

陆文德的几位堂兄弟也齐声喊道：“陆氏二房次子陆文德，回家了！”

陆长云一听得令，郑重地抱着骨灰盒往家走，小辈们黑压压地跟在他身后，队伍宛如一条长龙。不久，陆家大门上挂起了一丈长的白布，彻底替换了原本暗旧的桃符和干菖蒲束。

阮阮回身，看着眼前穿着时髦却不失庄重的一对母子，一眼认出了中年女人就是陆文德在金门的妻子李秀英。虽然她俩此前并未见过面，但还是知道彼此的存在和一些过往经历。据文德所言，1964 年他提前从部队退伍，先后换了好几茬工作，却依旧衣食无着、居无定所，最后是靠制作菜刀为生。

后来经人介绍，他和有着一个孩子的李秀英结婚。二人都是二婚，彩礼什么的不要求贵重，所以文德就亲手制作了一批厨房刀具送给她。

阮阮慢慢走到她面前，热情地伸出双手："谢谢你们能来，穷乡僻壤，山高路远，一路奔波劳累辛苦了。这份情谊我永世难忘。"

李秀英肩背一只黑色背包，神色哀戚地说："你言重了，文德走了，我也想送他最后一程，顺便看看生养了他的地方是什么样的。"

"嗯，我们都是欢迎的。"阮阮又看向她身旁的年轻人，问，"这是你儿子吧？都长这么大了。"

李秀英点点头，微笑说："是我们的大儿子，叫陆长柏，松柏的柏。"

"人看着不错，一表人才，名字也取得蛮好。老话说得好，人如其名，确实像柏树一样有精气神。"阮阮由衷赞美，又道，"哎呀呀，都怪我，光顾着自己嘴上热闹。进家，快进家里面坐。"

第三天。

偌大的一间灵棚内，齐刷刷跪满了人。云板声连绵不绝，哀乐四起，在一阵悲凉的唢呐声中，跪者无不眼含泪水，叩首、起身、俯身、叩首，循环往复。

待上半场仪式结束，夜幕降临，院里开始热闹起来。大人和孩子们坐满了大半个院子，全都翘首以盼，等待一幕好戏开场。

每逢村里谁家老人过身，停丧期间，少不了请一支戏班来唱戏，热闹热闹。既是对亡者成仙得道表示祝贺，又能表现出儿女的深切悼念，而且唱的戏曲节目多样，合村老小都爱看。

此时戏台上唱的是《秦雪梅吊孝哭灵》。演员唱念俱佳，如泣如诉，配合唢呐的声音更是催人泪下，感天动地。每奏一曲，闻者皆有悲意。

阮阮也觉得曲乐过于悲凉，不忍再听，中途便起身离开了。路上偶遇陆长柏从后院东耳房里出来，她笑着说："是长柏啊，打了一天孝幡，辛苦了！"

长柏惭愧地说："您别打笑我了，我这点劳苦和长云大哥相比差远了，他才是真的辛苦。忙里忙外的，从没见他脱下孝服过。"

"他是孝子，又是长子，身披重孝烧夜纸、守夜灵是他的本分。"

这时孝歌响起，长柏双耳一动，道："好像开始哭灵了，我去打幡了。夜里容易着凉，您早点回屋休息吧。"

"对了，刚才我姆妈说找您有点事儿。"他补充道。

"我知道了，你去吧，顺便告诉长云：今晚守夜不要熬得太晚，让大家早点儿休息。"长柏答应着，飞快地走了。

看着他离去的背影，阮阮不禁想起了亡夫，喃喃道："不愧是两父子，走路的姿势都一个样。"说完，转身朝西边李秀英的房间走去。

她知道，李秀英不会无缘无故找她，凑巧她也有事要问。

二

房里点着油灯，从窗外依稀可见灯下忙碌的人影，似乎是在翻阅什么。

阮阮叩门，未几，里面传来一声："请进。"她遂轻轻推门而入。

李秀英正在翻阅一些照片和信件，情到深处，眼中不由泪光闪烁。一抬头见人已经到了，急忙收了下去，整理一下情绪说：“坐吧。”

阮阮坐在炕沿上，说：“其实你们不用来的。从金门到这里不下万里，路远天长，交通又不方便，把他葬在那边也好，毕竟那是他的第二个家乡嘛。”

“我自己想来的，文德走了，这是我唯一能为他做的事。阮大姐，我能这样叫你吗？”李秀英问道。她其实只比阮阮小一轮，但从外表上看，一个五官依旧漂亮，像刚满四十岁；一个则容颜衰老，满头华发，看起来有七十多岁了。

见阮阮点头，她接着说：“文德临终前的心愿就是落叶归根，我不想让他留下遗憾，死不瞑目。作为他的妻子，不管有多艰难，我也要帮他达成。”

听闻此言，阮阮脸上浮起未名的苦涩，淡淡道：“是的，你做到了，想必文德在九泉之下一定心安了吧。”

对阮阮来说，从前的丈夫早已“死”了，死在了金门战场上。这证据就是她等了他四十年，守了四十年的活寡。从他再娶那天起，她就变成了前任。

“可是，你舍得吗？”阮阮道，“再过十年、二十年，这里的人只会记得，文德这一世的妻子，只能是我。”

“你是他的发妻，永远都是，这点毋庸置疑。至于别人怎么看我，墓碑上留不留我的名字，我不会强求。”她垂眸，眼神中含有不甘。

阮阮连忙摇头：“不……我没有要独占文德的意思。”

“我明白。你放心吧，在我知道你为他守节，等了四十年的时候，我就打消了这个念头。因为我知道，你比我更爱他，胜过爱你自己。”

“谢谢你，果然只有女人真正懂得女人。”阮阮打心眼里感谢。

“这点我赞同，”李秀英直视她，很正式地问，“你有空吗？我想跟你说一说他后来的情况。”

阮阮求之不得：“好呀，之前信里不方便，我正想问呢。”记得他们最后一次相聚是在去年阳历三月间，母亲病重，文德闻讯立即赶回来见最后一面。

母亲过身后，文德跪在坟前痛哭，历数自己的不孝，十分懊悔地说：“祖宗埋在这里，爹妈长眠在这里，咱的根也在这里……以后我也要埋在这里。”

他下定决心，于是对阮阮说：“我一定要回乡定居，死也要死在这里。我已经问过了，这边非常欢迎。”

阮阮一听很高兴，由衷支持，想了想却说：“你回来定居，秀英和孩子们在那边怎么办？毕竟这么多年的夫妻，突然分开，要她怎么活？”

“我们儿子、女儿都结婚了，在那边工作，买了房子，没什么不放心的。至于秀英，她可以跟我一起回来，不回来也没关系。”

这一天阮阮朝思暮想了四十年，没人知道，她是如何忍受几万个无尽的孤苦之夜，度过几万个不眠的思念之夜的。她当然希望丈夫能回乡定居，但理智告诉她现在还不行，还要再等等。

“算了吧，秀英一时半会离不开你，而且我听说那边的发展很好，回来就等于放弃一切重新开始，不如就在那边养老吧。我一个人挺好的，娃儿孝顺，国家政策又好，生活有保障，你放一百个心好了。”

阮阮假装很轻松地说：“你年纪大了，腿脚不方便，不用每年费力地飞回来看我，写信来也行。想我的时候就默念我的名字，我能感应到。”

“不行，我怎能弃你于不顾？秀英还年轻，无病无痛，儿子儿媳也孝顺，离开我她能活得好好的。阮阮，你总是为别人着想，何时也替自己考虑一下？”

阮阮闻言深受感动，一瞬间眼眶里泪花闪闪。

“为了我，你已经等了四十年。”他握着她的半截手掌说，“你放心，这次回去我就同秀英商量好，办好所有手续，最迟明年春天回来，再也不走了。”

这当然最好，阮阮同意了，拥抱着他说：“好，我们永远在一起。”

却没承想，这竟成了他们的最后一次相聚。听说他在回到金门后不久，旧伤复发，生了一场大病。过了大半年，眼见病好了，又因为脑出血离开了人世。

三

李秀英让阮阮坐近些，从包里取出一沓照片，将第一张递给她：“这是去年六月文德第一次住院时我们女婿拍的，他是一个小报社的记者。”

上面人很多，大人小孩七八个，还有护士，角落里还有一篮子水果。阮阮第一眼就看到了他。他看起来衰老多了，头发花白，脸色很苍白，不过笑容仍是亲切的、熟悉的。一刹那，多少往事如潮水般全部涌上心头，堵住喉咙，阮阮只觉得鼻子发酸，眼泪也跟着啪嗒啪嗒往下掉。

“这是前不久拍的，女儿女婿带我们去金城莒光湖游玩。”李秀英面无表情地把照片递给她。背景不错，有湖光山色，亭台楼阁，海潮汹涌。

其中一张里的他看起来气色非常好，左手插裤袋，右手拿一支烟。这是他的习惯动作，只要一紧张，立马点上一根烟，不抽也行。

二人最后停在了陆文德登楼眺望祖国壮美河山的那张照片上。

阳光明媚，只见他站在古香古色的漆红栏杆前，双手无处安放地耷拉着，眺望远方，触景生情，嘴唇微张，眼角含泪。

李秀英指着他身后雄伟壮观、飞檐画栋的古楼说：“那是莒光楼。”

阮阮默默颔首。文德对她说过，那楼取自“勿忘在莒”的典故，原意是什么她忘记了，只记得他说：“每年冬天，我都会想起东山漫天的梨花雪，梦见你坐在炕沿上，咬一口香甜多汁的冻梨，一边绣着新衣，一边哼《大登殿》。可是岛上没有梨花，也不会下雪，更没有冻梨可吃。有一年我过得很不顺，原因是我不满上官克扣军饷，发了一点牢骚，结果就蹲了一个月的号子。出来那天，真有种恍如隔世的感觉，后来我看见‘勿忘在莒’四字，一下子就想起了你。”

他神情恍惚地说：“莒光楼开放参观后，我登上去看过。楼很高，只是千重万重的青山隔着，那方浅浅的海峡隔着，举目见日，不见东山。”

想到这些，阮阮完全失语，唯有低头默默抹眼泪。

然后，一张摆满各式菜肴的照片出现了，接着是一张全家福合照。

“他年轻时受了很多枪伤，伤及肺部，留下了严重的后遗症，所以病情总是反反复复。春节前的半个月，他吵着要出院。我们感觉他好多了，检查的各项指标也都显示合格，于是就接他回家了。”

李秀英说：“春节那天，儿媳的父母过来一起过年，做了两桌菜。亲家公祖籍山东，也是一名退伍老兵，两个人一见面话匣子就关不住。从南到北的典故风物、名人轶事，就没有他们不知道的。从中午到晚上，吃饭时也是边敬酒边说个不停，直到很晚了才依依不舍地告别。”

阮阮想，他就是心里太憋屈、太寂寞了，难得找到一个交心交底的，况且他们都曾是老兵，当然要一吐为快了。

“你不知道，他这人平时很少说话，一年里吃的饭比说的话还多，就像一个闷葫芦，什么心事都往里面装，而且脾气古怪，当初知道女婿是做什么时，他立马就回绝了这门亲事，甚至让他们赶快分手。要不是女儿坚持，女婿和男方家里也很有诚意，他才勉强同意他们的婚事，不过还是不甚满意。”

“幸而女婿是个实诚人，知道一点历史缘由，不跟他计较，也不会轻易对外人透露半分我们家的情况，真正拿心和他聊天，他这才接纳了女婿。”

文德并非无情无义之人，只是小心谨慎了些。要知道岛上特务横行，相互之间告发成风，只要对当局有任何一点不满，发牢骚、说怪话，立马就会被当成间谍关进监狱，遭受毒打，像牛马一样干苦力活。

因此他在那边从不跟人谈论政治、军事话题，不愿意提及自己老兵的身份，而他曾是一名解放军的身份更是严格保密。

但在东山，只要碰见熟人，龙门阵一摆就是一天。前年他回乡探亲，跟东山的同辈人聊起解放战争，一口气能说出许多经典战役，说到解放军英勇作战的事迹更是如数家珍。

李秀英又指着一张文德跟人斗酒的照片，恨铁不成钢地说："他本来有旧伤在身，医生跟他说要少喝酒，最好是戒酒。刚开始还好，时间一长，他心窝子里就像有蚂蚁在爬，全身上下都难受。不让他喝吧，看着又可怜；让他喝吧，第二天病痛又发作了。家里常备有酒，我怕他控制不住自己，就全藏了起来，没想到他鼻子比猫的还灵，偷喝酒比馋猫偷吃鱼干还熟路呢。"

她仿佛打翻了醋坛子，可劲地往外倾倒："戒严时期，一般家里添了、丢了任何东西，他都要询问两三遍才罢休。环境使然嘛，我也习惯了，可他还是经常疑神疑鬼的，对我也不信任，有时候我真的怀疑我是不是嫁错人了。"

"还有啊，有段时间他脾气特别暴躁，酗酒，打我，十一点之前不准我进房间睡觉……还扬言要去跳古宁头的断崖自杀。"

阮阮很意外，文德一向脾气很好，看起来斯斯文文的，管得住自己，不像是那种醉酒后殴打妻子的人。

难以想象，但十有八九是真的，毕竟长期处在那样压抑恐怖的环境下，什么事都有可能做得出来。又或许二人曾经闹过矛盾，而李秀英渲染了、夸大了。

跟东山所有的妻子一样，“黑”丈夫是一种本能。就算几乎没有缺点，也要批评得一无是处。否则在外人看来，“你男人那么优秀，你怎么配得上他的？”

阮阮安慰道：“算了，都过去了，就算你现在要骂他，也没机会了。”

“是呀，都已经过去了，我还计较些什么呢！”李秀英释然。

慢慢地，两人看到了最后一张照片：只见他一动不动地躺在病床上，插着氧气管，床头挂着吊瓶，周围是一片惨白的脸。

“那天是星期三，我们刚吃过午饭，他说想你了，要给你写信，结果还没写满两行字就晕倒了。”李秀英抽噎着说，“他走得太快，从昏迷到离世，不到两个小时，我们根本来不及反应。”

一瞬间，阮阮好像听见了泪珠落地的声音：“他倒是走得痛快，留下我们这些人为他肝肠寸断。”

四

不久，阮阮不再流泪，起身擦了把脸，还贴心地绞了热毛巾递给李秀英。擦过脸后两人的气色好多了，一脸红润。

“这些，都是他给你的，以后权当作纪念吧。”李秀英有酸意，一边说一边从包里掏出几封信来，看样子启封过。

“什么？”阮阮顿了一下，顺势从她手里接过来，压在饭桌上。

“不打开看看吗？”

“不必了，想必都是些家书，没什么紧要的，明天再看。”她嘴上说，心里却想打开看看，毕竟枕着一堆甜话入睡，肯定能做个好梦。

李秀英不置可否，从口袋里摸出一个黑色的小本本：“整理遗物时，我发现了这个——他每天都会在上面记录，但是不记事。”

阮阮接过随便翻了翻，内容很杂，或只言片语，或信手涂鸦，又或是一串不连贯的数字，云里雾里的，实在看不出有何含义。

“有家不能回，有苦说不出，他心里一定很憋屈。”阮阮直言，“那边蒋氏父子大搞高压政治，手下特务的凶残又是出了名的，你们没少受迫害吧？”

李家原是江浙一带的渔民，一家人在国民党败退台湾时被迫迁移过去。阮阮知道秀英是信得过的人，所以才放心大胆同她说心里话。

“谁说不是呢？白色恐怖最厉害的时期，大兵满大街抓匪谍，特务们更是见人不顺眼就抓，谁要是敢反抗，先打一顿，然后关禁闭、干苦力……大家看见他们没有不绕着走的，比见了阎王还可怕。”

李秀英眉毛竖起，一咬牙愤恨地道：“还有呢，谁要是在路上说了句蒋或者当局的坏话，人还没到家，尸体已经先到家了。”

阮阮闻言不由想起了十年浩劫里的“红卫兵”，打砸抢烧，何其相似。这是那个时代的悲哀，也是那个时代的人的不幸。

突然，李秀英急忙从包里翻出几张发黄的破纸团，平平地摊在饭桌上，努力回忆道：“以前厨房闹过鼠患，我寻思把厨房里外都翻找一遍，结果在灶沿的通风口掏出这些东西，不是墨迹晕染了，就是被耗子啃烂了，残破不堪，只能看见只言片语。我也不敢对他说起，就保存了下来。”

阮阮接过展开看时，只见内容是：

“机枪口吐火舌，冒着绿幽幽的青烟……身上瞬间多了几个透明窟窿。”

“像割麦子一片片倒地，但还是猛虎一样哄哄地往前冲……”

“子弹打光了，就用刺刀和拳头……”

“射杀的是自己的兄弟。”

阮阮知道，这是有关那场战争的细节的，不过文德已死，无法查证了。

对于四十余年前那场惨烈的战争，文德至死不愿意跟人透露一点细节，其中包括阮阮。可他又不甘寂寞，经常对儿女感慨他这条命是捡来的，还说要感谢老天爷，一辈子心怀感恩，因为“阎王让你半夜死，绝活不过五更”。

一直重复同样的话，实在有点唠叨，这是阮阮这些年来最大的感受。

但有时他又像变了个人：“说出来怕给你们招来麻烦，还是不说了。”

记得文德唠叨最多的一句话就是：“在战场上，不是你死就是我亡。”

何其讳莫如深。

不过，根据官方公布出来的说法，金门战役中人民解放军登陆部队在岛上苦战三个昼夜，因后继无援，大部分英勇战死，其余被俘。

那么，他应该是被俘了，然后苟活了下来，所以才一直不愿意跟人提起那段经历。那是他心里永远的痛。

想清楚这一层，阮阮瞬间理解了丈夫。

然而，文德到底是英雄。英雄不该是这样的结局，不该就这样离开。

过了好久，阮阮回过神来，忙问："刚刚说到哪里了？"

李秀英挑了挑眉："讲到了文德第一次回大陆探亲时候的事。"

阮阮顿了一下，脑海里一点印象都没有，意识到自己发呆许久，竟然错过了太多事。她奋力回忆着，突然只觉得眼前一阵眩晕，头还有点痛。

李秀英见状，急忙扶住她："咋了，头痛病犯了吗，要紧不？"

"老毛病了，坐久了就这样，又舍不得花钱看，慢慢就习惯了。"

"估计是低血压，不是什么大病，不过记得要上医院看看。"她起身，热心地倒来一杯热水，"先喝点热水，缓一缓。"

"谢谢你。"阮阮扶着她的手，一脸感动。

"不用客气。"她微笑。

休息一会儿，感觉好多了，阮阮忍不住道："你继续说吧。"

李秀英"嗯"了一声，说："1987 年末，台湾终于开放大陆探亲，你没看见他当时有多么癫狂——喜极而泣，猴似的上蹿下跳，更激动得一夜未眠。可是第二天他的精神比谁都好，早早地就去乡公所申领申请表。"

"三十多年都没回乡去看过一眼，也不晓得父母亲人还在不在世，这是人之常情嘛，况且他们很多人本来就是被诓骗过去的。"阮阮动情地说。

李秀英点点头，继续道："结果申领的人实在太多，加上金门远不如在台湾的消息灵通，十万份申请表一早便被抢空了。下午，他悻悻地回到家，一屁股坐在门口。我一看就知道是怎么回事，没办法，只有等新一年的名额下来，幸而那时已经是十一月了。”

“第二年他很早就领了表，着手准备回家的所有手续。分别那天，我生怕他再也不回来了，含泪说：‘我知道这一天你等了三十九年，非回去不可，我非常支持你回乡探亲，但是别忘了这边还有我和孩子……’”

经她这一提醒，阮阮也想起了往事。时光回到1988年的夏天，暑假。天气晴朗，树上的知了聒噪个不停，鸟儿在林间叽叽喳喳，似乎有喜事来报。

那天中午，阮阮正坐在屋檐下缝补旧衣服裤子。忽然三个顽皮的孙子气喘吁吁地跑进来，说是在前边村听人说：“恁爷爷回来了，找不到回家的路。”

原来陆文德回来探亲，先从台北到香港转机，然后直接飞到北京，从北京坐火车到济南，再转车到东山。辗转多日，他终于到了东山，可下车后却发现一切都变了，瞬间晕头转向的，实在找不到回家的路，在公交站台旁哭开了。有好心人就问他怎么了，他自报家门，在别人的指引下兜兜转转找到前村。

阮阮一听高兴得不行，立马让大孙子去地里给男人们报信，自己则和几个妯娌去二里地外的前村接人。

陆文德那时才六十出头，却已是苍颜白发。时隔三十多年没见，他们一眼就认出了对方，相见无言，唯有相拥而泣，尽情宣泄憋屈了多年的感情。

回家，远远地见到老母亲，他立即用粗哑的嗓子唱起梆子：

“思老母，不由儿痛断肝肠；想老娘，不由人泪洒胸腔。眼睁睁，高堂母，难得相见……”虽然几乎词不着调，但是一字一句血泪交织，听者无不泪流满面。

随后母子二人抱头痛哭，很久才停止哭泣。

“他心里是很爱你的，绝不会弃你们于不顾。那次探亲前后不过几天，他虽然心有不舍，但还是如期回去了。”阮阮安慰说。

“是啊，嫁给这样的男人，我何其有幸。”李秀英话锋一转，道，“只是大姐你盼他盼了四十年，好不容易等到相聚，却只有短短的几天时间。”

阮阮抬眼，苦笑道：“哪怕只有一天、一小时，对我来说足够了。比起死后在地下相见，活着见面更有盼头，不是吗？”

“那是当然，”李秀英顿了顿，一脸诚恳地说，“大姐，能不能跟我说一说你的前半生，我想知道你们的爱情故事。”

“哪有什么爱情，不过是男大当婚、女大当嫁罢了。他没对你说起吗？”

“他很吝啬，从不跟我说这些，要不是无意中看了他写给你的信，我恐怕会一直被蒙在鼓里：我的丈夫，居然背着我给另一个女人写暧昧的信。”

“而这个女人，居然就是他在大陆的发妻。”阮阮自嘲。

“不，我不是那个意思。”李秀英连忙辩解。

“我知道，”阮阮眼神柔和，说，“他有苦衷，说出来怕你受不了。毕竟一个妻子是不大乐意她的男人时刻把另外的女人挂在嘴边。”

“对大姐来说，你是他的发妻，你又为什么乐意听文德说起我？”

“那是因为我了解他的为人，体谅他的难处，毕竟他一个人在那边，需要有个知冷暖的人照顾他，陪他说话解闷、持家过日子。”

“那是了。善解人意，大姐你能做到，我为什么做不到呢？”

这个理由确实很有说服力，叫人难以拒绝。阮阮答应了：“作为交换，后面也请把你的故事告诉我。”

“好。”李秀英颔首，二人像小孩子彼此分享睡前故事一样约定好。

正要开口，阮阮脸上却犯了难：“该从哪里起头好呢……对了，就从我们的初次见面，从 1942 年的那场大饥荒开始讲起吧。”

五

1942 年，也就是民国三十一年，春天，河南大旱。

整个春夏，天空未落一滴雨，成片成片的谷物全部枯死在地里，小麦收成仅有往年的两成左右，而夏播的农作物更是因为蝗灾颗粒无收。

这年秋天，一场大饥荒毫无意外地爆发了，家家添新坟，村村闻哭声。然而当地的军阀和大官们却对此视而不见，无所作为，只顾自己享乐。

别的地方阮阮不知道，在河阳县，就是大诗人杜甫笔下“应急河阳役”的那个河阳县，起初大家还能吃上糠馍、野菜，后来只能吃草根、树皮，再往后全都吃光了，就只有卖儿女来换粮食这一条出路，或者饿死。

阮阮名阮，也叫阮小二，但她更喜欢别人叫她阮阮，不为别的，好听。只因为她爹识字不多，登记时就把姓复制给了名，后来也懒得改，沿用至今。

阮阮最好的玩伴——王家二姐妹，就被她爹卖给了关西的人贩子。从门前经过的时候，她从门缝里看见她和别的一些女孩子被人用绳子绑住双手，像牛马一样赶着走。

可怖的是，很多地方出现了吃人——父母吃孩子。不忍心的，易子而食。

然而阮阮到底没有亲眼看见，或许一切都在暗中进行着，但这骇人听闻的事情足以令她担惊受怕了好长时间。

“全县闹饥荒，实在活不下去，我爹就带着我们一家人逃荒。途中大哥和三妹吃观音土消化不了撑死了，我娘也在一个大雪天的寒夜里冻死了，逃到这里时只剩下了我、我六岁的弟弟和我爹。”

阮阮看似轻描淡写，实则眼泪早已成串地往下掉。“寒冬腊月，河阳县逃荒来拖儿带女的饥民，充满了东山十里八乡的街道。我和我弟弟又饥又冷，感觉快要死了，是文德的爹可怜我们，施舍了一顿黑馍馍。那是我觉得此生吃过最美味的一餐了。于是我爹就把我许给他家二儿子文德做童养媳，这之后，我爹拿着我公公凑的一点钱粮，带上我弟弟往西继续逃荒去了。”

陆文德那时是一名抗日民兵、进步青年，本无心儿女情长，只想早日把日本鬼子赶出家园、赶出中国。他因此对阮阮十分疏远、冷漠，但她始终任劳任怨。

“好不容易等抗战结束，眼见各地和平了，我婆婆有意撮合我们成亲。可是文德眼里只有家国大义，再一次拒绝了，只当我是他的一个妹妹。”

“直到有一天，我们一群少男少女去登附近的小黄山，看风景。后来我的脚踝崴了，走不了路，需要人背。下山的路有一段特别险峻，两边是悬崖峭壁，背着一个人下山，极可能摔下去粉身碎骨，加上这时候已近黄昏，如果耽搁到了夜晚下山更危险，只怕性命全要交代在山上。文德想都没想，径直把我背起来，然后一路走下山去。”

“我问他怕不怕，他说不怕，与其独活，不如共死。从那时起我就知道他的心意了。于是我决定嫁给他，他同意了，不过要等我十八岁成年后才可以。”

说着说着，阮阮面带微笑：“你别看他貌似胆小、笨拙、冷漠无情，实则无比勇敢、矫健、外冷内热，情愿用性命去守护他所珍视的东西。”

“原来他是这样的人，是我错怪他了。”李秀英感叹，又问，“后来呢？”

阮阮垂眸，伤情地道：“1947 年冬天，我们成婚了，婚后不久他就上前线打仗去了，我生产时也没空回来看我。他参加淮海战役、渡江战役，在毛主席和朱总司令的英明领导下，打过长江去，解放南方。他后来又参加了金门战役，然后全军覆没，下落不明，十余年杳无音讯。后面的事情你就都知道了。”

李秀英肯定地点头，无比感慨地说：“这是我迄今为止听到的最动人、最悲伤的故事了。大姐，这几十年来你受苦了。”

沉思片刻，她决定敞开心扉：“大姐，自从知道你后，我便不再以文德的终身伴侣自居。在我看来，我只是有幸在他孤独无助时暂代了你，给予他温暖和爱，他也恰好把我当成了可以停靠的港湾。因此，分离是迟早之事，何况我已经占有他三十多年，足够了。现在，我把他还给你。”

阮阮感动得无以复加，眼前起了水花，又艰难地弯腰道：“谢谢你。”

六

李秀英送阮阮出门时，已近深夜。今夜无月，但星星特别多，一闪一闪的恰似孩子明亮的眼眸。深青色的天幕上，有流星划过，刹那芳华。

二人见此情景顿觉心情畅快，不约而同地笑起来。

来东山几天了，李秀英第一次真切感觉到，原来这里真的比金门更有人情味，有家的感觉。

“后天，我就要回金门去了。”她站在门框里突然说。

阮阮有些诧异，道：“你们难得来一趟，这里的风景这么好，再多留几天。等事情全忙完了，我亲自送你们上火车。”

“不了，我们的签证快到期了，这些天多谢大姐的照顾。”

“那好吧，”阮阮想了想又道，“你是移民过去的，独在异乡为异客嘛，将来不免也要落叶归根，干脆留在东山定居吧，这样咱俩晚年还有个伴儿。”

李秀英摇头，掩着脸笑说：“那像什么样子嘛……真是的。再说我儿子和女儿已经结婚了，在那边买了房子，我随他们同住，一点儿也不操心。”

“行吧，今夜不早了，你早点睡吧，我先回去了。”阮阮面无表情地说。

“大姐你也早点休息，”李秀英犹豫片刻，又低声唤道：“大姐……”

“什么事？你说。”阮阮应声回头。

“这一走，兴许我以后再也不来了。每年清明，还请大姐替我烧点纸钱送给文德，上面可以不写我的名字。”

“知道了。”阮阮顿了一下，心有怨气，头也不回地走了。

来到灵棚外，迎面瞧见灵位上赫然醒目的名讳，旁边黑白相间的灵幡和一对已燃了大半截的白烛，她不由一阵伤心难过。

陆长云还在守夜灵，听见动静，忙回头：“妈，这么晚的天，你还没睡呀？”

“我睡不着，过来看看。”阮阮缓缓走了进去。借着火盆里的余光，她抬头仔细瞧着灵榜上悬挂的六寸遗像，那是文德第一次回乡探亲时拍的。

另有一张合照，时隔三十九年四个月零三天，他们终于站在了一起，执子之手，与子偕老，看起来何其幸福。

阮阮一边回忆往事，一边慢慢屈下身子，往火盆里丢进一些纸钱，燃起的火光闪烁不停，明晃晃的，比电灯还要亮。

长云也拿起一沓烧纸，边烧边说：“外面冷，您快回去吧，这里有我呢。”

“烧完这点就回去。”阮阮说，顺带叮嘱他几件事。

长云一一应下，说：“妈，咱爹已经去了，你一定要想开点……”话到嘴边他又咽了回去。

阮阮点头，心疼地说：“忙活了一整天，你辛苦了，今晚上就这样吧。早点睡觉，明早还要继续呢。”

“哎，知道了。”他又说，“我扶你回去吧。”

二人慢慢走出灵棚时，阮阮好像听见有人在叫她：“阮阮。”

“文德，是你吗？”她对着夜空问了一句。

无人回应。唯有戏幕起，戏幕落。

远远地，风里传来了一阵熟悉的梆子声，只听见唱的是：

二月二来龙抬头，梳洗打扮上彩楼。

公子王孙我不打，绣球单打平贵头。

寒窑里受罪十八秋，等着等着做了皇后。

高原格桑花，他们会记得

汉语 2103 班　徐　嫚

一株野花，虽然瘦小，但也厉害着呢，长着五片花瓣，花瓣颜色还是五彩斑斓的，我们都叫它格桑花。它是既可以迎着寒风盛开，也可以顶着烈日飘扬的花朵。虽然它好像没有像玫瑰那样惹人喜爱，也没有牡丹那么温柔大气，但是它却盛开在高原，陪伴着一群可爱的人。这是高原上特有的一种植物，适应了高原恶劣的环境，也就能迎着寒风和烈日肆意地绽放了。

因为向往，在二十岁的时候带着五彩梦踏上了这片土地，从来没有想过有一天自己会离天这么近，瓦蓝瓦蓝的天空，澄澈的河水，自由走动的牛羊……仿佛都在揭示着这是他们的天堂，而我们只是过客。刚开始的几天，我真真切切地感受到了什么叫“客人”，严重呼吸不了，走一步歇一步，鼻子里面像刀割一样。可即使是这样，我们也没有向这片土地低头。战胜它曾是我们的目标，即使到现在也依然是。有了目标也就不再畏惧困难了，每天多走一会儿，然后小跑一会儿，尽量让身体赶快习惯这片土地，当我们可以从走路开始到跑步结束，也就意味着战胜了。悲惨的是，后来的每一天都是在跑步中度过的。

因为向往，每当我跑过山前的时候，我会努力记得这里的山是什么样的，跑到路灯下，也会瞅瞅那高高的光，心里一直都在想这是我要长久待的地方，我应该要喜欢。

我要学会喜欢刚初升就刺眼到看不得的太阳，还有那没有一抹绿色的秃山，跑两步就缺氧的空气，我都要学会喜欢。因为只有喜欢，我才能将责任扛在肩上，顶在头上。我怀念那些夜晚，邀一两个朋友，享受美食与酒，畅谈心中的愿景，怀念假期里父母的唠叨，手中丰富的电子产品。但是当我在看过那些星星之火后，我更放不下的是这一抹橄榄绿。

因为穿上它，我挺直了腰板，阔步昂扬，这是一种姿态；因为穿上它，头上顶着的是五角星，肩上扛着的是军衔，这是一种责任；因为穿上它，手中的武器、身后的装备，都是我守护家国的最有力的凭证，这是一种担当。我时常站在哨位上遥望那片星空，颗颗分明的星光，刹那划过的流焰，就会时时想起山的那边是我的家，我要守好这片土地，守好我的家。

因为遥不可及，许多人觉得这是一种光芒，耀眼得很。起初我也是这么想的，所以当我怀揣着好奇心走进那片土地的时候，才觉得有多么可笑，就像身体飘在空中突然重重砸地般痛苦，当迈出七十五厘米的步子、间隔着一个手臂的距离时，各种不安涌上心头；当看着一条条笔直的队伍、上体正直微向前倾的所有人时，害怕慢慢浮现。这是日常，是每天都在重复的事情，所以从刚开始的脚趾没有知觉、手指频繁抽筋，从十分钟开始到两个小时结束后，也就习惯了。三公里从没有跑过、不及格，最后成绩达到优秀，也就释然了。想想这该是什么样的经历啊！第一次，满身污泥，膝盖上全是瘀青，只为了从三十秒到二十九秒；第一次，反复投甩，拉伤过无数次，也只是为了从二十米到二十五米。为了那一秒的进步、五米的优秀，我后悔过，那时候想着在家里该有多好啊！

从一个熔炉到另外一个熔炉，这是下一个阶段的开启模式，有了第一阶段的回忆，心里对即将到来的感情惴惴不安。可是当一切都显现出得心应手的时候，底气便足了。明白了这是一种磨炼，一切都只是为了那一发子弹没有浪费的磨炼；更明白了这是一种责任，是让战友放心把后背交给自己的责任。

当穿着这一身衣服，所有人都对你露出崇敬的目光，你会不由自主地更加挺直腰板。虽然我还没有为他们做过什么，但是这是这身衣服给我的荣誉，曾经有人穿着这一身衣服为他们战斗过、守护过。虽然我们语言不通，但是那些含着微笑的眼睛是不会忘记的，当坐着军车路过街道的时候，你永远都不会明白所有的人——即使是佝偻着腰的老人、不会说话的小孩都向你敬着不标准的军礼时，内心会有多么震撼；也不会明白外面灯火阑珊的天空下映着的那一抹抹挺拔的身姿，还有在家家欢声笑语时忙忙碌碌的步伐。现在的我可以畅然地听着震耳欲聋的炮弹声、战斗机的声音入眠，迎着风吃着沙拌饭，荒野里啃着干巴巴的饼干，这些都因为那些笑脸让我心甘情愿。这个时候也会想，家里该多好啊，但我得先学会守护着这份美好。

指导员曾经对我们说过，像我们这样的人心中都有一个战场——必须比别人优秀，每个人都会为了先去而选择努力进步。

于是大家都会把手上的冻疮会悄悄藏着，以至于裂了又裂，脚底的水泡也从来没有被重视过，反正它自己会破的。这些以前想都不敢想，可是当我有一天手被武器装备压伤的时候，我明白了那一份倔强。我的第一反应居然是藏起来，害怕我的战友们发现，这样他们就不让我参加任务了。直到血浸透了衣服我才被发现，而伤口由于位置不便打麻药，便忍痛硬缝了三针，现在回想起来是很佩服当时的自己的，浑身痛到发抖也没有哭出来，因为我始终记得“流血流汗不流泪”这句印在宣传栏上的标语。到后来，别人口中的小姑娘也成长为一个女战士了，身为战士就该守护那一份来之不易的安宁，身为军人就该心中有国家、眼中有疆土，何况我们是戍边战士，就绝对不能把我们的家守丢了。身为戍边人绝对不会忘记“大好河山，寸土不让”的铮铮誓言。

难过的是，今年的秋天，格桑花正盛，而我没能继续坚持我们戍边人的诺言，也看不到那一片格桑花海了，但是“一时戍边人一生戍边人”的诺言依旧，虽然离开了那个地方，但是我的心还在那里，我会一直想念那些黢黑的脸庞、干裂的皮肤，以及闪烁在阳光下的微笑。回到我的家乡是因为我会以另外一种方式继续留在那里，守护我们的边疆，保证寸土不失、分毫不让。“大好河山，寸土不让”永远是一名戍边人的誓言。

三等奖

六月初一日依韵露露居士

汉语 2001 班　吴　燕

如麻雨脚坠晦窗，潮气蒸衣入梦凉。
莫道西湖春色好，同衾共数漏滴长。

期末复习

汉语 2001 班　应栩钒

躺平摆烂常言道，风扇吹摇涣散来。
书卷琳琅生倥偬，吾心忐忑引徘徊。
咖啡助力学习梦，茉莉增香眺望台。
只悔分心贫笔记，今逢考试尽凭猜。

雪的碗里，盛满了月光

汉语 2001 班　沈星彤

我想念老城白茸茸的雪花
悠悠升起的炊烟烘出稻米的清香
黄昏闲巷的路人踏着风雪寻觅归家的路
记忆还倦怠在那年的惊鸿一瞥
旧岁里的年味糅杂着封尘多年的想念
落日余晖翻涌在孩子的眼眸中
满目的清辉蔓延至雪色缠绵的万里山河

青瓷的酒杯盛着清亮的甜酒
红泥小火炉煨暖了雪落的时光
絮絮叨叨的问候在心底涌动着感动
冰花蔓延的窗户分割了明暗与冷暖
看那花芭似的烟花在雪光中绽放
清澈的眼也爬上了跳着旺盛生命的火花
月光清浅地浮动在雪的光晕中

不期然淹入了寂寥的冬

雪做的碗里，盛满了月光
曾经寻觅的朝朝暮暮带着烟火气的故乡
就融在这化不开的冬夜的月光
这陪伴着归人走过长长短短的街巷
飘落在渡口归舟的几许渔火中的
却是那岁岁年年不期而遇的雪花
你抬首见月光，低首望雪色
那雪里盛满的月光
氤氲着无数个春秋的万家灯火

牢记群英，砥砺奋进

汉语 2001 班　胡　威

近代中国，大国崛起，群英辈出，凌轹外邦，含跨世界。自中华人民共和国成立以来，尤以科学称著，若略引端绪，则两弹首升，水稻其后，神舟飞天、蛟龙探海、玉兔揽月、天眼墨子之属，数不胜数。

无数仁人志士默默无闻，埋没于沙海之地，寄身于科技创新，手握随和之珠，怀抱荆山之玉，心怀破釜沉舟之志，誓要摆脱贫穷困厄之境。或抛名弃利，或断亲绝信，或寂然无名，或为国捐躯，但无一分怨气，只晓埋头苦行。怀宁稼先、苏州开甲、临安学森、湖州三强、辽源仁东、上海文俊、德安隆平、宁波呦呦、厦门南山……何人不是肉体凡躯，却做出惊天伟绩，无不使人心生崇敬、膜拜不已。巍巍华夏，因为有其，挺拔于世界之林，傲然而独立，宛如岱山神秀、万世宗师耶。

感人至深者，莫如邓公稼先也。七七事变，舞勺之年，夫不忍国破家亡，一腔男儿热血，直把日旗撕灭。又暗下决心，宁要科学报国，非从文业。自此，一路勤勉，兢兢业业，满身本领自来学。后前往美国，一年获取博士学位，学成之后，谢绝恩师好友，放弃优越条件，毅然回国，许身国威壮山河。毛公一声令下，邓公积极响应，义无反顾投身核弹事业。从一穷二白，万事难开，至摸索自学，渐入佳境，是毅力的比拼，是失败的积累，是从不言弃的信念。但凡试验，必亲临现场，一次航投试验出现降落伞事故，原子弹坠地摔裂，邓公不顾性命之忧，毅然上前将碎片拿至手里反复检验。这一次，他的身体受到辐射影响，不幸患上癌症。但此后，他仍坚持工作，一如既往地指挥核武器试验工作。

邓稼先在指挥他一生中最后一次核试验时，挥斥方遒，高兴地写下一首慷慨之诗："红云冲天照九霄，千钧核力动地摇。二十年来勇攀后，二代轻舟已过桥。"他用此诗生动形象地表达了核武器成功研发的威力，这威力既是实指，也蕴含了中国力量的崛起；他以二十来年的时间报效祖国，培育出了核弹，也培育出了新的科技人才。正是有了邓公等先辈的"前人栽树"，才有了今日"后人乘凉"的幸福生活。邓公传过接力棒后，我们正值青年，我们便是接班人，这既是义务，也是责任，捍卫荣光，义不容辞。

邓公以后，当属袁公隆平也。其一生钻研"杂交水稻"，利用科学技术实实在在地解决了中国乃至全人类挨饿的首要问题，可谓厥功至伟。但成功之路也并非一帆风顺，其间夹杂多少艰辛也鲜有人知。1968 年，当他正要大干一场，将来之不易的七百多株不育材料秧苗插在田里试验，然而一段时间后却被人全部拔出毁坏，这对他无疑是晴天霹雳。但是伟人并没有因为遭受挫折就沦于沉迷，一蹶不振。这反而更加坚定了他的信念——为国人解决温饱问题。此后，他辗转多地数次试验，为培育杂交水稻不辞辛劳。最终通过其不懈努力与不断追求，基本解决了中国的粮食问题，初步实现了“禾下乘凉梦”。在“杂交水稻之父”袁隆平生前工作的湖南杂交水稻研究中心，袁隆平曾经培养的一批又一批水稻研究专家已经茁壮成长，现在已然能够独当一面，带领着中国人民牢牢抓住了自己的饭碗，从此不再受制于他国的压迫和封锁。

袁公锲而不舍、艰苦奋斗、追求真理的高尚品质永远激励、鼓舞着我们，他一生只为一件事而奔波忙碌，他用实际行动为世界的粮食问题做出突出贡献，为人类事业贡献重要力量。我坚信，中国向来不缺为国请命的人，我们一定能够延续袁公的理想及其精神，在新时代的今天利用科技改变生活、创造生活，同样以实际行动回报袁公的辛勤付出。

袁公以后，当论黄公旭华也。三十载深埋功名，青丝白双鬓。致力精研核潜艇，开创中国面貌新。他带领团队从无到有，攻坚克难，交付使用和深潜试验，无不发挥着重要的枢纽作用。当他功成名就时，他也只是轻描淡写，云淡风轻，不曾有一丝盛气凌人的风气，时常与年轻的科技工作者共论相关事宜，活跃在青年人身边。他获得许多荣誉和奖金，但是他从来没有选择为自己考虑，反而将所获奖金几乎尽数捐给慈善事业，而自己过着非常拮据的朴素生活。大爱无疆，上善若水。他这一生愿为祖国“深潜”，干惊天动地事，做隐姓埋名人。一个人坚守一生是困难的，坚守一生志向尤为艰难，但是黄旭华用中国的核潜艇事业证明了其一生的执着。其品质、其为人都将成为万世师表，成为我们不断追求的模范榜样，同时，我们也要牢牢地记住：今日长缨在手，何惧闹海苍龙。

往后论之，钟公南山雄起于群峰之间。癸未非典，他挺身而出，将自己的青春献给祖国的防疫事业，带领中国人民消灾除难，劫后余生。庚子伊始，新冠爆发，一时国危矣，他再一次站在了历史的风口浪尖，再一次选择了奋勇向前，受命于临危之际，决胜于虎口之间。面对疫情，他没有豪言壮语，而是侠风赴难；面对疫情，他没有退避三舍，而是侠肝义胆。钟公力劝他人无事莫适汉，而他本人却逆流而上，勇挑重担，深入灾区，废寝忘食，与时间赛跑，与死神抢人，与病毒斗争，不舍昼夜，堪称“国士之风”。在非典期间，钟南山一句“把最危重的病人送到我这里来”落地有声、铿锵有力；在抗击新冠疫情中，他庄严承诺“绝不放弃任何一个患者”，无疑是让全国人民吃下定心丸，如同定海神针。经过无休止地艰苦奋斗，以钟南山院士为首的广大医护人员带领中国率先在新冠治理方面取得重大成效，研制出新冠疫苗，拯救天下苍生于水深火热之中。现今，世界各国深陷泥潭，中国一枝独秀，离不开钟公的辛勤付出，离不开无数医护人员的顽强拼搏，离不开广大干群的支持配合，离不开中国共产党的核心领导作用。

世上没有从天而降的英雄，只有挺身而出的凡人。每当中国有大事降临，必定有人选择挺身而出，钟公便是属于这一类人。他们埋头苦干，拼命硬干，为国请命，舍身求法，鞠躬尽瘁，死而后已，他们以顽强拼搏的意志迎难而上，以大无畏精神书写着自己的忠诚与担当。一代人有一代人的使命，一代人有一代人的担当。作为青年一代，我们要向前人学习，树立远大理想，不断铸就本领，切实肩负起青年人该有的担当，为中华之崛起而读书，为中国之强大而踔厉奋斗。

岁月终将逝去，但是历史无法抹去诸位的无上功绩，英雄永存吾心，并将世世代代传颂。感恩中国近现代科学家所做出的巨大贡献，是您诸位用沉重的代价换来了今日中国的辉煌，是您诸位用血肉之躯筑起了万里边疆，是您诸位用聪明才智为中国的发展注入源源不竭的强大动力，是您诸位用几十载的初心如一使中国屹立于世界之邓林。中国因您诸位而骄傲自豪，华夏因您诸位而自强不息。

在党的二十大报告中，习近平总书记殷切寄语青年："广大青年要坚定不移听党话、跟党走，怀抱梦想又脚踏实地，敢想敢为又善作善成，立志做有理想、敢担当、能吃苦、肯奋斗的新时代好青年，让青春在全面建设社会主义现代化国家的火热实践中绽放绚丽之花。"在全面建设社会主义现代化国家的新征程中，我们青年一代生逢其时，大有可为、大有作为，更需要始终心怀"国之大者"，坚定理想信念、努力学习本领，勇当开路先锋、争当事业闯将，将习近平总书记的殷切期望转化为干事创业、奋发有为的强大动力。

在陈独秀先生看来，青年如初春，如朝日，如百卉之萌动，如利刃之新发于硎。确乎，青年人正值花朵珠玉一般的年纪，就应该让它芬芳四溢、熠熠生辉。星光不问赶路人，时光不负有心人。时间对于任何一个人都是无比公平的，愿青年一代以近现代科学家为学习榜样，凝神聚魂，强筋壮骨，在各自的岗位上闪闪发光，不因平凡而轻视，不因贫乏而消退。既然选择了远方，便只顾风雨兼程。但行好事，莫问前程。

旅　程

汉语2001班　谭　婵

火车驶来时，已是凌晨两点十五分。晃荡的车厢，吞吞又吐吐，摇着微醺的脑袋驶向无边的夜。

车上的冷气够足，来势汹汹的喷嚏惹了对面似睡非睡的大爷一个白眼，他坐起了身。我投去略表歉意的目光，借着昏沉沉的灯爬上了铺，对着窗躺下。月光缠绵，山棱模糊。

几个小时前，我坐在图书馆四楼，左手边的屋内，最后一个书架旁的倒数第二个窗口边，看着书本上的夕阳散去最后一点余晖。冷冰冰的白炽灯“砰”的一声，猛烈地席卷着空间，一切都变得生硬、机械、冰冷了起来。旁边的同学戴着耳机刷手机，或许是因为她的耳机漏音，或许是因为我和她坐得很近，或许因为这是一趟非去不可、酝酿已久的出走。总之，当我循着声音望去时，只见她手机上硕大且一闪而过的“山城”二字，我那颗躁动的心便无处安放。灯光映衬着白纸愈发白，黑字愈发黑，我意识到自己非去不可。“山城”对我而言有什么特殊的含义吗？没有！习以为常的事情，在日常的生活中并不会显示出其具有的威力，当它连接起自己生活的其他部分，以他人的形式呈现出来时，便会如同雨林中的一只蝴蝶偶尔扇动几下翅膀，掀得起得克萨斯州的一场龙卷风。

火车到站时心里异常平静，并未有预期的兴奋与激动之情。身旁的人虽然都很陌生，但又觉得很熟悉，似乎和在贵阳遇到的人一样。火柴一样又瘦又干的中年男性脚踩着一双褐色凉拖鞋，身后的妻子如同一棵放了许久的青葡萄，暗淡泛黄又略皱的肌肤上化着并不服帖的妆容。当然，车站中不缺乏体形硕大的倭瓜、带泥的土豆、皱成一坨的苦瓜等，人们熙熙攘攘地涌出车站，鱼贯似钻入城市，我也是其中一个。

真正踏在重庆的街道上，我沿着蜿蜒的山路而行，路边树影交错，一地碎钻。当热浪裹挟着身躯，我终于意识到："太疯狂了，我竟然在重庆！"这就是我在日记本上写下一遍又一遍的重庆，是我梦了千百回的地方，原来这就是重庆。

第一站是鹅岭二厂。每当来到一个陌生的环境，我总是先会评估环境所带来的压迫感。毫不例外，重庆也是一样。带着一种乡下人进城的角色感，我迈入了鹅岭二厂这个文创基地。我并未感受到旅行的轻松愉悦，而是一种制约，一种强烈的羞耻、自卑感充斥着我，告诉我我只是一个小地方来的人。我徘徊在街道上，看着衣着光鲜的游客进进出出。我只敢走在大街上望着街边的陈设，不敢涉猎，假装如鱼得水地穿梭在拥挤的人潮里，仿佛只有我一个人被远远地革除在了这个文艺基地之外。我站上一片开阔的高地，阳光很刺眼，远远望去，高楼、车流、人群蒙上了一灰纱。远处的喧哗与我何干？只有燥热的风在耳边嘶鸣。我胆怯了，自尊在慢慢消失，我想逃离，越远越好。当我穿越街道打算落荒而逃时，一位游客拦住了我，她眨着眼睛道："姐妹，可以帮我们两个人拍张照吗？"我木讷地接过来她的相机，快速地按下了快门，又快速地把相机还给她。她似乎看出了我孤零零一个人，便问我："你需要拍照吗？我们可以帮你拍。"当我正要说不用时，她接上了话："这儿嘞是《少年的你》取景地，很多人来这儿拍照喽。"我抬起头看了看，台阶上的确放了一张主演的人形立牌。我说："我手机像素不好。"她说："没关系嘞。"我又说："我不会摆姿势。"她接着说："我教你摆嗦。"就这样，我拍下了第一张重庆的照片，胖头鱼似的脸庞上配着一双不知所措的眼睛，头发在阳光的照射下愈发焦黄干枯，如同冬日枯萎的藤蔓随意攀附。这就是我的第一张旅客照吗？怎么和我所想幻想的不太一样？现实与幻想不过就像手中握住的沙，指缝间悄无声息流落的幻想，留存在掌心细纹里的不过是一点点实境。两种世界的对抗，无力的失重感裹挟着我冲下了山。

一个人漫无目地穿梭在林立的居民楼之间，兜兜转转，迷失了方向，不知碰了多少个死胡同，误入了多少户人家，才终于下山坐了轻轨。本以为便可以如释重负地回到预订的青旅，将自己蜷缩起来，不愿被外界挑开掩藏的自卑感。然而坐到一半便发现离目的地越来越远，才恍然发觉坐反了方向，急忙返回。特意挑了李子坝站看轻轨穿楼，旁边的重庆本地人无意地交谈："晓不得这车穿楼有什么好看的，那么多人来看，搞不懂噻。"满不在乎的语气道破了多少荒唐事，大多数景区都是在消费主义的操控下、舆论的漩涡中成长起来，无数的人们扎堆前往，不为别的，只为那一张张晒在微信朋友圈里的照片，张扬着“我去过这里，我到过那里”。旅行不仅仅是朋友圈发几张热门地的打卡点、精修得不像自己的照片，奔走在各大景区之间，拍了几张照片便急匆匆赶去下一个景点。如同尘世中的一块浮木，疲于不可停驻的漂流。这真的是我们所希冀的旅途吗？坐在车厢中部，我稀里糊涂地穿过了李子坝站，倒也没能亲眼所见车穿楼的景象。

我骑着共享单车，穿行在山城的每一个角落，疯狂地想回家。妈妈的电话恰巧响起，生活中的许多事情难以用巧合二字简单概括，想不通的事情归结于天意，或者是来自血缘的心有灵犀。我和妈妈说我在重庆，从她的口吻中我听出了惊讶、担心、愤怒，在她反复确认我有没有和同伴在一块，反复叮咛我注意安全中逐渐平静下来。也许她意识到当我出走的那一刻，已经长大了，拥有属于自己的人生轨迹，那一刻她是否也希望我去闯一闯呢？事实上，念家的情绪随着身旁一辆又一辆的车顶到了高潮。自己吸了一路的尾气，越想越委屈，约定和朋友会合却迟迟未见。眼泪疯狂地从眼角冒出，配合着散水车的音乐，掉落在山城的路面，滴湿了空气，山城里有属于我的咸咸眼泪。事实证明，一个人确实不能一心多用，既骑着共享单车，哭得很伤心，又在脑海中想着回家，想着同伴怎么还没有和我会合。在多重心理压力的作用下，拧着共享单车的加速把手，捏着刹车，以一种悲壮的心情撞上了路边停放的车。那一秒我想：“完了，撞车了，把我卖了也不值修车钱。”哭是我最后的坚强。朋友闻讯赶来，安抚着我，一边联系车主。车主骑着一辆共享电动车赶来，或许没见过哭得如此伤心的大龄女性，不忍心地说：“没事的，这辆车是跑工地的，不要紧的，你快去医院看一看，没有伤到哪里吧？”我哭得脑袋发昏，和同伴说：“你问车主修车多少钱，我们加个微信转钱给他。”当同伴转达给车主时，他说：“撞的是保险杠，不要紧的，以后你开车了就知道这都不是事了。”残存的理智告诉我以后绝对不会开车，太恐怖了。但以后的事情谁又能断言呢？过了一年之后，我也拥有了一本驾照。

在青旅的床榻上，我睡了很久。醒来，暮色沉沉，黏腻的肤感、闷热的空气预示着一场暴雨的来临。我窝在被子里等待着暴雨的洗刷。随着暴雨来临的是一拨旅客的入住，其中有三个二十七八岁的女孩。开始时大家都保持着对游客的疏离感，略有防备地警惕着周围的环境。一个“空调的遥控”打破了我们之间冰冷的距离，我们说着一些无关痛痒的话题，谈论着属于各自生活中的棱角。从各自的言语中拼凑得知，她们是来自四川的语文老师。出自对老师的恐惧感，若是一开始得知她们是老师，或许不会存在那么轻松的交谈。原来和老师交谈也不是那么恐怖的事情，原来老师也爱看言情小说，原来老师也会被爱情所伤。有那么一瞬间，我突然觉得老师并非高高在上，神圣而不可“侵犯”。我们总是喜欢把人物神化，塑造成一个高不可攀、冷冰冰的神，供在心里，但也忽视了她们很普通，普通到不能再普通。当我们不在心灵供养神，而是让“神”走下神坛，会发现其实我们也如他们一样。临睡前，其中一个姐姐说：“你和我大学的时候好像。”我难以置信，原来老师也是像我一样的吗？真不可思议。第二天起来时，我们并未各道“旅途愉快”便消失在这一间小小的屋内。现在想来，山城永远不缺热闹与喧哗，人来人散，早已注定。

离开重庆的那一天，阳光依旧没有眷恋旅人，也许炙热是它独特的送别礼。我倚在轻轨的门边，看着一闪而过模糊的绿，闭上了眼。穿山跨江，列车的终点站并非乘客的目的站，至少对我来说不是。

回　归

汉语 2003 班　白玲佩

在半圆的月亮和挂在墙角的旧式灯泡一同照亮的一个院子里，摆放着一张圆桌，桌上放着啤酒和几盘小菜，桌角几只空瓶胡乱躺着。两个人面对面坐着，相谈甚欢，像相识多年的好友。

大约是太晚了，不久他说该走了。她愣怔地望着他，他身上披着一层白光，像披着一层寂寞，脸显得格外苍白。分不清那苍白是来自月光，还是来自灯光，或是他的脸色本就苍白，她分不清，也分不清此时自己是什么感觉。

过了一会儿，他只轻轻说了一句“我们逃吧”，人便消失了。

转眼就换了个场景，在一片树林里，身边是几个好友，却唯独少了他。来不及疑惑他怎么会和她的朋友认识，只是来来回回把所有人看了一遍又一遍，还是没有他；问了每一个人，没人知道他在哪儿，于是焦急地寻找着，却始终不见人。

身体猛地抖动了一下，心脏处传来一阵莫名而强烈的紧张感，我慌忙地睁开眼睛。我不知道为什么自己会梦见他，其实我们不过是见过几面的陌生人罢了。

空气中弥漫着一股燥热和沉闷，紧贴身体的衬衫明显已经被汗水浸湿了，浑身一股黏腻感。忍着太阳穴传来的阵阵疼痛，爬下沙发，挪步到窗前，窗外一片灰蒙蒙，大颗的雨滴急剧下坠，身上的汗水也跟外面的雨水似的一颗一颗顺着身体滑落，最后隐没于衬衫里。关上窗子，又躺回沙发上，呆呆望着窗外越下越大的雨，思绪回到过去……

五年前，我们相识于一列开在秋天的火车上。那一年距离我大学毕业刚好过去两年。也是在那一年，我不顾父母的强烈反对辞掉了在家乡的工作，离开待了二十几年的家，去到完全陌生的地方——去寻找一个不再束缚我的地方，去寻找我的自由。

火车停在南方一个小县城的火车站，有几个乘客依次走进来，他就在其中，背着一个黑色的双肩包，个子高挑，扎着低马尾，额前留着两绺头发，顺着眼尾垂下来，一看就是特意留的。样貌称得上清秀，不算出色，但浑身散发出一种独特的气质，像个艺术家，在人群中一眼就能望见。这个时节乘火车的人很少，车厢里的人并不多，目测有一半的位置还空着，因此大家都心照不宣，离散了坐，彼此互不打扰。

他显然没有那样的觉悟，径直朝我走过来，站在我对面的位置旁。

“我可以坐这里吗？”他露出一个友好的微笑。

我朝他微微点头，视线又转向窗外。我并不习惯与陌生人搭话，此刻更无意同他攀谈。

火车再次启程，我转头无聊地望着窗外不断变换的景物。不久驶入一段隧道，隧道有些长，几分钟的车程就长到让人以为世界原本就是一片压抑的漆黑。这种伸手不见五指的黑让我有些不安，连呼吸都开始变得焦躁，只能不停地变换着坐姿。

“唰”的一瞬间，世界又恢复原先的明朗。突来的强烈光线让我的眼前有些模糊，我闭上眼睛，缓冲了十几秒左右，又慢慢睁开眼，看着窗外。

火车走得很快，窗外的风景也同样换得很快。好像把无数幅画摆在你面前，又怕你看不完，于是只能匆匆扫一眼就换下一幅。虽然换得快，但景色都很美。眼前的花草树木，红的红，绿的绿，黄的黄，偶尔闪过几座小山，总是长得很奇特，是我从前不曾见过的；远远地望见山洼处有几户人家，四周山上是一片又一片开始成熟的玉米地，绿中带黄，融合成了很温柔的颜色。一切都刚刚好。

他的声音再次响起。

“风景真美，隔着距离看，就像一幅画。”

“隔着距离？”我诧异地将目光移到他的脸上，下巴冒着些青色的胡茬。

“不都说‘距离产生美’吗？我们在看到这些景物时，常常以为自己看到了陶渊明说的世外桃源，其实这不过是我们自己在脑海中把它们理想化了罢了。我们对生活的这种理想化就像是画一样，在画里，没有任何一样东西是有瑕疵的。然而生活在这样的环境里，就不一定有这样的想法了。现在很多景点宣传不都是这样吗？重点不在景，在人。我们想要什么，他们就创造什么。”他顿了顿，看着我不好意思地笑着说，“我瞎说的，一时想到就忍不住开口了。”

我点点头，垂下眼眸，沉默着不说话。

他转头看着窗外，也不再说话。整个车厢有二十几个人，零零星星地散落在不同的位置。有人在睡觉，有人在玩手机，有人专心看风景，唯独没有人说话。一次漫长的旅途足以使人疲倦。

满嘴都是中午吃药以后泛的苦涩，我起身拿起茶几上的水壶试着摇了摇，已经空了。家里只有我一个人，看了看厨房和客厅的距离，思考片刻，又躺回沙发上，昏昏沉沉地望着窗外刚刚还倾盆而下的暴雨已经变得淅淅沥沥。透过一层层雨纱，远处顿时呈现出一片混沌的气象，依稀可见对面高速公路旁几座山的顶部已经触及天边，不知是山又增高了，还是天为了屈就山而俯下了身子。暴雨过后天气便转凉了，我拉过一旁的毛毯盖着，又躺下了。

火车终于在下一站停下，我起身收拾东西的时候，他也同时起身。我们向彼此点头致意，他说了声再见，先一步转身走了，留下我茫然地盯着他离开的背影。

出了车厢，我有些恍惚地站在站台上，不知道该先迈出哪只脚。或者应该说，是并不知道自己该往哪里走。在脑海中幻想过无数次的事情终于付诸行动并未换来想象中的满足，反而是难以言语的迷茫。

当太阳把影子拉到一天中最长的时候，我正背着我唯一的行李——一个卡其色大双肩包，一个人在那个小城里毫无目的地游荡。

这是个很小的县城，热闹些的街道也就几条，走完也不过一个钟头的时间。人不算多，白天街上的人很少，到了傍晚人才渐渐多起来。许多在街边做生意的小商贩也是这个时间才出来，每当有人走过他们的摊位前时，只要向那些摊位望过去一眼，他们就会热情地向路人吆喝。很多人会当作没听见，显然已经习惯了，有些人出于礼貌会给予回应，有些人会上前看看，合意了就买……这样的生活符合大部分小城市的节奏，和我生活多年的那个地方是那么的相似。然而我坚信它们是不一样的。

来到一条僻静的街道，这里的房子看上去有年头了。这里应该是老片区。从外面看，这些房子的构造都是一个模子里刻出来的，是传统的旧式砖房建造模式。靠近路的那一部分墙和门上沾了许多黄色泥土，颗粒都很细小，看得出是无数次泥土飞溅造成的结果，因此可以依稀分辨出层次，先前溅上去的已经慢慢糊成了一片，而新溅上去的颗粒分明。很多房子都带有一个小院子，这些院子的草坪里或许种满了各色的花和各种果树，有些院子外面爬满了黄中透红的爬山虎，整面墙如同照进了一道橙红色的光，有些院子里立着高高大大的果树，有些院子里会伸出叫不出名字的花儿已经枯萎的枝叶，也有些人家会在院子外面紧贴院门的两侧砌上花坛，种上许多小花……

是不是每个地方都有这么一处？它带着岁月的痕迹，默默无言地站立在流逝的时间里，等待某一天被记起，被改造，然后又被遗忘。我慢慢地移动脚步，观察着这些老房子。

走进一条小胡同里，有一个房子门上面写着“出租房屋”和联系电话。我打了过去，房子的主人说一会儿就过来。

等了十几分钟，迎面开来一辆摩托车，离我越来越近。是他，火车上的那个男人，还是下午的装扮，唯一发生变化的是他的背包不见了。

他也认出我了，停好车走到我跟前，看着我开玩笑地说：“没想到说‘再见’，就真的再见了。”

“是啊，好巧。这是你的房子吗？”

“是。你要租房？”

“嗯。”

“我过几天才离开，这期间都住这里。我住的是一楼，出租的是二楼，介意吗？”

“不介意。”

“虽然是萍水相逢，但能够在同一天相遇两次，也是缘分。趁我还没有离开，这几天可以带你到附近转转。”

或许是我表现得太紧张，又或许是他个人太热情，总之他的话让我放松了不少。

这是一个不带院子的小房子，只在二楼弄了一个小阳台，一样的旧式砖房建筑，门是老式铁门，开门时会发出刺耳的噪音，听着就让人起鸡皮疙瘩。

进屋打开电视机，给我指了洗手间在哪儿后，他便做饭去了。

电视里，电影频道正播放着《阿飞正传》，张国荣饰演的旭仔正在他的小阳台上忘情地独舞着，异域的音符在房子里来回跳跃。我环视一圈这个小客厅，收拾得不算整齐，但也不显得乱，屋里的装饰品是墙上的四幅风景画。其中一幅画引起了我的注意——海边的落日，色彩很浓厚，整片天空和海面一片红彤彤，橙色的落日被远远地挂在天边；被落日直射的海面泛着粼粼波光，像是在海上单独开出了一条道，又在道上撒下了许多细碎而透明的石子，光一照就闪闪发亮。我并不懂画，但无论谁都能看出这幅画应该是出于一个专业者之手。与这幅相比，另外三幅就有些令人不忍直视了，应该是初学者所作。

天旋地转的错觉不断折磨着我，睡不稳，也无法做到清醒。拿起手机打开一看，已经快五点了，还没人回来。我找到母亲的电话号码拨了出去，电话一拨通就有气无力地说：“妈，我好难受，你快点回来，顺便再去药店买盒药，家里的药没了。”因为过于虚弱，声音里还夹着一丝哭腔。

那头说了什么我并没有仔细听，只知道不久电话就被挂了。我整个人窝在沙发上，恍惚间，往事好像电影般连贯地在脑海中延续。

这个夜晚有些漫长，但好在过去了。

第二天吃过午饭，我们一起去县城附近的一条河去划船。

他说他只喜欢做两件事——画画和靠近大自然。心情不好的时候，就放任自己到大自然中去游荡，再找个地方坐下来画画，就渐渐忘却了那些不愉快的事。

休息的时候，他竟趁我不注意为我画了一幅素描画，画里面的我坐在河边看着河面划船的人发呆。

我们回到他的住处的时候，已经接近七点钟了，但我们都没觉得晚。八点钟的时候，我们做好了饭，决定在二楼的阳台进餐。那天晚上我们谈了很久。

“墙上那些画都是你画的？”

他嘴巴塞得鼓鼓的，饭都没来得及咽下，就急急忙忙开口：“是我和我女朋友画的。我大学学的是美术专业，以前总想着好好画画，毕业后做个职业画家，也许运气好一点还能步入艺术家行列。现在一心一意画画，没想到不仅没混出个样，还差点连饭都吃不上了。看来有生之年是成不了艺术家了，也不知道下辈子能不能成功。”

我有些尴尬地挤出一张笑脸。

也许是看出了我的窘迫，他装作若无其事地转移了话题。

“你怎么会一个人到这里来？”

本来想说旅游的，但他似乎感应到了我的想法，在我出声前就又再次开口了。

“你该不会想说自己是来旅游的吧？看着不像。在火车上的时候，你一直盯着窗外发呆，看起来像是在看风景，但我能感受到你周身的气压很低。而且后来我们再次相遇的时候，你可没有一点旅游的兴奋，明明到这儿的时间也不短了，却只是沿着街道瞎转。嗯……看着不像旅游。”他顿了顿，可能觉得自己的话冒犯人了，又加上一句，“这个可以问吗？”

“没什么不可以问的。我只是觉得自己应该换个地方生活，呼吸一下和过去不一样的空气，那样对我来说或许会更好。这么说……你能明白吗？”

他点点头，像是懂了的样子。

我若无其事似的笑了笑，反问他：“你女朋友呢？这两天怎么没听你提起过她？”

他也看着我笑了笑，说了句“稍等”，就起身朝屋里走去。我右手支着下巴，仰望天边那轮因为被淡淡的乌云遮挡而算不上皎洁的月亮。楼下响起了冰箱打开的声音，不一会儿又听见关上的声音。身后传来脚步声，回头看，他两只手都拿着三瓶啤酒，举起来朝我示意。

“能喝吗？”

“嗯。”

他开了两瓶酒，一瓶递给我，自己拿起另一瓶灌了一口，然后靠着椅背，望着那轮月亮缓缓开口，平缓地讲述他们的故事。

“因为我的工作和结婚的事，我们最近在吵架。按照原本的规划，我们本来应该在去年就已经结婚了，不过她父母不同意，觉得我不靠谱。虽然她什么都不说，但我感受得到她其实也有所动摇，我清楚自己不是一个好的结婚对象，但我们都舍不得分开，自然而然就拖到了现在……”

我一面听他讲，一面心里不停发紧，带着隐隐的疼痛感。那个时候，我想我能理解他的痛苦和挣扎。没有惋惜，没有不平，有的只是无奈。“无奈”这种心情真独特，不能通过发一通脾气或大哭一场将它发泄出来，它就那样静静地横在心间，就能让人无能为力。

他们是大学认识的，因为是老乡，很快就熟络起来了。从两人在一起到现在，已经七年了。那时候他还做着画家梦，而她比较现实，没有多么远大的志向，只想安心读完书，毕业后回到家乡找一个稳定的工作，不出意外的话，接下来就是结婚生子……一切都按照大部分人的生活轨迹走。然而即便她再现实，那时候终究还是个学生，和许多女孩子一样，都渴望罗曼蒂克式的爱情，所以哪怕知道他的想法不够现实，她还是因为爱情妥协了，表示可以理解他的梦想。两个人甜甜蜜蜜地过完了校园生活，才发现生活不是那么简单。她果真按照当初的规划找了一个稳定的工作——当了一个中学教师，而他始终没有找到一个稳定的工作，只能靠经常帮人画画维持生活。她曾经不止一次劝他考虑当个美术老师，能做他喜欢的事，也能养活自己，有何不好？他却认为那样太侮辱艺术，更不愿向生活屈服，于是毫不犹豫地拒绝了。她的父母看着他这种“吃了上顿没下顿”的日子，都认为他不是良人，劝女儿尽早放手。她舍不得。两个人虽然始终没有分开，但“生活”这个东西是最能折磨人的，让感情渐渐有了裂痕。两人常常两天一小吵，三天一大吵，不停消磨着这段感情。如今这裂痕越来越大，谁能知道明天会不会将他们完全分隔开。

“动摇过吗？”我直愣愣地看着他的侧脸。

“怎么没有？很多次都想过放弃的，可是应该放弃哪边？哪边都舍不得！”他又举起酒瓶狠狠灌了一大口。

“总要选择的。”

他注视着那圆轮，久久地沉默着。

在我以为他会一直这样沉默下去时，他却开口了：“生活真是神奇，总是不断抛给人难题，又让人不得不面对。”说完朝我扯了个笑脸。

这个笑苦得人心里发涩。我慌忙喝了一口酒，眼眶已经湿了。那时好像随便什么话都能引出我的眼泪。

“你呢，为什么会来这里？”

眼眶里的泪水几乎忍不住要溢出来，两只手纠结地握着酒瓶，我低着头睁大眼睛使劲咽下口水，才抬起头看着他：“票不是到这里的……”话说到这里又戛然而止。

他看着我，露出一副示意我“继续说下去”的表情，而我却不敢再看着他，转过头望着天上的月亮，白花花的。夜很静，只能偶尔听见远处车辆传来低低的有些尖锐的鸣笛声，就像在寂无人烟的深山处突然听到了来自远处树林间的鸟鸣声。月光下的世界蒙着一层薄纱，朦胧得像一场梦。然而世界又是空荡荡的，一眼望去，都是空虚。

“我常常觉得自己是个木偶人，没有自己的思想，没有自己的情感，控制我的那条线怎么提，我就怎么动作——怎样长大，怎样工作，怎样生活，甚至怎样死去，似乎很久以前就能预见。一直以来，在所有人眼里，我即使不算优秀，至少也算听话。他们都很爱我，也乐意为我的生活出谋划策，给我最好的安排。以前觉得这样也挺好的。有什么不好呢？算来也应该是皆大欢喜，也许好多人想要这样的生活都求不来呢。”

“可突然有一天我就接受不了了。在我的记忆里，那天很闷、很热，是那种独属于盛夏的燥热，让人站也不是，坐也不是。不知道那天有多少家庭正因为孩子的高考志愿而紧张、发愁。我家里却不是这样，没有紧张，也没有发愁，只有激烈的争吵。他们认为学医很好，以后当个医生多好，可是我并不想学，我清楚自己并不是学医的料。那是我第一次和他们发那么大一通气，原本以为他们会尊重我的意愿，可事情仍旧是以他们的胜利告终。可惜他们的孩子到现在也没能如他们的愿成为一名出色的医生。呵！看，还是有许多事情超出他们的控制的。”

一股报复的快感突然像潮水般涌上心头。

“从那以后，我对他们的安排越来越反感。他们每强迫我多做一件我不愿意的事，我的痛苦就多一分。可是那又怎么样，一直以来，我都没有反抗的权利，他们也不会在乎我的感受。我觉得自己的人生被拆成了几段，每一段都有要完成的任务。我唯一的作用就是做一个机器人，去完成他们指定的任务，好像这就是我存在的唯一意义。他们还要求我时时刻刻像湖心一样平静，不，是比湖心还要平静！石头投进去都不能泛起一丝波澜。可事实是我的心里总是波涛汹涌，却只能压抑着。你能体会那种落差带来的窒息感吗？”说到这里，我猛地看向他，两滴泪水很快落在胸前的衣服上，我觉得自己已经混乱到胡言乱语了，“现在我不想忍受那样的生活了，它已经像一块巨石一样堵在我心里，压得我喘不过气来。我想要一次真正的呼吸，一次自由的呼吸！我沉重地吐出一口长长的气，泪水已经决堤，无法控制，但整个人却似乎得到了解脱。

“所以你才会一个人出来？你渴望逃离过去？”他的声音里有同情，也许是我的故事给了他同病相怜之感。

“是他们逼的。如果他们能给我一点理解，他们能给我一点理解……我不应该是属于自己的吗？难道不能做自己的主吗？”

“有想过也许有一天会为自己的举动而后悔吗？”

会后悔吗？不会！我做梦都想离他们远远的！我不愿意一辈子被他们捆绑着！

他说人的想法总是不断在变，今天觉得不能做的事，第二天睁开眼时，也许就变得可行了。正如画画，他现在依然无法忍受将艺术与世俗的利益挂钩，但也许明天也会迫于生活的压力而变得世俗。人心就是这样变化无常，难以捉摸。

我没有再对这个话题进行任何回应，他没有经历过我的生活，又怎么会懂得我的决心呢？

那个时候我以为我永远不会为自己的决定而后悔，然而事实证明，许多转变就只需要一个契机而已。

那天过后，他似乎很忙，每天很早就出去，又很晚才回来，没有时间再带我了解这个小县城，连遇见时也不过匆匆说了几句话。过了几天，他就走了。据他自己说，因为画画，许多时候他都是待在省城，空闲时才回这里住几天。

在那个小县城待了差不多一个月，我决定再次出发。这里似乎并不适合我，也许还需要走得更远些。临走时我把钥匙寄给他，他问我要去哪里。说实话，我自己也不知道，就像突然选择了在这里停下一样，在哪里停下都是偶然。

三个多月以后，我来到了离家几千公里外的一个城市。在那之前，我已经去过几个地方。说来很不可思议，我在那些地方都找不到停下来的理由，和设想中的完全不一样，甚至对它们没有多么深刻的印象，离开了，也就忘记了。

离开家时是秋天，现在已经是冬天了。南方不似北方那样零下几十度，可是在火车上往外看的时候，窗外摇摆的枝叶也透着彻骨的寒意。

这次是一个大城市，如果你和朋友住的地方隔得远一点，又不是有意相约，或许一辈子也很难见到几次。走在街上，每个人都只关注自己，没有人好奇走在自己身边的是什么人、什么职业，他们只想自己今天应该做什么、晚饭要吃什么。

刚来的前几天，我觉得这里很适合自己，没有谁想约束谁，这不就是我想要的吗？可是又待了几天，觉得整个城市似乎总是冷冰冰的，那么冷漠。有一天晚上，我靠在酒店的窗户看着夜景：

一眼望过去，高楼大厦，灯光闪烁，五彩缤纷，街上车如流水，行人来来往往，热闹不分昼夜；只有夜空是黑的，是空的，是静的。这样的夜晚越看越让人害怕，浓烈的孤独感和无尽的茫然紧紧包裹着全身，就像这样的夜空与这个城市的晚景格格不入一样，我发觉自己与这个城市也不能相融。这又令我十分厌恶，于是我又在一个清晨悄悄离开了。

也许是老天不忍心看我再继续漂泊，春天以后，我再也没有开启另一段旅程。

初春时我来到一处海滩。地上是一片海，天上也是一片海，都那样蓝，蓝得干净又澄澈。人懒洋洋地躺在沙滩上的时候，阳光就那样暖暖地泻下来，这时人好像融进了沙滩里。听人说这里很适合生活，因此一年四季常有不少游客慕名前来。这么美的地方，真是不枉费。

仅用半天的时间，我就决定留在那儿。

当晚，看着镜子里齐腰的长发，我打算剪短，从“头”开始。我母亲总说女孩子应该留着长发，又不许我染发、烫发。印象里，我曾有一次背着她偷偷剪短，结果换来了几个小时的泪水和两天的被漠视。自那以后，我的头发从来没有在肩膀以上过，也未做过任何“非必要的加工”。现在我打算换个发型，当作送给自己的“解脱的礼物”。

又用了一天的时间，我解决了所有问题，包括工作和住宿。我要说的是，在我决定回家以前，我没有再离开过那里。

海滩那里开着几家餐馆，我就在其中一家当服务员。

那段时光还不错，每天忙碌着，晚上累得一沾床就睡着了，好多事自然就被遗忘在记忆深处了。忙碌的间隙是偷来的闲暇，那时我常常坐在靠近餐馆门口的位置，看着外面玩得忘乎所以的人们，觉得人生的追求也不过如此。

也有空闲的时候，那时许多事情又会重新涌上心头，尽管这种时候不算多。可就是在这些不算多的空闲时间，我学会了抽烟。跟一个同伴学的。只要闲下来，她的烟就几乎不离手。渐渐地，我也会在烦躁的时候抽根烟。这是件很叛逆的事情，即便同“离家出走”这件事比起来不算什么，但在我母亲那里，已经是罪不可恕了。女孩子怎么能抽烟呢？抽烟时我总会想起远在家乡的父母，但也只是想起而已。况且我们并非没有联系，一直保持着一个月三四次的通话，虽然结果总是不欢而散。

那天，我注意到一家人——一对年轻的父母带着他们的孩子玩，那个小女孩看着不过是读幼儿园的年龄。小女孩玩得很疯狂，在沙滩上来回跑，年轻的父母很配合他们的孩子，跟在她身后假意追赶。孩子被捉住时，在父母的怀里笑得好开心，我似乎能听到她银铃般清脆的笑声。我看得入了迷。看着那一家人，好像在看喜剧电影似的，一个人傻呵呵地笑着，好几次老板喊我都没听见。我承认我很羡慕那个小女孩。不知道小时候我是不是也有这样的时光，可惜我没有这样的记忆。也就是那一天，我决定要离开那里。

第二天整个世界还沉浸在睡梦中时，我就已经乘着最早的一趟高铁离开了，中途换乘了一次，花了大半天的时间又回到了那个小县城。是的，我没有再去下一个新地方，也没有迫不及待地赶回家，而是先回到这里再见他一面。

将近一年没有任何联系，我也不确定他是否还在这里。

薄薄的铁门被我敲得哐哐响，只听见里面传来一个女声："来了。"

门开了，人从里面出来，看上去和我差不多大，心下顿时了然。

她见不是熟人，便对我点头笑了笑，又转头朝屋里喊道："你快出来，有客人，找你的。"

他发现是我，便笑了笑："是你呀，好久不见。这是我女朋友。"手指着女孩，接着又对女孩说，"这就是我之前给你说的，去年在火车上认识的朋友。"

我来了没多久，他女朋友就回家了。我们决定到宵夜摊坐坐。

啤酒瓶碰撞在一起的声音清脆响亮，我们都一口喝掉半瓶。

"都去过哪里？"

"很多地方。见过大海、平原、沙漠、瀑布……"我一样一样地数着，细细回忆这一年来的经历。

"觉得怎么样？"

"以前总想着去一个新的地方重新开始，最好是一个没人认识我的地方。要是那个地方背山靠水就更好了，不过最好是在海边，然后开一个民宿。平时就忙着生意，闲下来的时候到外面吹吹风，白天就躺在沙滩上晒太阳，晚上就看星空、看月亮，清晨看日出，黄昏看日落，下雨的时候可以望着窗外发发呆，写几篇日记，也可以痛快地淋一场雨。多美呀。呵，多少人年轻时没做过这样的好梦呢？可这就跟你说的一样，总归是'距离产生美'。真的见到了，又总觉得少了点什么，除了初见的惊奇，好像什么也没有留下。就像一场梦，大致知道在做什么，可是细节却模模糊糊，既不真实，也没有归属感。好多次在脑海里涌现过这样的念头，我感觉自己就像张国荣说的那种无脚鸟一样，只能不停飞啊，飞啊，永远无法落地安定。”

他举起酒瓶跟我又碰了一下，说道：“你是因为这个才回来的？”

“突然想家了。”我看见他笑了。

决定回家之前，我一直在想到底是哪里出错了。为什么我们的关系会变得那么僵硬？我们之间是不是缺少了什么？我想我需要找到答案。

我突然辞职走人，把父母气得不轻。开始时，他们的态度很强硬，一开口就是要求我立刻回去。其实我们都知道，很多事情已成定局，他们再不愿意承认，也改变不了已经存在的事实。最近态度软化了不少，不再强烈要求我回去。

“最近和我爸妈打电话，我们都变了不少。特别是我妈，每次一通话就哭，虽然还总是问我什么时候回去，但更多的是担心我一个人在外不安全，以前的那些狠话越来越少了。其实我都这么大了，哪里还需要那么多的担心？”

“你怎么想？”

“我一直觉得她很聪明，硬的不行，就来软的。我妈那么强势的人，怎么可能轻易就服软了呢？那不过是她的策略罢了。可是现在……”我直视着他，笑着说，“我明天就要回去了。”

他也看着我无声地笑了。

“告诉你个事。”

“嗯？”

“过年前我要结婚了，已经订好日子了。还有，几个月前，我在一个绘画培训中心找了份工作，教孩子画画。”

“是吗？恭喜。”

我们看着彼此笑了起来，声音越来越大。周围的人都诧异地看过来，他们一定不懂有什么事值得这两个年轻人能不顾及场合而笑得如此放肆。

回忆与梦境交织在一起，真真假假掺和着闪现。脑袋很沉重，在半睡半醒间突然听见有人喊我的名字，声音越来越大，人也越来越近。可能是见没有回应，又推了推我垂在沙发外侧的手臂，我不舒服地呻吟了一下，算是给她的回应。也许是没想到我竟然病了这么久，她又拿手贴着我的额头。

“呀！怎么比早上还烫。”母亲满是惊讶的声音在屋子里回响，“你等等，我去给你烧热水吃药。”

几分钟以后，母亲又过来摇我刚才那条手臂：“先起来吃药。”

我不舒服地皱着眉头，没有动。

见我不愿意动，她只好扶着我坐起来：“听话，起来把药吃了，不然会更严重的。”

我勉强睁开眼睛，一下一下地喘着沉重的粗气，接过她递过来的药和温开水，把药吃了。一杯水下肚，人清爽了不少。

思想还停留在对往事的回忆中，我搂着坐在身旁的母亲的脖子，把头埋在她的胸口，说：“妈，我头晕，让我靠会儿。”

母亲的手轻轻拍着我的后脑勺。

记得我回家那天早上他带着女朋友来送行，临走前他对我说：“我收回那句话，这趟旅程，你不需要后悔。”

“谢谢。再见。”

“再见。”

渡山场

汉语 2004 班　罗萍萍

一

清晨，雾蒙蒙的远山上，朝阳从东边冉冉升起，天空逐渐泛起了鱼肚白。阳光从云缝里照射出来，渐渐地，天边出现了一个半圆形的小球，像一个溏心蛋的蛋黄一般，将天空染成了淡红色，点点金光铺洒下来，洒在了山脚下碧绿的江面上，江面上的一层薄雾随之渐渐散去，显出了江水淡淡的绿影。一阵阵微风拂过，吹起了这个碧绿色影子的衣角，江水的味道是一股鱼腥味。

都说“一日之计在于晨”，对于要晨起赶路的人来说，清晨可是不可多得的宝贵时间。

“叮——叮——”吵闹的闹钟声打破了这个早晨原本的宁静。

一只小手突然伸出，将闹钟拍在了地上……

“啊！完蛋了！”床上迷糊的人儿突然睁开双眼，身子向前倾，默默地看了眼躺在地上的没有声响的东西——没错，就是刚刚又一次被拍掉的闹钟。这已经是它这个月第无数次被如此对待了，估计再来几次，就会彻底报废吧……

“哎，下次该换个地方了，再放在这里估计就没了，不然，以后睡过头了怎么办……”

自言自语的人儿从床上坐起，揉了揉眼睛，下床把躺在地上的闹钟拿了起来，甩手扔在床上之后就开门下了楼。

这个小人儿在房前的一大块石阶前漱完口之后，就开始收拾东西出门了。

向上穿过了几个两层的白色石砖房之后，眼前就出现了一片较为平坦的土路，这条较为平坦的路是在这座依山而建的小乡村的上面。清晨，山上的温度比山下的低，小人儿将搭在手上的薄外套套在身上，就开始了赶路。

“哎，小庭，骆小庭。”小人儿听到熟悉的声音，不用转头看就知道是自己那个血缘疏远的表哥。

“干嘛？陆不要脸，你怎么也起这么晚？我还以为你早走了嘞。”

“没有，今天……哎，你咋还说不要脸呢！不就欠了你十块钱没按期还嘛，真是的。”

“那是十块钱吗？那是我们之间的信任，不按时还钱，就是要叫你不要脸，有本事你把钱还我啊，还我，我就不叫了，哼！陆不要脸——”叫小庭的女生瞪了一眼跑到自己身边的男生。

“哎呀，知道了知道了，过几天就还你，给！”男生将手上的白鸡蛋和一个白馒头递了过去。

“算你有良心。”小庭接过之后就开始剥壳吃了起来。

“就知道你又没吃，幸好，我妈今天多煮了几个，还特意让我给你带了。跟你说了多少次，早上去学校前带点吃的，不然就你这个小身板，迟早要倒在路边边……”

“闭嘴，你以为谁都像你一样，起床就有人给备好了吃的。赶路了，再不走，迟到被罚了就怪你。”

“好好好，不跟你掰扯了。”

说完，这两个人就赶起了路来。

清晨的山上，雾蒙蒙一片，两个人就这样一前一后地在山间的土路上往目的地赶去。

依山而建的几个山村之间有所公立的小学，是这附近唯一的一所小学，学校里的学生大多数都是附近山村的小孩。学校建在了生源地最多的山村——江山村后面一座较高的山上，为了与山下的村民隔离开，不影响教学，也为了防止学生偷溜下河，特意挑了这个地方。不过这却给这里的老师和学生带来不小的麻烦，那就是这学校下面有 303 级台阶。站在学校门口往下望，那可是真叫人绝望。

这学校离那两个小人儿的小乡村倒是不远，如果不算这两者之间夹着的两座山的话，倒是十几分钟的路程就到了，还挺近。

两个人知道快要迟到了，就加快了步伐往学校走，终于紧赶慢赶地来到了 303 级台阶下面。

“累死了，啊啊啊，这个破台阶，学校能不能换个地儿啊！每天都要爬这么多台阶。”男生扯了扯身上的裤子，一边对旁边的女孩说道。

“都那么多年了，你怎么还没习惯啊？有本事你当初也考进县六完小啊，这样你就不用爬这个楼梯了。”女孩揶揄地看着像要累得半死的男孩。

“你……算了，不跟你说了。”男孩的脸突然涨红，像一个充了气的红皮球，转身就大跨步地往台阶上爬去。

“哎，别啊，错了错了，表哥。不提了还不行嘛！”女孩大声说完就朝着前面快要走远的人追去。

“叮——叮——上课时间到了，请同学们提前做好上课准备。”随着上课铃声的响起，这所学校也恢复了宁静。

“起立！”挂着六年级班牌的教室里，传来了一个清亮的声音，循声望去，竟是刚才的那个女孩。

这时，站在讲台上的老师将手中的讲义翻开，用右手向下压了一下翘起的纸张，说道：“好，今天我们来讲一下昨天的作业，把作业拿出来。”几声稀稀疏疏的翻书声，就开始了今天的课程。

教室里，阳光穿过薄薄的云层，透过窗外那棵高大挺拔的松树的树叶照射在了骆小庭的桌子上，金灿灿的阳光衬得她略显苍白的脸红扑扑的。和煦的阳光让那个嘴角向下的女孩脸上露出了一丝笑容，太阳的出现让这冷冽的早晨变得温和。

“小庭，明天你要干啥呀？”女孩的同桌下课后用手戳了戳她，转过头对她说道。“啊，你说什么？”女孩茫然地侧头，看着同桌疑惑地问道。

“你怎么又走神了？真的是呆子骆。哈哈哈……”

“陆秦，你又笑我！快说，你刚才问我啥了？”

“你明天干嘛？明天不是周末嘛，正好也是赶场日，你要是没事的话，明天我们去赶场吧，好久没去赶场了。”

“明天赶哪？ 噢，赶渡山啊，嗯……”女孩像是自言自语一般，自己思考了起来。赶渡山，对啊，自己也好久没有赶过了，上回赶渡山还是爸爸和姐姐在的时候一起去的呢。好想再跟着爸爸去一趟啊，可是爸爸出去了。

“骆呆子，你又在发什么愣啊？你还没回我呢，骆呆子，骆呆子。”那个叫陆秦的女孩用手推搡了一下这个看着又在发愣的呆子同桌。“也不知道在想些啥，总是愣愣的。哎，真的是呆子。”嘟嘟囔囔了几句后终于听到了这个呆子同桌的声音。

“我不知道哎，我明天没啥事，我爷爷那里也没啥农活要我干的。”

“那我们去赶场嘛，好久没去了，我看你也好久没去了。”陆秦一听同桌说明天没事干之后，眼睛瞬间亮了，眼里狡黠的目光藏都藏不住，立刻就撺掇着她去，心想这次一定要拖着骆呆子去赶场。

“我不知道啊，我……我想想啊。”女孩看着旁边同桌开心的样子，思索了起来：“好想去啊，可是……”低头看了眼自己空空如也的口袋，没钱！爸爸一个月就只给了二十元的零花钱，还借给了陆不要脸十块。哪里还够赶场的啊，交了船费，就只剩几块了。“嗯……问下爸爸吧，爸爸之前说需要用钱了可以去找大姨孃要。嗯，放学了回去问问。”思索完就被旁边的人儿拉着出了教学楼。

两个人来到了一个小房子前面，看着排队打饭的人不多，就赶忙跟着队伍排了起来。

“也不知道今天有什么菜，好不好吃。”陆秦嘴里嘟嘟囔囔的，眼睛却向前面打好饭的人看去。“啊？芹菜啊，最不想吃芹菜了。”陆秦撇了撇嘴抱怨道。

“有免费的中饭就不错了，你还挑。”骆小庭白了眼旁边这个嘴角快耷拉到脖子上的女孩。低头看了眼自己手里的饭盒，也不知道今天能不能多打点饭，这样回家就不用再煮饭了。骆小庭默默思索着。慢慢地两个人就来到了窗口前。

“陆孃，给我多打点饭。”

正在窗口打饭的人抬头看到是骆小庭，就给她的饭盒里多打了几勺菜和饭。“小庭啊，够吗？”“够了，谢谢陆孃。”骆小庭看着自己饭盒里的满满的饭菜，心满意足地朝打饭的人笑了下就跟着陆秦回了教室吃饭。

“叮——叮——”

“终于放学了，小庭，我先走了啊，我爸今天来接我，明天记得一定要去喔，我在渡山的码头上等你，拜拜！”陆秦火急火燎地收拾了东西之后就跑出了教室。骆小庭看着自己这个同桌风风火火地出了教室，眼神里流露出了一丝落寞。“我也想有人来接我。”骆小庭收拾了东西之后，就把教室的门关上，出了学校。

“咚咚！”敲了门后，骆小庭问道：“田老师，我可以进来吗？”

“哎，小庭，你还没回家啊，有什么事吗？快进来说。”一个小小的、拥挤的办公室里，正坐在一张椭圆形深灰色长桌前工作的人，听见门口的声音，抬头看到是自己的班长，就停下了手里的工作。

老师看着面前这个本应该出了学校却又折回的人问道：“怎么了小庭？”

“田老师，那个……我可以借一下你的手机给我爸爸打个电话吗？”骆小庭局促地绞了绞手指，对眼前的人说道。

“给你爸爸打电话啊？行，你拿去吧。”田老师把手机打开，翻到电话页面，就将手机递给了她。“好，谢谢田老师。”骆小庭接过田老师的手机，就出了办公室。

“喂，爸。”

“喂，田老师啊。”

“爸，是我，小庭。”听到熟悉的声音，骆小庭的眼睛瞬间湿润了。

“小庭？怎么了，是出哪样事了？咋用老师的手机给我打电话嘞？”

“没哪样，爸，你在做哪样啊？”

“在上班嘞，你放学了没有啊？吃饭没有啊？”

“放了，还没回去，没吃饭。爸爸，我想……我想明天去赶渡山噶。”

“去赶渡山啊，去噻，一个人去还是跟哪个去啊？有钱没得啊？要是没得你就去问你们大姨孃要哇。”

“我跟陆秦一起去，钱有是有，不够哎，就只有十块钱。”

“不够就去问大姨孃要噻，你跟她说我回来的时候给她就行了，要好多啊？要不我待会给你大姨孃打个电话，你去找她拿就行了。”

“嗯，好，我待会回去的时候去找大姨孃要。”

“好，还有哪样事没得啊？你记得回去的时候慢点喔，注意安全哈，记到吃饭晓得不？懒得煮嘛就去你姨孃那里吃嘛，你姨孃又不会赶你，还有……”

“晓得了，爸爸，你们哪时候回来哎？”

“要过年的时候喔，你一人在屋头要注意安全喔！要好好读书，晓得不？在学校里面好好学，过几个月我跟你妈妈就回来了。”

“嗯，我晓得。”

“晓得就行哇，记到吃饭哈，没得哪样事就挂了哇，不要浪费人家老师的电话费。记到跟人家老师说声谢谢哈。”

“嗯嗯，拜拜爸爸。”

挂完电话后，骆小庭擦了擦眼睛，进了办公室。

“田老师，谢谢你，我打完了。”

田老师接过手机：“怎么了？是有家里有啥事嘛，还是想想爸爸妈妈了？”

“想他们了。田老师，没啥事的话我就先回去了。”

“行，回去吧，回去的时候注意安全哈。”

“嗯，田老师再见。”

出了学校后，骆小庭就往学校的后山下走去。

二

码头上，两山之间的江面上泛起一层白雾，雾蒙蒙一片的江水衬得山边的房子若隐若现，沿着码头左边的石子路往远处向上看去，一个女孩正背着一个竹背篓往下走来。骆小庭看着这早上6点的码头，感到丝丝冷气袭来。昨天回去之后，她就去了大姨孃家里拿钱，然后就被大姨孃委以重任——大姨孃让她把这个背篓里的东西带到渡山场卖给一个收废品的人家，回来之后把卖的钱给自己。她看着手里的70块钱和地上的竹背篓，心里有说不出的辛酸。每次去大姨孃家里，总要有什么事情让自己干，这次也不例外。骆小庭今天一大早就起来了，为了不错过赶场船，她没有吃早饭就背着东西出发了，虽然大姨孃让她带东西去渡山场让她有点不开心，但对于她来说能去赶渡山也已经很好了。背着东西走在路上，可以看到有很多早起的人，有跟骆小庭一样背着竹背篓去渡山场卖东西和买东西的，有老人带着小孩去玩的，也有拿着蛇皮袋子去进货的，有挑着担子里面装着菜的，各式各样的都有，都是去渡山场上的。

来到码头，赶场船还没有到，只有几条各式各样的小木船停在河岸上。

骆小庭放下背篓，瞅了瞅四周，站在了一处不显眼的地方——一根柱子后面，默默地等着船。以前，她去赶场都是不用坐赶场船的，自己家里有一个小木船，可以容纳五六个人，她爸爸嫌弃传统的划船方式又累又慢，就在自家木船上装了个机动装置，又在前舱安了个方向盘，变得又快又省力。每次骆小庭和姐姐坐自家船的时候，最喜欢坐在船头，吹着风看沿河风景。有时候还坐在方向盘前开船或者和姐姐一起在前面划船，爸爸在后面掌舵。

码头上人越来越多，人头攒动，骆小庭就一个人站在角落里，看着码头上的人们聊着家常、摆着八卦，声音一个比一个大，芝麻大小的事也被她们讲得津津有味。以前去赶场的时候，爸爸也是这样，来到码头就闲不住，到处走动，这里跟人家唠唠，那里插进去说几嘴，有时候插不进去就站在旁边，嘴里叼根烟在那听人唠，唠得不对吧，还要大声开口反驳，拉都拉不住。总是在这样的场合下，骆小庭就感觉什么亲戚都冒出来了，这里是姨孃，那里是姨婆，还有些见都没见过的亲戚，看见骆小庭就问："你是骆贤家的大姑娘还是二姑娘啊？看着好眼熟喔。""我是二姑娘。呵呵……""我说嘛，难怪看起来那么眼熟。"骆小庭面对这样的问题的时候总要不得已地回答自己是谁，自己是大的那个还是小的那个，只因她比她姐姐高了那么一个头。谁让她跟她爸爸是出了名的像呢，简直就是一个模子里刻出来的，连行为举止都那么相像。

"嘿，骆小庭。"骆小庭好好地站在柱子后面心安理得地当个隐形人，却突然被人从后面蒙住了眼睛，吓得她一哆嗦："谁啊？快放手！""我啊，是我。"蒙着眼睛的手又突然松开，骆小庭郁闷地转过身看见了一张笑得贼欠的脸："骆星星，你信不信我打死你！""别别别，我错了，庭姐，我逗你玩儿的嘛。别生气，别生气……"这人正是骆小庭的堂弟——骆星，而他在骆小庭的威压下立刻就投降了。

"姐，你今天也要去赶渡山啊。""跟你有关系吗？"骆小庭撇了撇嘴，看了眼比自己低一头的堂弟："干嘛？难不成我去渡山，你还要跟着我啊？"

"嘿嘿，不可以吗？就让我跟着你呗。跟着爸爸走都不自由。""行啊，来，背着吧。"骆小庭听见有免费劳动力，立马就把放在地上的背篓递给了骆星。

"你背着，我就让你跟着我，我可以给你买吃的喔。"骆小庭一脸坏笑地瞅着这个爱跟在自己屁股后面的小屁孩。

"好，我不要吃的，你给我买弹珠好不好？"

"行。"

"嘟——嘟——"船来了。

一艘红皮绿顶的铁皮船停靠在码头右侧，没几分钟，码头上就空了下来，嘈杂的喧闹声换到了船舱内。“收船费喽，收船费喽。”骆小庭和她的堂弟两个人挤在一个角落里，她从兜里拿出一张五块和一张一块递向了来收船费的嬢嬢。“嬢嬢，我跟他两个人的。”骆小庭大声地说着，就怕被船内的嗡嗡声盖过去。“不用了，有人给你们开过了。”嬢嬢大声说完之后就往他们后面挤去了。

骆小庭看了眼靠在自己身上的骆星，就知道是谁开的了。

红皮绿顶的铁皮船驶入了高耸的峡谷之后就没有沿河停船接客了。大概过了一个小时，船就驶出峡谷了，又开了一会就看到渡山前面广阔的江面了。骆小庭拉着堂弟站在船舱出口的侧面处，看到了渡山码头上站着的陆秦，以及一群蹲在河边准备上船“抢东西”的人。

“哎，这个卖不卖？”

“不卖不卖。”

“别走呀，商量哈嘛。”

那群人一窝蜂地涌入船舱内，到处扯着赶渡山人的背篓，看里面的东西是不是他们想要的，一旦是就拉着不放人走，非要缠着人低价卖给她。骆小庭背着背篓，拉着骆星，仗着身量小的优势挤出船舱跑到了船边边上。

“小庭，小庭。”陆秦挥舞着手，跑到了铁皮船停靠的前面。

“嘿，慢点，姑娘。待会撞上了。”正在用竹竿抵船的船老板看到陆秦跑过来，对着陆秦大声道。果然还是那个冒失的陆秦。

“给，走吧。”骆小庭将背篓交给骆星后，三人就上了渡山场。

三

渡山是一个小镇，是这附近发展最快的小镇。它依山而建，沿江而生，从江面从下往上看去，首先出现在眼前的是码头，大大小小的船只停靠在岸边，来来往往赶场的人将码头变得拥挤，今天的码头变得格外热闹。河岸边有一座漆成深绿色的木板房，房顶、地面，都是木板的。这里原来是一个给来往停靠船只的人们提供休息的场所，现在成了一个小卖部。进进出出的人们，有的手上拿着泡好的泡面，有的拿着烟，有的拿着水。在码头中间有一条长长的阶梯，往上一直延伸到镇上。

骆小庭三人爬过楼梯，来到了渡山场的外围，三人站在一个十字路口，往前看去是一些小商贩，他们推一辆生锈了的铁皮车停在路边，叫卖凉皮、凉面、油糍粑、洋芋粑粑等小吃。摊子旁是几个商贩公用的漆成土黄色的折叠木桌和几个辨不清颜色的胶凳子，这时都已坐满了人，而旁边不远处是几家银行，农业银行在街边，邮政银行和邮政快递在一座楼梯下面，这两个银行此时都排满了人，来赶场的人中有相当一部分是来银行办事儿的。

往左向上看去有几家商铺是卖家电的，还兼作快递站，这样也能够多赚点钱。有几家是卖衣服的，这里的人就不多了，毕竟现在还是太早了，人们都忙着先进货。

往右向下看去，这条街上的商贩用一两块浅红色掉漆的木板支在自家门口，将自己的货物摆在上面叫卖，用这种方式卖东西的，大都是卖五谷杂粮、菜籽和一些生活用品的。

走到底下是一个露天的小型菜市场，也是人最多最吵最杂的地方，菜市场内大都是其他村来的人，有拉着一车菜的，有用竹筐的，有临时搭建摊点的，也有些用塑料袋铺在地上卖的。来卖菜的人很多，但混乱中也呈现出一定的秩序。来来往往的人穿梭在菜市场里，各种叫卖声、吵闹声、讲价声，络绎不绝。菜市场的位置虽然看起来有点偏僻，但却是渡山地段最好的地方：旁边是一个十字路口，每条街道都能通向渡山的各个地方，其中一条可以抵达码头，运货非常方便。十字街口这里有许多的饭店和小卖部，以及渡山最大的超市也在这个菜市场不远处。

因着赶场都是清晨出门，大部分人都选择不吃早饭，骆小庭三人也不例外。

“姐，我饿了。”骆星眼巴巴地看着骆小庭，肚子里发出的“咕咕咕”声，表示自己是真饿了。

“我们先去吃东西吧，反正现在也还早嘛。”

“行吧，那先去吃东西。”骆小庭三人便往十字路口的右下方走去。“我知道有家粉店特别好吃，他们家的牛杂超级香，不过去他们家的人也多，快走快走，要不然没坐的了。”陆秦拉着骆家两姐弟就快步走了起来。

“孃孃，来碗牛肉粉。”陆秦走到店里就迫不及待跑到捞粉处点吃的，骆小庭意外地发现，这就是自己以前和爸爸来赶场必来的那家店。

“姐，这个锅里的东西看着好香啊。”骆小庭听见旁边的人话，看向了锅里沸腾的汤汁以及满锅的牛杂，这不是爸爸最爱点的牛杂嘛，每次来都要点一份给她和姐姐吃。

“香吧？这个可好吃了，小庭，我们三人都点一碗吧。”陆秦和骆星撺掇着这个又开始发愣的女孩。

“骆星星，阿伯给你零花钱没？”

“给是给了，就是不多，嘿嘿。姐，我可以出五块。”骆小庭瞅着那伸出来的五个手指头，就知道了他没多少钱。

“那我们点一碗吧。”

“好耶！”

“孃孃，来一碗牛杂、一碗包面。”又转头问，“你吃啥？”

“牛肉粉！”

“还有一碗牛肉粉。”点完吃的后，三人就在店里找到了个角落坐下。

“一碗牛杂，两碗牛肉粉，一碗包面！”门口的孃孃用她圆润的嗓音一边喊着客人点的餐，一边往碗里加高汤。

“来，小心烫。”三碗红油油、香喷喷的粉面上了桌。

“哇啊啊啊，开吃开吃！”

“姐，我想吃一口你的包面。”

“自己挑。”骆小庭把碗移到两人面前。

“好，来，我也给你点牛肉，可好吃了。”骆星从碗里挑了几块牛肉放到前面的碗里之后就吸溜吸溜吃起来。

过了没一会，三人连粉带汤都吃完了。

“孃孃，好多钱啊？两碗牛肉粉和一碗包面、一碗牛杂。”

“牛杂十五，牛肉粉八块，包面六块，三十七。收你们三十五嘛。”

“谢谢孃孃。”骆小庭从左裤兜里拿出一张十元、一张二十元、一张五元递给了老板。

“下次再来哈，慢走。”老板娘笑着说道。

“我们现在去哪呢？”陆秦吃饱了，撑着鼓鼓的肚子问道。

“我要去把背篼里的东西拿去卖了先。”

“去哪卖啊？”

“上面邮政银行那。”

“行。走吧！”

往上走，三人来到邮政银行后面的一个石砖房门口，收废品的地方这时候人已经开始多了起来，门口堆满了纸壳、啤酒瓶、塑料瓶等等一些废品，骆小庭从骆星背上取下背篓，跟门口正在给人称重的老板说道：“老板，这是一些塑料瓶子和纸壳，你看哈有多重。”

“等哈啊小妹，等我帮这个叔叔称了再来给你称哈。”老板一边应着，一边继续和另一个人说话。“这一车的啤酒瓶三百五十块。”老板跟骆小庭匆匆说了几句后就转头忙生意去了。“要得要得，谢了张哥。”

“小妹，拿来吧。”

“你这个不是很多哎，三十五，你看行不？”骆小庭看着面前漆成墨绿色的秤盘，也不懂如何看，听着老板的价格，觉得差不多就答应了。卖完了废品后，三人就在渡山场的街上晃荡起来，骆小庭想着家里没多少菜，就拉着陆秦和骆星去了菜市场。

“老板，这个西红柿咋卖啊？还有这个花菜。”

“番茄三块，花菜三块五。”听着不贵，骆小庭从菜架上抽了个袋子挑拣，哪个红拿哪个，哪个花菜看起来不脏拿哪个。挑好了这两个，花了十块后，就又走到另外一个摊子上。

“姐，这里有凉菜，有好多你爱吃的。快过来。”听到堂弟说有凉菜，骆小庭就立马循着声音找过去，看到了一辆小型的铁皮车上卖着她家最爱吃的凉菜。

“小妹妹，来买点凉菜嘛，我们家凉菜是渡山镇附近最好吃的喔！”走过去就听见了老板跟陆秦对话。

“老板，你们家凉菜咋个卖嘛？”

“五块钱一斤，要买不嘛小妹？”

“拿个碗给我嘛。”

“要得。”骆小庭拿着凉菜老板递过来的塑料碗，开始挑菜了。

“姐，这个这个，这个好吃。还有那个，那个我也想吃。”

“骆星星，贪吃鬼，那是你姐的口粮，不是你的。”陆秦看着这个小馋鬼，就觉得很好笑，一路上都在吃。骆小庭挑挑拣拣地，把凉菜夹满碗后就停手递给了老板。

“小庭，你夹这么多啊，你一个人吃得完吗？”

“我姐最喜欢吃凉菜了，你不懂，再说了谁说她一个人吃了，还有我呢。”“骆星星，你就知道吃，撑死你算了。我给我奶奶买点，她也爱吃。”骆小庭跟陆秦说着，正好看着凉菜老板在那加辣椒，补充道：“老板，多加点辣和酸醋。”

“要得，来，十五块，小妹。”

“好。”

买完凉菜之后，骆小庭三人又把菜市场绕了一圈，买了些水果和菜，就出了菜市场。

“小庭，你们船几点钟开啊？”

“两点，怎么了？”

“嗯……还有一个半小时，要不我们去那个三味书屋逛会儿吧？

听她们说三味书屋又进了好多好看的笔和本子，我们去那看看。”

“是吗？那走吧！”

三人从菜市场旁边的一条小道绕了过去，又穿过几个巷子，看到了三味书屋的店铺。

“好多人啊。”陆秦看到三味书屋店里站满了人，就拉着骆小庭两人挤了进去。“哇，姐，这里有好多玩具，有奥特曼！”骆星突然松开骆小庭的手，一眨眼，人就跑到了一个书架下面蹲着。

“看看就行了，我没有那么多钱给你买啊。听到没？”

“好吧，那我就看看。”骆星听到自己姐姐的话，委屈地回了声。

“小庭，快来，这里的笔好好看。”

“好看吧？本子也好看，我们俩买一本吧，当日记本。”

骆小庭看着书架上一本浅绿色印有白色小雏菊的本子，动了心。“那我买这本，你嘞？”“这本，嘿嘿，姐妹款。”陆秦拿着一本浅蓝色印有风信子的本子。两人再挑了几支笔后就去柜台结账了。

“骆星，走了，来，这是给你买的笔。”

“谢谢姐姐。”

13：20，三人来银行前的十字路口处的小摊贩这里买吃的。

“孃孃，六个油糍，三碗凉皮加凉面，多加点酸水跟辣椒。”

“要得，带走还是在这里吃？”

“带走。”

买完了吃的，三人就提着东西去了码头。码头上这个时候人已经多了起来，来来去去的三轮车装着货物在码头转着，赶场的人搬运着货物在船上上上下下。几艘红皮绿顶的船头现在已经装满了从渡山场运下来的货物。看着这个架势，三人也没想回船上吃东西了。就在码头的一个花坛边坐了下来，将在场上买的凉皮凉面在这里吃了再上船。

“哎，我们村的船来了，小庭，我就先走了。星期一见。”陆秦说完，就把刚打开的盒子关上，提着东西跟骆小庭二人道别之后就上了刚刚停靠的船，走了。

“姐，我们先上船吧，回去再吃。”

“行吧，走。”两人提着东西就上了其中一艘红皮绿顶的船。

船上这时人已经多了起来，骆小庭两人来的时间刚好，船上还有空位，不用站着等一个小时靠岸，两人找了个东西不多的地方坐下后，骆小庭就开始算今天花了多少，买菜和吃东西的钱还有本子的钱七七八八差不多有五十多块，加上船费两人五块，还可以剩下几十块。刚好跟没赶场之前差不多，这个月还剩点零花钱，真不错。

下午两点，红皮绿顶船开始准备走了。

“嗡——嗡——”红皮绿顶船发出几声响声后就启程驶入峡谷了。

渡山场的一天在“嗡——嗡——”的声音中结束了，骆小庭心想：下次再来估计就是爸爸和妈妈回来的时候了。

老　屋

汉语 2101 班　李雪婷

天愈发亮得早了，清晨，后院的几只红冠大公鸡便扯着个嗓子不停地叫，生怕主人家忘记给它喂食似的，一个接着一个竞选高音歌手冠军。节气也不觉入了春，清风拂来，寒气逐渐散去，阳光洒在地面，虽褪去了沉重的厚棉衣，我却仍能感到几分寒意。透过窗户看去，几只黑色大蜘蛛心情很好，一股劲在门口结了几个“陷阱”，开始了自己的觅食猎捕行动。但论到我最喜欢观察的，便是门槛下蚂蚁运食了，蚂蚁们整整齐齐，合作将食物运向储藏室，齐心协力，干劲十足。我童年的乐趣，大多来自这座看似不起眼的老屋。

青山环绕，艳阳与葱郁青林相拥，在小径上交织出片片碎银，显得格外动人。伫立山腰，远远望去，山脚下阡陌交通，熙熙攘攘坐落着几十户人家。离竹林最近的，便是我从小居住的老屋了。长方形的瓦屋与茅草搭建的棚子相互接壤，矗立在一块高地上，门口细长的竹条片片相接，一个四四方方的菜园子便映入眼帘，说是菜园子，在我看来，不如说是一块风水宝地。地里大萝卜露出诱人的白色，一根根大白菜胖得一个挤着一个，紫色的茄子展露出角，长的、短的、胖的应有尽有，娇小的西红柿也不愿服输，一簇细小的枝条却长了一大堆“葫芦娃兄弟”……对于小时候的我而言，此时一锅热气腾腾的鲜美的萝卜排骨汤已经出炉了。

每逢晨曦，一缕缕白色的炊烟从搭在窗户上的烟囱缓缓飘起，随风而去，似与天上的团簇白云融为一体。老屋是从父亲小时候建成的，经过岁月的打磨，如今的屋子，洁白的墙面已经逝去，一眼望去只剩几笔苍凉，不过人在，老屋不免还有几分人情味儿。走近老屋，几根支撑房屋的木质大柱子笔直耸立，红色的大门依然保持着其鲜艳，但门上的门闩已经裂了一条条纹。每年过节，父亲总是习惯带着油漆，把一扇扇经历风霜的大门刷一遍又一遍，之后便小心翼翼地把春联贴上，陈旧的屋子立刻焕然一新。一载接着一载，老屋从未被忘记。

打开后窗，一缕缕风迎面而来，我只觉得阵阵凉爽。后院是一个面积不大的园圃，形状有点儿不规则，与门口院子不同的是，一片粽叶丛是它的典型标志，每逢端午，一位位阿姨相约而来，她们说着笑着，手却不见得停住，臂间的竹筐装进青色的粽叶，不久便被塞得满满当当。父亲喜欢花，在为数不多的空地里面，后院自然也就成为种花地首选。除草、开垦、播种、浇水、施肥，缺一不可。每逢花季，一朵朵艳丽的花儿就如一张张笑脸，腆着个脸笑嘻嘻的，急切地想触摸暖阳。牡丹、月季、金银花竞相开放，花边绿叶点缀点点生动。小时候我甚至还挺诧异，为什么一株白色的苗会开出红色的花儿来，现在看来，五颜六色，看起来倒是挺怡人。花丛一瞥，黄黑相间的蜜蜂在花间扑腾着，“嗡嗡嗡”地追寻着自己的目标，花香洋溢，花蜜诱人，辛勤的它总要去尝尝花儿的甜美。墨绿的粽叶丛与五彩花儿相互交融，相互映衬，交织出一幅精美绝伦的画卷。

老屋的门槛很高，我一次次被绊倒，却也无法对它心生厌倦。幼时，家中并没有同龄人，门槛便成了我的快乐来源。我喜欢站在门槛上观望远方。春，燕子回归，老屋的房梁由此开始热闹起来，鸟儿叽叽喳喳，欢乐歌唱。夏，雷声阵阵，雨水在檐头积攒，顺势而下，雨滴洗刷沉闷，带着与泥土混合的清香沁人心脾。秋，硕果累累，地里的苞谷积攒了很久的期盼，已经开始冲破衣服，露出了点点黄。冬，寒风凛冽，雪花在空中飘扬，“未若柳絮因风起”，小孩笑声阵阵，带上“家伙”在雪中尽情奔跑。我还喜欢观察门槛下的另一片小天地。谈到蚂蚁，脑海多数浮现的是蚂蚁搬家的事儿，但于我而言，真正的乐趣却不止于此。视野转到门槛下，一只只黑色小蚂蚁如同士兵一般整齐划一，沿着门槛缝隙前进，似乎带有某种信念，他们一个接着一个搬运着于他们而言如“山”的食物，众志成城，不愿放弃……想来在老屋的趣事还不止这么点，每每想起，不愿忘怀。

老屋虽旧，却成了我记忆中的主角。它的面积很小，屋的这头是我家，而稍走几步，屋的那头便是奶奶家。大概是这个原因，寒冷的冬天只需一个炉火，整个屋子便充满了温暖。幼时智能手机还未普及，春节是我们最爱的节日。好友相聚，家人团圆，是期盼春节的动力。每逢春节，全家人忙上忙下。母亲掌勺，可口菜肴十里飘香；父亲添柴，炉中柴火熊熊燃烧。而我们小孩，则喜欢上蹿下跳，在屋子周围放鞭炮、玩烟花、砸纸板，整天嘻嘻哈哈不知道忧愁。天色入暮，明月升起，家家户户的门口都亮堂着，鞭炮噼里啪啦停了又响，天上的烟花绽放了一次又一次，小孩子举着烟花棒跑来跑去，而大人们则喜欢围着炉子谈论家长里短。灯火通明，整个寨子热热闹闹，人声鼎沸。小时候的我很内敛，在亲戚面前吞吞吐吐说不出几个字，在春节时聚餐结束后，我倒热衷于抬一个小板凳屁颠屁颠地跟在母亲后面，待母亲打开电视后，满心期待地思考今年春晚会播放什么样的小品，是宋丹丹，还是姜昆呢？在那时，屋子里面洋溢着的是幸福、安稳与快乐。

老屋门口有一个小台子，是由几大块磨平的石头拼凑的，用家乡话来说，便叫“厅口”。我的爷爷是一个土生土长的农民，出生于二十世纪三十年代，他双鬓斑白，总喜欢留一嘴长长的胡子，就像动画片里面的圣诞老人一样。一套蓝色的中山装加上黄色的大帽子是他的标配，按他的习惯，胸前的大纽扣上总要系上一个小烟斗。在我读小学的时候，他已经八十多岁了，视力尚好，就是有点耳背。印象里面，他常搬一个小凳子坐在屋前台子上，吸一口烟，然后缓缓吐出一串浓白的烟气。烟是叶子烟，爷爷自己种的。爷爷总喜欢对以前发生的事情侃侃而谈，我时常陪他坐在老屋旁，听他讲着土地承包、大饥荒，仿佛历史书上的记述也不及他的讲述精彩。犹记得小学五年级的时候，我拿了人生中第一张奖状，当时内心藏不住喜悦，一回家便一股劲地往爷爷的屋子跑，爷爷捧过奖状，他听不见我说什么，但看到我火急火燎地递给他一张红纸，也就懂了，他缓缓放下手中烟斗，擦了擦衣服，接过了那张奖状，打量了一遍又一遍，笑了很久。而今，放假回家，屋子仍在，人却早已不知所踪。老屋给予了我难忘的记忆，锁住了我。

老屋里面曾住过一只小猫，灰白相杂的毛，短小的细腿使它看起来弱不禁风，轻轻撸一下它就会温顺地喵几声。这里姑且叫小猫米米。老屋是它的家，楼上的房梁则是它的最爱，蓄足了力，小腿轻轻一蹬，米米便轻轻松松爬上了梁，楼上的粮仓为它提供了猎捕的圣地，只见小鼠露出个头，小心翼翼拖走一个玉米棒，它便顺着气味开始了抓捕，一场激烈的猫鼠大战由此开始了。要是放到白天倒还会夸米米几下，但要是在晚上，上蹿下跳，家里的楼上不时传来猫捕鼠的声音，显然是让人睡不着的，这时自然会觉得它厌了。

一砖一瓦，一草一木，无论是种满瓜果的菜园子，还是院后五彩缤纷的花田，在我成长的岁月里，都给予我莫大的快乐。踏上了求学的道路，每次回家也已是在半年之后，老屋在我记忆中的印象依旧深刻，在眼里却变得越来越斑驳。如今，老屋旁已经多了一座崭新的楼房，锃亮的瓷砖在阳光的照耀下反射了点点光斑，雪白的墙面无比体面，高大的平房显得老屋像一个矮小的老人，疲惫不堪。燕子已经许久未来过平房了，但老屋房梁上的土巢依旧歌声阵阵，可想而知，今年燕子又来光顾老屋了。春去秋来，老屋在风雨的洗礼下皱纹越来越深，在烈日的照耀下早已显得破败不堪，疏松的土砖块也再难挡凛冽的寒风。

夜深入梦，梦里，一切都回到了幼时，一屋，一家人与一猫。梦醒，只记得一座斑驳老屋，矗立在竹林一侧。故人已逝，瓦片也日益泛青，但这所承载一家三代回忆的屋子，从未消失在流年深处……

守稻人

汉语 2101 班　刘妍妍

记得上次回老家，还是艳阳高挂的仲夏。树林里夹杂着蝉鸣鸟语，荷塘里荡漾着蛙声水声，稻田里是农民劳作的声音，整个乡村弥漫着生机，倒映着和谐。

昨日，终于再次踏上那片充满生机的、物是人非的土地。

父亲开着车在蜿蜒的山路上行驶着，看着修好的水泥路，坐在平稳的车里，心却不像以前行驶在凹凸不平的石子路上那么安逸舒坦。这静谧的气息好像是在提醒我们：这条山路的终点是一个死寂的村庄——树林里早已不见鸟的踪迹，因为它们已经迁往有生机的暖和的地方去。河塘里的水缓缓流动，生怕发出一丁点儿声响，打破了这萧条的氛围。稻田里长满了稻子，像以往一样茁壮、一样丰硕，可守稻的人已于不久前辞世。自那以后，乡村里的一切似乎都在为她哀悼，褪去了五颜六色的花裙，着上一件淡黄的长袍。

饭后，独自走在林间泥泞的小路上，遍地是枯黄的树叶，路旁是秃兀的树木。偶拂微风，树枝上那抹孤独的黄色，也随波逐流，在空中翻滚，一圈又一圈，那是它死前的谢幕。树叶腐烂时发出的臭味，也不愿靠近这无人的小道。小道的尽头是奶奶的坟墓，灰墨色的墓碑上镌刻着醒目的名字，碑后的泥土里长着杂草，忽有序忽凌乱，在秋日的昏暗中，还能依稀看见那天跪在一旁泣不成声地送葬的人，以及那座冰冷的、渐渐被土掩埋的黑色盒子……

和往常的每一天一样，奶奶背着背篓，拿着弯刀去地里除草，忽然袭来的一阵眩晕和恶心，疯狂地想要把她拉到地下，她死死抓着旁边的藤蔓，用尽最后一丝力气支撑着身体。赶集回来的爷爷在田埂上喊不应她，顿时慌了，没有一丝犹豫地跑过去……

“你怎么了？怎么回事？”

“我头好晕，想吐……”

爷爷一把背起奶奶，心里惊讶：原来她已经这么瘦小了。这些是后来爷爷讲述的。不一会儿，爸爸和伯伯们赶来，将奶奶送去了医院。手术室里，惨白的灯无情地照在奶奶青紫的脸上，医生们着急地进进出出，面色沉重。母亲回忆那天时说，他们麻木地、无措地蹲在角落，来不及伤心，因为不敢相信，明明前一天还在家里有说有笑的奶奶，今天却一动不动地躺在那里，一动不动地……

医生极力抢救了很久之后，拿着一沓和那灯一样白得无情的纸，告知他们奶奶得了脑溢血，病情早已恶化，而今已无力回天了。“病人家属，收拾好东西，把老人家带回去吧，我们没有办法了。现在她只剩一口气，落叶归根，她想回家……”

脑溢血！看着诊断书上那几个冷血的字，父亲陷入无尽的自责，怪自己这些年只忙着赚钱和照顾孩子，忽略了奶奶，直到这一刻，才知晓奶奶的病情，可是已经来不及了。亏欠、无奈、悲痛、抗拒……化作一股强流随着血液一次一次地绞缠他的心脏，他甚至认为血液每一次的撞击，都是奶奶向他的求救，可直到最后一刻，直到奶奶无法得救之际，心脏才传递给他难以忍受的痛觉，那是一种回忆起来都会钻心的疼。

大抵是知道自己回家了，刚把奶奶放在床上，她的那口气便随着体温散了。明明是三十多度的夏天，刺骨的冰冷却来得这样快，快到从学校里匆忙赶回的孙女们也没能握住奶奶的余温。从学校赶回的路上，姐姐靠着我的肩默默流泪，可我出奇地平静，像一滩冻住的水，思绪始终游离在"奶奶""去世"这两个无法接受的词之间。当时脑子里一片空白，这突如其来的极大的悲痛，让我的身体忘记了流泪。从麻木到不愿相信，我在心里一遍遍地给自己洗脑，我试图说服自己，试图逃避现实，甚至希望回家的车不要那么快到，只要晚到一秒，我就能多骗自己一秒。下了车，看到那座新修的房子，披着一层泛黄的纱，像在送别它未能入住的女主人。我被父亲推着走进堂屋，角落里，是一尊孤独的棺椁，旁边围着掩面哭泣的亲人。母亲把我拉过去，帮我披上麻孝，啜泣着说："你没有奶奶了！"这句话猛地将我打回现实，打碎了那滩冻住的水，那水突然汹涌着、咆哮着，将我一点一点吞噬。揭开棺盖，我努力不让泪水模糊奶奶的面庞，想用目光将她刻进心脏。可是眼泪好像不听劝，它总不让我多看奶奶一眼。墙上被道士挂满了天尊神仙的画像，儿孙们在灵堂里跪着，我心里将能想到的神仙都求了个遍，祈求他们让奶奶多活几年，或让奶奶离开的路顺遂平坦，哪怕是用我的生命来兑换。那一刻，我不想做个唯物主义者，我虔诚地祈祷，祈祷来世能让奶奶能过得更好，她这一生够苦了，希望下一世能给她多分点糖。

不知道跪了多久，哭了多久，我们姐弟几个被人搀过去吃饭，没有什么意识，只是机械地往嘴里塞，眼泪掺着鼻涕，吃完了这顿饭。天黑了，我和姐姐守灵，一句话也没说，也许是哭累了，也许是怕一开口又止不住流泪，只是呆呆地盯着蜡烛头上忽闪忽闪的火光。那晚的蝉鸣柔和了许多，或许是感受到了我们的悲伤，又或许它们也希望奶奶最后的时光能走得安详吧！我深深地吸了口气，目光随之停留在对面的稻田里，绿油油的稻子耷拉个头，不敢往这处看一眼。月光下，它们像盖了一层薄薄的霜，更像披麻戴孝的我们。终于，到了下葬那日，去往火葬场的路上，我靠着车窗哄自己入睡，这现实太残酷，希望能在梦里找点安慰，我承认，我想当一个逃兵。刚闭了眼，睡意就被烈阳晒化了，还没来得及抱怨，便要下车了。火葬场里有很多狭小的亲友室，里面装着和我们一样的人，那里也有很多的火化炉，里面装着和奶奶一样的人。父亲和母亲小心翼翼地为奶奶整理衣着，一遍又一遍，直到工作人员来催促。我们跪在一旁，哭得东歪西倒，父亲只是默默地跪在前头，巴巴地望着火炉里他的母亲……

奶奶的一生艰苦得没有任何词语能贴切地形容。她于 1952 年出生在一个多子女的贫困农村家庭，刚记得事便遭遇饥荒，双亲逝世，还来不及悲伤又跟着哥哥到处流浪。可上天就是这么残忍荒谬，派洪水将相依为命的哥哥生生夺走，就连尸骨也找寻不到。孤独、恐慌、悲伤，像巨石一样死死压住这个瘦弱的小姑娘。后来，奶奶被一户人家收养，过了几年松快日子，便嫁人了。陆续生下了几个孩子，可襁褓中唯一的女儿也没能养活，只留下两个儿子陪在身旁。奶奶生父亲时胎位不正而难产，硬生生疼了两天才将他生下，爷爷竟不管不顾独自在另一间房里睡着。在我的印象里，爷爷对奶奶经常吼骂，所以，父亲多和奶奶亲近，与爷爷的关系不算好。伯伯和父亲成家没多久，爷爷便张罗着分家，抓阄决定他们二老分别由谁照顾。父亲抽到了老房子，对应奶奶，伯伯抽到新房子，对应爷爷，父亲很高兴，奶奶也是。奶奶最喜欢戴白布帽子，她生日的时候，我特地买了顶加厚的送给她。她笑盈盈的，逢人就炫耀那是孙女买的。奶奶最擅长做饭，不论是什么东西，经过她的一番烹调，都会变成意想不到的美味佳肴。在那一方小小的灶前，奶奶就是最自信、最闪亮的星。前些年，政府拆迁村里的老房子，补了些钱，父亲想着给奶奶修座新房，可刚装修好，奶奶却撒手人寰了……

我不知道要怎么劝慰父亲，因为我连自己也劝不了，只是默默陪他跪着。过了一两个小时，工作人员叫家属去领奶奶的骨灰，我不敢上前，我怕我不能承受那幅画面。父亲尤其平静地接过骨灰，抱在怀里，向门外走去。到家后，下葬仪式便开始了，村民们正要将奶奶埋上，父亲失声痛哭起来，冲上前去摩挲着那口坚硬的棺木，可它没有奶奶的手那样温软，他再没能够握到妈妈的手。村民们边哭边拉着父亲，此时的他就像一个哭着找妈妈的小孩，但他只能哭这一次。看着父亲在我面前失控的样子，我才意识到父亲压抑了很久，悲伤在这一刻倾泻而出，因为他再也见不到妈妈了。马尔克斯说过，父母是我们直面生死的一堵墙。而今父亲面前的这面墙，千疮百孔。

奶奶走后，我们的生活好似没了中心，伯伯一家出省打工，一年才回来一次，我们家在小镇上经营了一家店，没事也不回去。爷爷哪也不愿去，一个人住在那座新房里，基本没下过厨的他学会了照顾自己的起居。以前家里总是能听见爷爷大声呵斥奶奶的声音，现在连他也变得沉默寡言。他在奶奶坟前种了棵树。他常常孤零零地坐在院旁的水池边，望着那片稻田出神。我想，也许爷爷当初对奶奶说的看似抱怨嫌弃的话，只是想表达爱意和感激，感谢她将贤良做到了极致，感谢她为自己生儿育女，感谢她从没抱怨过自己的脾气，感谢她的点点滴滴。爷爷说，一起生活了大半辈子，吵吵闹闹了大半辈子，但也攒了太多美好的回忆，他要在心里重新经历。

都说人去世之后会变成星星，可奶奶走得那样急，都没告诉我怎么才能找到她。于是我期待着能在梦里见到奶奶，不过她一次也没到我梦里来过。村里的老人说逝去的亲人没有托梦，是因为生前被照顾得很好。这是最能宽慰人的说法了，希望它是真的，希望奶奶也能感受到。我想这就是人类的劣性吧，真正失去了才觉得弥足珍贵。

天渐渐黑了，点点繁星也开始闪烁，我抬头微笑着向他们招手，虽然不知道奶奶是哪一颗，但我们的思念一定在某一光年交汇过。往回走的路上，看着那一簇簇金黄的稻子，在微风下一俯一仰，没有耷拉着头，他们似乎能感受到，守稻人一直在天上凝望。

登　高

汉语 2101 班　王顺衡

万里寒山去，长空暮云接。
寒雾凝霜碧，秋风悲落叶。
黄莺啼断处，红梅伤新雪。
至此东流水，长恨吟留别。

逢　春

汉语 2101 班　赵婷婷

你爱那茜色的夕阳吗——
我们美丽的杜鹃花
或者，你爱这凤山乡的春天吗——
我们美丽的索卓索玛

你不用回答，不必回答
答案早在我们的心里
你只要静静地微笑
我就知道，春天来了

春天如约而至
从未背叛过对她满怀期待的万物
春风缱绻而又温软地拂过
绿意盎然生
哪里都是你

从前啊
日子洗练着恓惶的产物
生活绘刻着荒败的芃野
人心深种着丛生的杂芜

而现在
日子扮演起火红的角色
生活织就成辉煌的锦绣
心头涌生出簇拥的暖意

美丽的杜鹃花啊
若你化为春风
抚摸着你深爱的那片土地
请一定记得
那片土地也对你爱得深刻

如同你对这信仰的铭刻
我们，也将永远
追随着你
紫色的灵魂

叹京剧

汉语 2102 班　马　江

云锦饰肩复受衣，黄涂绿抹又登台。
往来尺寸古今过，起落方圆六合开。
锣笛弦琴堂鼓聚，净生旦丑唱词来。
一时曲罢无人看，慷慨聊成意气哀。

优秀奖

七律·花溪

汉语 2001 班　魏雪媛

词客哀时应学孔，骚人霁鹤羡青山。
青岩白帝惊溪客，皓月夜郎照玉关。
碧水青山鱼跃去，山林暮至鸟飞还。
何须痛饮愁离别，有道相逢狭路间。

东山寺

汉语 2001 班　左　创

栖霞岭上东山寺，绵历光阴过客稠。
峭峙曾当千阁首，玲珑隐入一青丘。

路

汉语 2001 班　牛　波

龙山是一个处在群山当中的小村庄，各种各样的路穿梭在龙山，有短的、长的、直的、弯的，有草木乱长的，也有光秃秃的，这些都是龙山人的重要通道，是龙山人交流交往、生死存亡的所在。顺着这条路向下走去，可以看到下面的低矮的山峰，顺着那条路爬上去，便能登上这个高崖；沿着这条路直走，可以到麦田，拐过一个大弯，便可以在水渠里面嬉戏。

每条路边都长着小草，它们自古以来就在这里，一年四季也在这里。我来的时候就在，我走的时候还在。在春天，露水荡漾在青青小草上，随着人来人往的裤腿在空中飞来飞去。夏天，小草长大长高，为人所厌。因为堵住了路，给行人增加了障碍，原本可爱的样子，变成了张牙舞爪，不断增加着来往行人的烦躁。秋天，草色变黄，蔫儿在路旁，看似收获的季节，它们却迎来了生命的终结，同一时间下，龙山人正热火朝天地忙着收获，而那些野草则正在经历着生离死别。冬季的大雪将山路给覆盖掉，草被大雪压在下面，这一时段路上的人最少，剩下的只有几声没人理会的鸟鸣，或者呜呜的风吹声。

那些不高的山上有铁矿，村子里面的所有人都加入了挖铁矿的潮流，父亲也不例外，他买了一辆三轮车，每天大清早，他就带着我们全家沿路上山。天刚蒙蒙亮，村子里面的鸡叫声也不是很多。父亲和母亲就已经早早地起来，母亲来到厨房，收拾柴火喂入锅炉当中，热上水，加些面和两三片菜叶，用筷子慢慢地搅动着，让面逐渐地分离开。不一会热气从锅里面冒出来，慢慢地熏着母亲的脸。父亲呢，则去捣鼓他的三轮车了，他打开车门，慢慢把屁股挪进去，然后检查着车，看看是否一切正常。

“吃饭了，吃饭了，赶紧来吃饭了。”姐姐叫着我。

我听见了她的声音，但是不想动，于是翻了个身子，把被子蒙在头上，再一次地睡了过去。

“别睡了，小懒虫。”姐姐轻轻地掀开门帘，缓缓地放下，慢慢地走进来，轻轻地说。

“再睡，我就要你给我暖手了啊。”说着就把她那冷手伸进了我的被窝，抓了起来。

“啊！你干嘛？你那么冰的手，赶紧拿走你的那双臭手。呸呸呸！”我惊叫一声，迅速地将被子卷起来，掐住她的手，丢出了我那温暖的被窝。

太阳还没有出来，外面的天空中月亮挂在中间，周围点缀着几颗星星，一家人一起坐在院子里面，撑开桌子，围在一起，吃着面条。

随着爸爸一声“走吧”，我们全家出发了。爸爸妈妈合力摇动着三轮车，直到咚咚咚的发动机声音一响起来，一股奇怪的气味冲过来，虽然有点怪但又有点好闻。

爸爸手握方向盘，妈妈坐在爸爸的旁边，我和姐姐两个人被爸爸抱到三轮车后面的货筐里面。我的心随着三轮车咚咚咚的响声而咚咚咚地跳着。我有些兴奋也有些激动。

从我家出发，往前先爬上一个坡，顺着那条路一直往前就是上山的通道了。一辆载着一家人的三轮车在群山当中紧紧地靠着山边，慢慢地挪动着，逼仄的山路刚好容得下那辆小三轮。我从车厢往里看，看到山的身体上稀疏地长着几棵我不认识的树。其实大部分树我都不认识，我只认得枣树，因为我姥姥的家里面有一棵枣树，每年我都会去姥姥家吃它结的枣子，乳白色的枣肉露出，蹦出汁液，在我的小嘴里面蹦跳，真是美味。向外看，大树弯着腰，好似在跟我打招呼，我也想跟他们说话，但是想想有些傻傻的，姐姐肯定会嘲笑我，于是作罢。山里面的飞鸟叽叽喳喳，蝉的声音尤为突出，伴随着三轮车的声音，宛如一场大型的交响乐。太阳从天边升起，笑眯眯地照着那条山路，刺眼的阳光使得我睁不开眼睛，于是我就闭着眼睛，靠着车厢睡着了。

到达矿坑，那是一片黑乎乎的地方，与四周的绿色截然分明，自成一方世界。黑黑的废料积成了一座小山，在这座小山的后面是一个大坑，坑里面的就是原矿。父亲跳进了里面一铁锹一铁锹地将原矿扔出来，母亲则将这些矿用铁锹铲在选矿机上。那是一块巨大的磁铁，随着它的转动，铁矿会被吸在上面，而不是铁矿的废渣则会被过滤掉，然后被抛弃。

过了许久，爸爸问我选了多少矿了，我自信满满地拿起我手里面的小布袋，说道：“百八十斤吧。”父亲笑了，他的身体抽动着，母亲也笑了，她脸上的黑斑向上涌着。姐姐没笑：“傻瓜，这么点哪有你说的那么多。”

“你才是傻瓜。傻瓜，傻瓜……”我不同意姐姐的说法。

渐渐到了中午，太阳直直地照着我们。父亲顶着满头黑汗：“我开车把这些……先把这些一点点送下山去，你们先在这里。”

“我去，我跟爸爸一起去。”姐姐抢先说。

“我也要去，我也要去。”

爸爸带着我们一起下去，我跟姐姐一起坐在后面车厢的铁矿上。咚咚咚地响着，就像来的时候一样。突然间，我只感到天旋地转，我的眼睛一黑，我便大声嚎叫起来：“爸爸！爸爸、姐姐。”

过了一会儿，一道光从缝隙当中露出，撕碎了眼前的黑暗，叫醒了哭泣的我，我重新见到了那久违的光明。爸爸焦急地将我抱出来，姐姐站在路边。山路由黄色变成了黑色，被太阳照着，闪出耀眼的黑光，那时的我明白原来大马路也会变脸啊。三轮车被路边的树枝紧紧地抱住，一摇一摇地想要挣脱，最终还是放弃了挣扎，悠悠然地躺在了树枝上，睡着了。

爸爸让我和姐姐待在这里，我们都没有说话，静静地站在一旁，四周只能听见鸟叫蝉鸣的声音，但是并不刺耳，我仍旧有些沮丧，并不觉得这些声音好听，甚至有些烦躁。

“别哭了，爸爸一会儿就回来了。”姐姐安慰道。

嘈杂的人声由远及近渐渐而来。“是这里吗？”“到了吗？”我跟姐姐同时望向道路的转弯处。爸爸带着一群人走了过来。我哇的一声大哭起来，姐姐看到我哭，她也哭了。爸爸赶紧跑过来给我们抹眼泪。

几个人将绳子套在三轮车上，系上结。“一、二、嘿！”“一、二、嘿！”

“爸爸，爸爸。大车现在不偷懒睡觉了，它也站起来了。”

回　头

汉语 2001 班　龚芳平

额头上缠满了白色的布纱，唢呐一吹布一盖，刘明回头，白色的冥币撒落一地，父亲出殡的时辰已到，该上路了。

刘明记忆中父亲的形象已经很模糊了，原来的一些光影早已被岁月打磨彻底了，此刻认真回想父亲的脸，像是隔了一层玻璃，开始朦胧起来，他突然心里一悸，有些心慌了。

他从小在边远农村长大，经过多年打拼才在北京站住了脚跟，回家的次数简直屈指可数，两位老人在村里孤独地生活了多年，却连抱怨也不曾讲起。对于母亲，他有说不尽道不尽的愧疚，可对于父亲，他们之间永远是硝烟或是沉默，不是冷战就是吵架。

记得最近一次回家已是三年前的新年，他携妻儿一起回来的，彼时他与父亲因为一些矛盾已冷战多月，谁也拉不下脸去主动缓和气氛，整整三年，他们谁也没给对方打过一个电话，他却因此松了一口气，因为就算是打电话，他们之间也只会是无限的尴尬和沉默。

母亲在门口迎接他，脸被冷风吹得通红，苍老的妇人看着他笑，脸上的皱纹像是黄土高原日积月累堆积起来的沟壑，她笑呵呵地提过他手上的行李，推搡着他去后院看看父亲。

“唉，你父亲活了大半辈子，怎么还这么搁不下这张老脸，每次我和你通话，他总是假装不经意回头，听听我们在谈论啥，末了还要你多加点衣服。”母亲叹了口气，“我每次看到他拿手机就盯着你的号码看，手抖了好几下也没能按下号码，果然是老了，不容易了！”

刘明尴尬地笑了笑，朝后院走去。他看见了父亲，正背对着他切菜，一双苍老的大手被风冻得发青发紫。

说实话，刘明很惊讶，他印象里父亲的背，应是高大而又壮硕，支撑着他们这个摇摇欲坠的家，走过风风雨雨，但……眼下的父亲，这个背脊瘦弱的父亲，他越看越陌生了，他有点疑惑了，这真的是父亲吗？

也是那时，父亲听到了脚步声，一回头，刘明才意识到，父亲是真的老了，岁月在他的脸上划下鲜血淋漓的一刀又一刀，雕刻出他饱经风霜的脸来，花白的胡子还来不及打理，一双打满补丁的解放鞋不知所措地不断点地。

“爸。”刘明叫了声，暂且压下了情绪。父亲瞅了他一眼，脸色依然淡漠，但刘明能隐约感到他的高兴。

“嗯，快去洗手，等下吃饭。”

刘明应了声，正要转身，又似乎想起了什么，一回头，果不其然，父亲一直在背后默默注视着他。见他回头，立马撇开视线，装作不经意地咳了一声。

刘明有些恍惚，记忆中，从小到大，从校门口到火车站，父亲一直站在他的身后望着他，直到他走入车厢或进入学校，父亲的背影才逐渐远去，父亲以为他不知道，实际上，每次他从火车车窗外偷偷地回头，总能看见父亲佝偻着身子，偷偷抹了一把眼泪，然后继续凝望着火车远去的方向，轰鸣的火车尾声将父亲紧紧抛在身后，他却仍然站在那里，手一动不动地攥紧裤脚。

这么多年了，物是人非，斗转星移，当初的少年早已长大，而那双眼里的深情却分毫未变，一如当年。

后来父亲身体不大好，每每冬天的时候，腿痛得睡不着觉。母亲吃力地搀扶着父亲，两个老人用两双被岁月折磨过的双脚，一步一步翻过大山，在天朦朦胧胧要黎明的时分到了镇上的医院。

这些都是母亲后面告诉他的，原因是父亲不想让他有负担。

可是亲人之间血浓于水，亲情是世间紧密最值得依赖的存在。刘明想不通为什么父亲在困难的时候没有打他电话，明明他也是家里的一分子，也是可以为父母遮风挡雨的存在。可是多年的傲气让他低不下头来，最终他什么也没问。

吃完饭后，刘明急着赶往城里。母亲往他的后备箱里塞满了家里特产的橘子还有腊肉，一心叮嘱他好好开车。刘明点头，却用余光瞥见他的父亲，这个沧桑的农民此刻慢吞吞地从屋里出来，一双浑浊的眼睛瞧着他看。

“爸，”刘明看着他，不好意思地挠头，“你和妈保重身体，我改天有空再来看你们。”

刘明看见父亲听完这句话后手攥紧了裤子，干裂的嘴唇好像是要微笑，却又因为放不开只能扬起一个僵硬的弧度，比哭还难看。

“你……有空就多回家吧。”父亲嘴唇嚅动了好久，千言万语最后都汇成短短的几句话，里面包含着数不清的温情。

“好。”

车子像往常一样疾驰而去，扬起无数烟尘。刘明看着镜头里父亲佝偻的身影站在那里一动不动，和数年前在火车站附近的那一幕逐渐重叠。

他以为岁月和争吵磨平了他们之间的亲情，却未曾料到其实爱和温暖一直在原地等他，这么多年从未从这座小村庄里离开过。

父亲这么多年望着他，可有对他失望过？

他们之间的争吵让亲情蹉跎了太多岁月，何况谁也不肯先服输，就这样一个心里记挂了多年，一个倔强地在外地漂泊了数年。

可是这个问题终究是再也没有机会问出口了，刘明的父亲死在大雪纷飞的午夜，据说闭眼前一直死死望着刘明所在的城市的方向，仿佛要把这些年错过的亲情一一看尽。

唢呐还在继续吹，父亲的棺材上落满白色的冥币，像是新年的第一场雪。耳边，妻子还有些不耐烦地小声抱怨。

刘明起身，看了看广袤的山林，飞鸟还在天上盘旋，远处袅袅升起的炊烟同几十年前一样，分毫未变。

他最后一次回头，看向了父亲的棺材，此后，再也不会有那样一双饱含深情的双眼注视着他了。

心里说不清是什么情绪，刘明感觉眼睛里有什么东西顺着眼尾一路流了下来。

原来是眼泪啊……

刘明不太明白，这么多年，他和父亲不都这样过来了吗？

他又不甘心，拳头攥得紧紧的，指甲都掐进了肉里。

他和父亲这么多年的冷战，终于单方面结束，好像一晃眼什么也没能留下。

他回过头，像是回望过去与父亲在一起的迢迢岁月。

有遗憾，有悔恨，却在唢呐震天的声响中被风吹散了。

乡 愁

汉语 2001 班　王承榕

清晨的小道，露水沾满衣裳
不知名的小花稀稀碎碎
装点着一路朦胧
燕子低飞，轻盈曼妙的舞姿在演绎着
那何其欢快的心情
奶奶的白鹅和鸡还在乱叫
猪圈里的那位也发出饥饿的声响
记忆里
在面条的氤氲中，我抬起头
总能透过玻璃窗看到那映射下来的
古老的晨光

炎热的午后，整个村庄一片安宁
只有蝉鸣作为夏日的奏曲
只有蜻蜓依旧共舞

只有调皮的小孩子此起彼伏的
哇哇的哭声
一口口水井冒满了水，映出了农民的笑容
山里的泉水汩汩，发出叮咚叮咚的响声
一阵风吹过
我睁开眼，在爷爷那摇曳着的草帽下
眯见奶奶不停扇动的蒲扇
伴随着轻轻拍打的声音
寂静的夜晚，月光总是皎洁
竹影婆娑，凌乱了一整片晚景
偶尔一两个行人经过
窸窸窣窣的脚步惊了那树梢的鸟
它于是拍打着翅膀，飞往更深邃的夜
不远处传来几声犬吠，时不时还有猫头鹰的啼叫声
小木屋里发出微光，陈旧，却格外温暖
蜡烛吹灭
我抱着奶奶缝的布娃娃，闭上眼睛
在没睡着的时间里
和我的每一个好朋友都道了晚安

童年的时光，总是格外短暂
那小小的故乡，再承载不了我如此深厚的眷恋
大楼崛起，我再没能感受小木屋的冬暖夏凉
马路通达，我再没机会采摘路边的狗尾草和野花

树群倒地，我再没有看到每年春天都飞回来的那布谷鸟
曾经的小村庄
如今已车水马龙，人来人往
而我，却再没回去
为什么我的眼里常含泪水
是因为我时刻怀念那时候的人，那时候的事
怀念那时候我寒来暑往的故乡

我有一个秘密

汉语2003班　吴良珍

我有一个秘密
不曾告诉过旁人
当有人问我
我会说是蓝天下飞机的痕迹
是风沙踏入了我的眼睛
是雨后海棠飘落前的叹息
可我不会说
是你

生命的颂歌

汉语 2003 班　代　垚

枕着白日里新捆的稻秆堆
背后的窸窣传来收成的喜悦
黝黑的手向天空挥摆
融化在黑夜
与萤火虫共舞

看月光指引水中倒影
听河水哼唱缠绵的歌
鹭鸟亲吻水面
衔来对岸荷香
我感受到星宿流淌出来的欢乐

懵懂的人们安乐地忙碌
为采撷生命的鲜花奔波
人们无法描述的理想

最终是得到快乐
就像玫瑰渴望生命的绚烂
鸟儿期待来年稻子的丰硕

流云飞越过山与水
生命是暂留天空的残红
精神在太阳的光里狂奔
披着太阳的衣裳，燃烧灼热
从此太阳不再吝惜光的施散
人类的精神将成为永恒

耳边流水潺潺
风送来人们的欢笑
在天上结成了水晶的模样
这是生命的源泉
伴随着太阳光的颜色

遇见远方

汉语 2003 班　李怡香

我们是大自然的孩子
天空是我们的屋顶
云雾是我们的被子
星星是我们的朋友
我们在黑夜中对话
而我们的脚下
终究会长出太阳

可以去流浪吗
去到一个无人之境
解开自然留给我们的谜语
我们
能走多远就走多远

当我们

遇到像冰淇淋似的雪山
尽情地仰望
遇到像蜜糖似的野果
尽情地享受
遇到像果丹皮似的草垛
尽情地翻滚
我们静静地躺在草垛旁
畅想它们成为纸张的那一刻
写下我们藏了好久的秘密
是不是可以成为一封很长很长的信
它来自远方
写满了
我们对未来的无限幻想

照 片

汉语2003班 敖珣芳

今天是元宵节，过年的气氛依然热烈，空气中散发着浓浓的年味儿。街上人来人往，不少家庭全家老小都去赶场，主要是去游玩的，在这一年中难得相聚的一小段日子，自然得好好补偿许久未团聚的遗憾。

我和父母也加入其中，我们也一家人开着小汽车出发去街上游玩，半个小时就到了。在临河小镇上居住，自然少不了去河边散步。我们沿着河边悠悠地走着，有古色古香的明清建筑、有清澈见底的河水、河里鱼虾的踪影清晰可见……实际上，夏天才是最好的赏玩季节，因为可以在河里踩水、捉鱼虾，水冰冰凉凉，让人神清气爽。可惜上大学之后便几乎没有这样的机会了，因为父母在外务工，我也懒得在暑假回去了。

小镇的滨河路不长，走完一趟之后，我们又原路返回到了起点——凉桥。古镇和凉桥是连在一起的，这里开了两家茶馆。说是茶馆，其实也有牌场，镇上的居民们闲暇时候就会约上三五个好友，来这里打打小牌。父亲看到了牌友，说着话便走向了牌桌。

我和母亲在这里观望了一会儿便去逛街了。

今天的日子过得十分闲适，时光悠悠地流淌过去，转眼到了晚上。因为明天要远去省外的大学，所以我得提前收拾好行李，每一次收拾行李都是一项大工程。吃完晚饭后，我开始翻箱倒柜地整理衣物、生活用品等。就在整理梳妆柜的时候，发现了一张颜色发黄的旧照片：爸爸妈妈并排站着，我坐在爸爸肩上，我们笑得十分灿烂——这是十多年前，我与父母拍的一张合照。

那天是我五岁的生日，父亲说要带我去街上拍照。我兴奋地蹦蹦跳跳，早早地自己穿好衣服、裤子、鞋子，连早饭都还没吃，便催促着父亲赶快带我去街上拍照。那时候根本不知道什么是拍照，只是出于对未知事物的好奇，便急着想去瞧瞧。父亲却说："不要着急，家离街上还远着呢，不吃早饭，待会你可别饿得哭鼻子哦。"我有点不情愿地答应道："那还是先吃早饭吧。"说罢，我便去催促母亲快做早饭。

吃完早饭后，我和爸爸妈妈踏上了令人期待的拍照之旅。走了一段路程，太阳才升起来一点，我们一家三口迎着霞辉向前走。那时候我并没有精准的时间概念，现在想来，那时应该不过八点。小时候，父母总是天不亮就要去地里干活，我也养成了早起的习惯。

一路上，我们穿过密林小路，两边的竹林互相搀搭在一起，宛如天然的绿色帘幕。阳光透过稀稀疏疏的竹叶缝洒下来，光晕捕捉了数道烟笼的雾气，很美。

走过乡村田野，路两旁便是梯田，绿油油的稻子长势喜人，一颗颗稻谷已经穿上了淡淡的金色外衣，压得稻秆乐呵呵，农民乐呵呵，我和爸爸妈妈也乐呵呵。

见到了树林里的蝴蝶翩翩起舞，我想要伸手去抓，却落了个空。走了许久，我们才走到一个山顶，名叫大坳。这里稍微平坦一些，像一个脸盆被翻过来，大坳刚好在最顶上的平地。这里还有好几户人家，有两家是小卖部，除了盐、醋、面条之类，还卖零食。大坳村还有一所红砖绿瓦的小学，附近的孩子都在这里读书，我也不例外。中午，学生们就会在小卖部买点零食当作午餐。

刚走完上坡，立马又要走弯弯曲曲的下坡路，这个坡对我来说远不见底，才走下山尖尖，我就耍赖不想走了。爸爸笑我说："你不走，我们怎么快点去拍照呢？"我依然无动于衷，这路程对五岁的我来说真的太远了。我一屁股坐到地上，爸爸妈妈也跟着坐下来，休息一会儿。正处在坡的半山腰，视野十分开阔，此间丹霞地貌尽收眼底，风景一览无余，颇有些"一览众山小"的味道。清风拂过脸颊，惬意非常。

休息片刻后，不得不继续赶路，我还是玩赖不走。爸爸想出了一个好办法——让我骑到他的脖子上，我们叫作"骑马马肩"。我坐在爸爸的肩上，双手抱住爸爸的头，那一瞬间的感觉真是很不一样，我比爸爸妈妈还要高，我可以看得更远更高，我兴奋地在爸爸肩上摇头晃脑，还自言自语地说着什么，就这样走了好长一段路。在爸爸肩上的这一段路令我至今记忆犹新，我能抓到高处的树叶，差一点便捉到了空中飞舞的蝴蝶，总之一切高处的事物我都想伸手去玩一下。爸爸也不会说累，始终用有力的双手稳稳地把着我的身体，任我如何乱动也不会掉下来。

现在想来，父亲怎么不累呢？一个小朋友不安分地坐在肩上那么久，手臂和肩膀肯定早就酸胀不已了，但是为了让我开心一点，少走一点路，爸爸默不作声，保护着我的安全，带我走向远方。这种无声的爱最令人难忘，如今爸爸已经老去，我也长大，再也没办法像以前那样骑他的马马肩去远方，但是我可以牵着他和妈妈的手，义无反顾地向前走，现在该我来当他们的守护使者了。

去拍照的路程虽远，却充满快乐。许久之后，我们才走了三分之二。如妈妈所言，我的肚子开始咕咕叫，尽管我吃了早饭。我又开始耍无赖了，爸爸妈妈倒是没有疲惫，只是为了将就我，便在一个有小水沟的地方停下来休息。妈妈从口袋里拿出一个苞谷粑给我吃。

可能是饿了的缘故，凉的苞谷粑也格外好吃，一口咬下去，苞谷特有的香味弥漫着整个口腔，馅儿是用油炒香的咸菜，即便没有滋滋冒油，却依旧咸香味儿十足。苞谷和咸菜混合在一起，越咀嚼越香，谷物、咸菜、油绝对是世界上最好的搭配，这真是我吃过最好吃的苞谷粑。如果还能在火炉边烤一烤，把皮烤得焦焦的，带有一层脆脆的锅巴，馅儿滋滋冒油，那将会更加完美。

小时候，一年四季都可以吃苞谷粑，将收获的玉米打成细小的颗粒，再经过一些简单的加工便可以做出美味的粑粑了。这也是人们常带在荷包里，以便临时充饥的小零食。冬天里，一家人围着火炉烤火话家常时，便会把苞谷粑放进火炉，等烤出锅巴就可以吃了。偶尔还会烤肉或者粉条等其他食物，但现在已经很少有这样的机会了，因为大家都搬进了现代化的房屋，取暖用的是电炉，就连苞谷粑也不经常见到，只有赶集时才看到专门卖粑粑的老人家会卖苞谷粑。

我大口地吃着苞谷粑，噎着也不用担心，因为旁边就有一个小水坑，清澈的山泉水源源不断地流下来，汇集在小水坑里，那清泉流淌的不只是泉水，更是世世代代在此生活的人们的精神血脉。这小水坑不是长在地上，而是长在石壁上，是过路的人专门凿出来的，方便在此休息的人们喝水。我直接捧起水来就开始喝。赶集路上人很多，都是一个村的熟人，遇到了便会结伴而行。我们在这里遇到了伯父一家，于是边聊家常边往街上走。

路上还经过了茶厂，那时候每家每户都会种点茶叶，茶叶可以从春天摘到夏天，摘了茶叶需要摊开放在地上，防止气温高把茶叶烧坏。我也帮着妈妈摘过茶叶。再往前到了半边寺，这是一座依靠峭壁而建的寺庙。里面供奉着玉皇大帝、观音菩萨、土地公公等众多神仙。过路的人都会在此停留祭拜，给菩萨作揖，虔诚地祈祷拥有美好的生活。我们也不例外，爸爸说闭上眼睛，双手合十，心中默念着愿望，许好愿便可以作三个揖。

又继续行了大概半个钟头，远处的几棵大榕树以及中间架起的桥映入眼帘。这便是镇上的著名景点——凉桥。凉桥有许多名字：风雨桥、靖安桥、安澜桥。凉桥建于清朝光绪十四年（1888年），由当时的知县谭酉庆和驻扎在龙华的平安营都司蒯鹤年共同负责监督。此桥在龙华非同凡响，地位极高。建桥的大部分经费，多是乡绅、商贾和百姓们自愿捐献。自古以来，修桥铺路都是积德行善，何况自己门前的桥。

桥并不雄伟，长不到四十米，宽不足五米，矮矮的像位小巧玲珑的村姑。桥连接东河街与西河街，也是进山出山的唯一通道。桥的选址绝妙，在大小龙溪即将汇合又尚未汇合之处，经过百余年的风风雨雨和无数次的惊涛骇浪，仍安然无恙。

凉桥因地制宜，取材当地的青石打柱子，山里的树木破开做桥身。桥的两边设计了可供休息的长木凳，上面加盖着雕梁画栋的屋檐，可遮风挡雨。像这样的桥，很多地方称为廊桥。我们当地人便别具一格地称为“凉桥”。原因很直接，溪流的两岸分别排列着四棵巨大的百年黄桷树，遮天蔽日的树冠和潺潺流水带来的凉风，给夏天的炎热带来了丝丝凉爽。

凉桥的设计巧夺天工。从上游看，就是一条横跨河上的走廊；从下边两溪交汇处直视，桥的全貌顿时展现，美不胜收，绝对的艺术品；漫步在桥上，左顾右盼，龙华的街景分外妖娆；静夜独坐桥凳，微闭双眼，收敛心中杂念，聆听溪水弹出的“高山流水”。凉桥的功能被奇思妙想的艺人无限扩大，每个走在桥上的人都不由得放缓脚步，心灵不自觉地得到洗礼。

桥的两岸，古老高大的黄桷树盘根扎地枝叶茂密，桥上凉风习习，桥下溪水清清。村童在水中嬉戏，浅浅的、清凉的溪水从脚上潺潺淌过，童趣无边；大人们则在凉桥上吃凉糕、凉粉，悠闲地聊着。从远处看，此间便构成了一幅清新的乡村趣图。凉桥下边的河滩是一块用石板砌成的平底，夏天临街的居民们常常会搬来一张桌子和几个凳子，直接安在石板上，围坐在清凉中谈笑风生，和风掠过脸庞，一阵神清气爽。

来到场镇上，目之所及，热闹非凡。由于凉桥的绝佳地理位置，这里便成了一个“商业圣地”，桥上一路都是卖凉粉、凉面、凉糕等解暑小吃。这里没有几家店铺，摆上几张桌子搭起小摊，上面是琳琅满目的食品和调料。路过的人们都会忍不住驻足停歇，被香味和凉爽的清风吸引。坐在桥上吃着冰冰凉凉的凉粉、凉面和凉糕，再吹着清爽的河风，夏天没有什么比这更惬意的事情了。所以一到夏天，特别是赶集的时候，凉桥都挤满了人。桥上还有卖各种中药材和稀奇玩意儿的，这些药材都是老人们上山所采，晒干之后拿到街市上卖。这些老人也都多少懂一点医术，虽然不知道他们是否专门学过，但老人们似乎都会掌握几个药方，生小病的时候便自行上山采药，大多数时候都能痊愈。

今天的凉桥，一如当初那个凉桥。在1986年，当地几百户人家积极参与捐资，全面对凉桥进行修缮；十余位书法家，无偿为凉桥题匾，给凉桥锦上添花。桥头非常显眼地立着一座小塔，身上刻满了捐资人的姓名。他们的名字将与凉桥一起流芳千古。凡是到了龙华的人，无一例外都要去凉桥，看一看，走一走，坐一坐，感受一番历史厚重的桥，吹轻柔凉爽的风，再吃上一碗凉粉，心满意足又恋恋不舍，一步三回头地离开。留在记忆深处，永远挥之不去的龙华印象——凉桥。

我们走上凉桥，找了一家小吃店坐下来，点了夏天必不可少的凉糕和凉面等小吃。人很多，等了很久才出餐，不得不说，小镇的美食真的很适口。每一根凉面都裹满了油脂，沁满了油香，再加上油辣子、葱花、蒜泥等简单的调料，最后加上点睛之笔——白糖，各种调料混合在一起，一口下去满口生香。特别是油辣椒，辣椒被油炸得干香酥脆，带上红油，鲜艳的色泽让人食欲大增。长大后去其他地方，我会有意识地尝尝当地的凉面，但是始终没有家乡的那种味道，更无法超越家乡的味道。凉面是辣中带有微甜，吃了凉面我又吃凉糕，中和一下口腔的辣味儿。冰冰凉凉、甜甜糯糯的凉糕像鱼儿一般丝滑入口，让整个人都感觉到了甜蜜与幸福。

好山好水出美食，能做出如此可口的凉糕，少不了山泉水的功劳。镇上的饮用水都来自一座名叫“老君山”的大山，这里面是原始森林，还有黑熊、野鸡、熊猫等众多野生动物，环境没有受到污染，所以水质也出奇地好。好水当然得利用起来，最近几年，趁着乡村振兴的东风，有人利用老君山的水养起了娃娃鱼和其他鱼类，肉质紧实，品质优良，畅销县城。还有人利用老君山的水和地理优势做起了漂流，每到夏天都会有不少人来游玩，为当地百姓增收不少。还有办养殖业的，利用全生态的环境养殖山羊……绿水青山名副其实地变成了金山银山。

在凉桥吃完凉面凉糕之后，我们便与伯父他们分开了。我和爸爸妈妈一起向照相馆走去。去往照相馆的路上，我们要先经过老街，老街是明清时期就有的，左右两旁为清一色的木结构房屋，一楼一底，高低错落，层层叠叠，向镇中心延伸。顺河街沿溪而建，错落有致，三官楼临溪而立。新街实为老街，街上无一不是清代民居建筑。长街其实不长，弯弯曲曲。

漫步古镇，古色古香的气息扑面而来，古桥、古街、古巷、古风浓郁。古街上也热闹非凡，有卖各种商品的。顺着河街，有卖衣服的、剪头发的、卖背篼的……最令人难忘的还是卖背篼的，这些背篼都是老人家用当地的竹子自己编制的劳动工具，十分精巧。原本高高的竹子，在老人们的巧手之下摇身一变成为当地人必不可少的工具，这一过程真是很神奇。

如今老街已经没有了昔日的繁华，更多了一份静谧古朴的历史感。随着时代的发展，一栋栋水泥高楼拔地而起，老街上的多数人家都搬到了新街，留下的多是老人。老街对于老人们来说不仅是居住地、是家，更是从小到大心中怀揣的一份情怀。所以现在大家都喜欢古朴的小镇，其实也不过是试图寻找曾经的一份乡土情怀吧。

从车水马龙到宁静恬淡，时间记录的是古镇的历史，见证的是古镇的发展。说到古镇的历史，那也是悠久的。宋代始建，明、清时已形成古镇规模，是历代四川边防驻军重地，设守备驻兵。古镇境内有省级文物保护单位丹霞洞石刻及造像，有高约三十米的全国第一大立佛，还有安涧清洪桥、禹王宫、龙华寺、都司衙门、分银石、石狮以及保存完好的全本质结构街坊等。古镇三面环水，一面是山。三条古街道石板铺就，顺山势蜿蜒，街两边一千余间街房基本上保留了明清商肆的民居特点，均为木结构排列，楼房也多为平房或一楼一底木楼房，顺河街至下寨门一带，为仅三四米宽的多台石级路，两边店铺林立，鳞次栉比，每至逢场日，穿行人流中，使人联想到《清明上河图》。建于明代的龙华寺，规模宏大，占地约4000平方米；紧挨着的是禹王宫。出下寨门，便于安澜清洪桥，人称凉桥。凉桥原系木板铺就，桥上筑瓦屋形成长廊。桥下流水哗哗，水清见底，两岸除为人们消夏避暑地之外，还是山乡妇女浣纱濯衣处。如今古镇依然保留着最古朴的原貌，古街经过修缮大体样式不变，但是加入了一些新的元素，使其在保留淳朴风貌的同时也跟上时代的变化。古镇成为到此旅游的必游项目，不少人也闻讯而来。摄影师犹爱老街，经常可以看到有远自外地的游客朋友们在此游玩、拍照记录。

儿时的记忆已有些模糊不清，不记得具体走过了哪几条街道才到达照相馆。只知道穿过弯弯绕绕的大街小巷，熙熙攘攘的人群，走进一条小巷子，才到达目的地。照相馆就像卖东西的街道一样热闹，小店铺门前站满了人，大多是一家人来拍全家福。大家都穿上自己最美丽的衣服，戴上最好看的饰品，露出最动人的笑容，想要把最美的一面定格在此。旁边等待的人们叽叽喳喳地谈论着该怎么拍，要怎样摆动作……每一个人脸上都笑意盈盈，眼神中充满了期待。那时候大家并没有手机，拍照也是一件稀罕事儿。

等了差不多半个小时才排到我们，老板问我们想怎么拍，妈妈看了看外面的栀子花，指着花提议我们去外面的栀子花那儿拍一张。我们一家都喜欢花，便欣然接受这个建议。首先是爸爸妈妈蹲在栀子花两旁，我站在中间，他们用手护住我，就这样拍下了第一张照片。第二张照片是爸爸妈妈站在一起，爸爸把我托举到肩膀上坐马马肩，一往高处我就特别兴奋，咧嘴大笑，爸爸妈妈看我高兴也跟着笑，咔嚓一声定格下我们最灿烂的笑容。在室外拍了之后又到室内拍，那时候室内拍照的背景其实是一张特别大的画布，我们选了一张荷花的背景画，爸爸妈妈坐在板凳上，爸爸把我抱在怀里，爸爸还特意给我买了一个小蛋糕我拿着拍照。就这样三张照片顺利拍完。我迫不及待地吃起了蛋糕，十分甜蜜可口，我踮起脚尖喂爸爸妈妈，那份甜蜜至今仍记在心中。照相馆的老板说，相片得再等几天才能拿。

我们的照片足足等了一个月才去取到，倒不是因为照片没洗好，小镇赶场是三天一次，且因为赶集路途太远，并不会每次都会去，通常都是很久才会去一次。要么是家里需要的物品没有了，要么是有其他重要的事情，我们才会去赶集。

拍完照后，我们去集市上买原本就计划好要买的东西：盐、味精、辣椒面、大米等等。蔬菜和油一般是不用买的，因为家家户户都会种各种蔬菜，而油来自年猪，等到过年的时候杀猪，把猪油熬好，就可以用一年了。那时候的生活得很纯粹，除了一些农民无法生产的物品必须到集市上买，其他的基本可以自给自足。

买完东西也差不多是大中午了，是时候该回去了。来的时候轻轻松松，回去可就没那么容易了。买了满满一背篼的东西，回去的路更难走，因为上坡路比下坡路更多，但是人们乐此不疲，因为肩上背负的是生活的希望。其实也不是没有车，只是那时候的车很少，并且车费很贵，一辆摩托车常常只能载两个人，一家三口坐车回去，就意味着要付双倍的价格，对于面朝黄土背朝天，收入微薄的农民来说确实不划算。多走走也不算什么，因为对于他们而言，走路总比干活要轻松，并且是背负着对生活的盼头。

一路上，我们走走停停，爸爸背东西累了又换妈妈背。而我这个小屁孩还会因为走累了耍无赖，爸爸妈妈只得抱着我走。饿了，就拿出苞谷粑，和着山泉水，大口大口地朵颐起来，午饭就这样简单地解决了。人们是不太舍得在街上吃其他东西的，比起在商铺吃午饭，从家里带来的苞谷粑更划算。

就这样悠悠地走着，太阳陪伴着我们一起回家。我们爬上大坳，太阳在往下落，我们从大坳下山回家，太阳也下山回家。等我们到家了，太阳也到家了。

太阳下山了，我也得抓紧时间收拾行李，明天一早的车，得去学校呢。

小时候总是期待着赶场，尽管山高路远，山是高高的山，路是不好走的泥巴路，来回就得差不多一天，但是总忍不住莫名的期待，一听到赶场就兴奋不已。

如今公路村村通，全是平坦的水泥路，交通十分发达，坐车也只需要半个小时就到集市，就算是出省也不过几个小时。想要回家就可以回家，想爸爸妈妈了就打视频电话。时代在进步，社会在发展。虽然许多东西变了，但是那些珍贵的东西依然珍藏在人们心中。无论时代怎样变化，血浓于水的亲情仍牢牢将人们联系在一起。

今夜，我拿出手机，再次与父母拍了一张合照。

端午归家遇雨

汉语 2003 班　王朝璐

昨夜乡心重，今晨眼朦胧。
笛鸣车未动，雷吼雨匆匆。
水幕遮窗景，人声胜石淙。
谁家粽粒熟，稚子扒蒸笼。

白　蝶

汉语 2003 班　王子霄

一

“你这电池充满，得保质一年以上的常规罐头七个，一口价。”

昏黄的灯光照耀着店老板壮硕的躯体，宽大的体型蜷缩在陈旧狭小的房间里，就像一堵墙。那颗满是横肉的脑袋上，两只小眼睛隔着铁窗犀利地转动着，一会盯着青年鼓鼓囊囊的腰间，一会又在青年的手脚上打转，仿佛一名验货的屠夫。

“三个猪肉罐头，加两支联合重工的手枪，应该价值相当了。”

他面前的青年不为所动，土黄色的长风衣将身体全面覆盖住，右手随意捋了捋因久不打理而有些杂乱的黑发，左手虚贴在腰间口袋上，心不在焉似的应声。大号的墨镜遮掩住了青年的眼神，让店老板有些兴致缺缺。

“货拿来看看。”

粗大的手掌推开了交易用的铁窗口。

“这里。”

青年干练地从肩上的破布包里掏出两支漆黑铮亮的手枪，将它们和三块红色的铁皮罐头叠在一起，“啪”地横拍到面前的铁桌上，单手向前一送便穿过了窗口。店老板接过，只随手将它们摆弄几下，接着便又把目光投回青年身上。在他看不到的墨镜另一侧，青年正用同样寒冷的目光注视着他的一举一动。

短暂的沉默很快被不耐烦的回应打破了：“成交。”

店主已经对眼前这名壮实的帅小伙失去了兴趣。短暂的等待后，青年接过店主从窗口推出来的手提电池，便快步沿着走廊离开了这狭窄又阴暗的鬼地方。耀眼的阳光在踏出铁门的瞬间袭来，刺得青年有些恍惚。举目四望，除了蓝天便只有起伏的黄沙，无边际地覆盖着整个世界。不过青年很快就在附近看到了他想找的——一辆土黄色迷彩的车。和青年身后的高大建筑相比，整体流线型的构造让它看起来像一只老鼠，不过只要看到那四个大得夸张的越野轮胎，任何人都不会怀疑它卓越的性能。车的正前方是一块曲线优美的厚实玻璃，正随着青年的出现而缓缓抬升。驾驶舱逐渐露出，内部两个座位的其中一个上，一名身材娇小、全身裹在黑色兜袍内的人正冲青年点头示意，青年也随即扬眉以示回应：“完事了？”

“嗯。”在连脸都能遮住的宽大袍子下，悦耳的女声轻轻应答。不再有过多的交流，青年驾轻就熟地将电池替换好后，一个纵身跃入车内：“往南，最近的聚落。”

“检索完成，开始自动驾驶。目的地：埃尔彼达生物基地。”

随着电子提示音结束，车窗也重新降下，各种仪器指示灯闪烁一阵，这只钢铁“老鼠”便开始稳步加速。青年先瞅了瞅安静坐在自己身边的人，而后便自顾自地回头看自己上车的地方。那是一个银白色的钢铁“沙丘”，还能隐约望见其入口上方随便用彩漆喷涂的“电力售卖”字样，不过随着距离的增加渐渐模糊了。那个曾吞没少年的钢铁巨怪，正一点点地变成一只沙海同天际交界处的小虫子，很快就消失不见了。于是青年摘下墨镜，转身面向右侧的人：“绿曼，已经可以喽。”

那人闻言动了动身子，利索地将袍子褪下，露出一头齐肩的棕发。她身着白色短T和黑色牛仔裤，颈间环挂的白色细绳下连接着雕刻精致的水晶——一只侧身展翅的蝴蝶。阳光落在她那未经岁月打磨的光洁肌肤与姣好的侧颜上，彰显着年轻生命特有的光彩——这名叫绿曼的少女正值青春。但随着袍子完全落下，更引人注意的是她逐渐转过来的右半边身子。转动在她右眼里的是一只金黄色的竖瞳，右颊侧有两三道指节长的棕色胡须微微颤动着，而往下袖口露出的右臂则长满了灰棕的毛发。在那只右手——不，该叫右爪上，五只尖利的指甲不时在毛发中伸缩隐现。若单从外形上看，绝对想象不到这些特征会属于人类。

显露真容的少女伸了个懒腰，四肢像猫一样延展开来，那副慵懒的模样令青年也跟着她松了口气，他也确实有理由松一口气。在荒漠上，任何人都可能摇身一变成为吃人不吐骨头的强盗。而敢在固定处所建立据点的，更无一例外地全都是狠角色。像青年刚刚离开的那种据点，在沙海上偶尔可以遇到，它们既能成为旅者休憩的港湾，也可能化身为吞噬一切的克拉肯。从新纪元开始以来，能源状况就一直告急，如今生存资源已经稀少到令每一名人类都必须彼此“关心”的地步。除了极少数盘踞在旧纪元自循环系统上的势力以外，人人朝不保夕。因此若非不得已，绝不能踏进他人领地一步，这是他与绿曼在十年拾荒流浪期间总结出的血泪教训。少女略一侧身，发现青年剑眉微皱，正双眼发直地盯着窗外，不由有些担心："纪新，你看什么呢？"

银铃般的嗓音并没能把纪新从思绪中解放出来，绿曼忧虑地顺着纪新的目光向外张望，但那里除了一只散发着白光的蝴蝶在翩翩起舞之外，目之所及仅余黄沙。少女因此松了口气，略含恼意地伸出右爪，轻轻地刺了刺纪新的脸庞："发呆。我还以为是他们追来了呢！"

刺痛让纪新回过神来，他带着抱歉的神情向绿曼笑了笑："走神了。"

少女没有应答，而接下来如纪新所料，车厢内复归沉默。绿曼左手轻轻揉搓着胸前的挂坠，目光略显呆滞，安静地平视着前方无垠的沙海。尽管少女发直的眼神似乎没有聚焦，但纪新明白，那里一定有只白色蝴蝶正欢脱地飞翔着，哪怕那里只有一片黄沙。纪新知道，因为这是少女的习惯。而不问过往，是两人间不成文的约定。

"离其他城市遗迹还很远，我们接下来一整周恐怕都要混在荒漠里了。"

"嗯，我会尽量待在车里的。"

"但到了聚落之后，你偶尔也得下车走走，健康是一方面，另外总待在车里容易引人怀疑。"

"我明白的。"

每当两人的话题涉及生存相关的事情时，绿曼总能马上打起精神回应。但即便如此，纪新还是有些不放心，少女的身份决定了她不可以在正常人的聚落中露面，否则后果不堪设想。

“聚落一般不会处决青壮年，如果你万一被人发现了，就只管先进车走，我来拖延时间。”

绿曼闻言，先是用金色的眸子瞪了纪新一眼，转而又盯着停落在他眉心的白蝶，语气带上了怒意：“我必须活着，你也一样！”

看着少女认真的面容，纪新的记忆一时间有些恍惚：同样是在一片沙海——“‘我必须活着。’稚嫩的声音夹杂在枪炮声中却铿锵有力，满身血污的幼女带着空洞的目光，坚定地向他伸出了手。那双眸子里承载着某种难以言喻的东西，于电光石火之间撼动了少年的心”——他与绿曼的第一次相遇，也是在这片荒漠。

“我才不会死在这种鬼地方呢！”

纪新又好气又好笑地回答着，一股暖流正缓缓地攀升到他的心窝处，久久不散。

车子行驶在起伏的沙海上，但车里却平稳异常。其内部有着容纳两个人还绰绰有余的空间，座椅放倒就是床铺。通过各种仪表按键操作，还可以在车内调出一切基本生活设施。这辆车得自拾荒，是二人的最大收获，车上集结着各种他们无法理解的旧时代科技。正是依仗着这辆车，纪新与绿曼两人虽势单力薄，却得以在这个末日之后的世界里生存十年之久。

“埃尔彼达吗……”

纪新安静地看着眼前的地图，莫名的熟悉感萦绕在他心头。天色渐暗，车内系统开始自动转换为夜间模式。满天的繁星逐渐在变色的车窗上消失，不多时，车内的两人就各自沉浸到梦乡中。唯有青年手旁，一面正要熄屏的光幕之上还闪烁着淡淡的辉光——埃尔彼达（希腊语，释义：希望。）

二

在合金铸造的墙壁与天花板上，内嵌着明亮的长方体，让整个空间没有死角地被白光所笼罩。房间的正中是一张宽大厚实的床，床的四角各装有一只银白色的机械臂。在离床不远处，许多不知名的仪器正在嗡嗡作响。这些仪器从四面八方伸出管道，连接到床铺之上，其中大部分管道的终点都是躺在床上的人。虽然那人的身体从脖子往下的部分都被白色被子遮掩着，但从外部看，狰狞的管道纹路依然通过被子的褶皱显现出来。在这个充满未来科技感的房间里，只躺了一位头发花白、行将就木的老人。他那张沟壑纵横、斑驳苍老的脸上，眼皮似抬非抬，隐隐能见到里面墨绿色的瞳孔，正直勾勾地盯着空荡的天花板。这个由冰冷机械所构成的房间，并没有因老人的存在而显得温暖，反而因此变得更加阴森恐怖。机器运行的动静里夹杂着破风箱似的浓重喘息，那颗骷髅一般的脑袋连接在剧烈起伏的胸膛上，活像一只刚从地狱里爬出来的亡灵。好在不多时，无感情的电子音就打破了这方令人窒息的空气。

“认证通过，埃尔彼达生物一级管理员：王向日。”

正对着床铺的那面墙，在语音落下的同时，像门一样沿着中心处的空隙向内两侧打开。床一侧的地板也应声从中裂开，洁白的软椅自地面下缓缓升起，对即将到来的宾客表示欢迎。一名全身白衣的粗壮汉子快步走进了房间，满头黑色碎发随风飘动着，脸上五官与床上的老人虽有几分相似，却又截然不同，十足的精神头让他看起来神采奕奕。他大跨步地来到刚从地面升起的椅子旁，浓眉一挑，一双绿眸炯炯有神地看向老者，声如洪钟：“姥爷，什么事找我？”

“典礼准备好了？”

老人嘴唇刚一微启，立刻便有一只机械臂从床边伸来，随即他那沙哑难听的嗓音便通过扩音器传遍整个房间。虽然王向日看不清自己这位姥爷的眼睛，但他知道自己肯定正在被细细地打量。于是他一手扶着椅背，慢慢在椅子上坐下，尽力地让自己的语气缓和一些：“早就准备好了，在两小时之后就会正式举行。我不清楚都现在这个时候了，您还想对我说什么？如果您老还是期望我来主持这项计划的话，那我还是那句话——不可能。”

老人闻言，僵硬且缓慢地摇了摇头，干瘪的嘴唇微微颤动着，似乎是想努力露出一个笑容，但却没有成功。

“不，我只是觉得典礼前还有富余时间，想跟你聊聊过去的事，以前我跟你的母亲也常常这样聊天。等将来你接管埃尔彼达生物的时候，总会用得上的。”

“我的母亲？您最清楚我母亲是为什么死的！……而您现在却……”

王向日的眼睛一下就红了，洪亮的声音震得房间发颤。不过随即他便注意到，自己眼前的这位老人露出的表情变得痛苦，于是又重新放低了声音。

“向日，我没有那种意思，冷静下来陪我聊聊天，好吗？”

“……嗯。”

老人拖着哭腔的哀求，让王向日的心不由得软了下来，可紧接着就只有一片沉默。老人见王向日坐在椅子上低垂着头，一言不发，活像一尊石像般伫立着，便自顾自地开口：“埃尔彼达生物在旧纪元时就已经创立了，当时我还年轻，嗯……大概比现在的你还要小十多岁吧。那时我和一帮年轻气盛的同窗聚在一块，眼看着旧纪元一点点衰落，就立志想要拯救人类的未来。啊……这听起来夸张得可笑吧？但我们当时却真的是铆足了劲去干的，我们几个小年轻家里还算有些资产，就合资成立了一个公司。埃尔彼达这个名字也是当时定下来的，意思是要成为人类的希望。”

“可我们终究还是失算了，就在我们公司成立的第二年，末日毫无征兆地突然来临。有几颗来源不明的隐身核弹发射，战争热潮在一瞬间就席卷了全球。人们开始互相怀疑，并对彼此动用激光武器、电磁武器和纳米机器人等一切技术手段，最终还是发展到了利用聚变反应堆作战的境地。说来也可笑，人类耗费了数千年才发展到几十亿人口，而从末日战争开始到世界人口衰减至不足几万，只用了短短一个星期。所有国家都葬身在撼动地形的爆炸里，而公司在这场战争里幸存下来的人，就只剩我和另一位精通生物学的同僚了。我们的家人、朋友，无一例外地都成了漫天飞扬的沙屑，无论怎么伸手去抓，都永远抓不住了。这就是现在人们说的新纪元元年。”

“但噩梦并没有随着战争的终止而结束，难以理解的疾病开始在所有幸存者身上显现出征兆，部分人的身体开始出现程度不等的变异。其中肢体严重变异的，就是今天所说的‘畸变者’。我和那位同僚凭借着还算深厚的生物医学知识，用我们随身携带的设备研发疫苗，短暂地控制住了疫情的第一轮爆发。因此我们身边也聚集了不少人手，于是就用从城市废墟取得的资源，重新建立了埃尔彼达生物。其余幸存者们也大多成立了自己的聚落，可我们依旧对这种疾病知之甚少。人们只了解到它从基因层面上带来的影响是不可逆的，会对感染者的子孙后代产生同样的影响，而感染源至今都仍是谜。”

“在新纪元第三年，疾病的迎来了第二轮也是最后一轮爆发。与第一轮爆发不同，这一次疾病在一夜间带走了近半数幸存者的生命，其中就包括我的那位同僚。然而就在所有人都惊慌失措的时候，疫情却就此再无声息了。此后的近十年里，我们人类有了得以休养生息的时间。我重新组建了家庭，也在那时，我最可爱的小天使——你的母亲降生了，她是那样地天真善良，那股子热情和正义感与她母亲如出一辙。但安宁没能持续多久，即便没有了国家、民族、阶级的划分，人们还是渐渐分化成了两派。肢体严重变异的人开始被叫作‘畸变者’，对疾病的恐惧逐渐演变为了对‘畸变者’的歧视和仇恨。‘如果不能平等地活着，那就平等地去死。’有一名畸变者这样摇旗呐喊着，于是战争又来临了。唉！何其愚蠢，明明大家同样都是感染者，有的只不过是症状显与隐的差别而已。”

“战争一开始，我就带着埃尔彼达离开了城市废墟，在荒漠里逐年迁徙。因此战火没有烧到这里，仗着从遗迹里抢救出的自循环系统，算是过得安稳。但这件事之后我意识到，人类想要有就未来，就必须彻底解决这次疫情……”

王向日在老人缓慢的诉说中渐渐抬起头来，直视老人的眼睛，绿色眸子里隐隐压抑着怒火。

“所以，我们的李智大教授在十年前主持起了‘净化’计划，激怒了大批‘畸变者’，让他们不远千里地跑来袭击埃尔彼达生物。因为这个，您的女儿——我的母亲也永远回不来了！”

“那次确实是我的失误，即便荒漠资源匮乏，我也不该向城市遗迹的战争势力寻求帮助。曼曼她……”

“不要再提我母亲的名字！我真的想不通，您如今还要重启‘净化’？是因为如今畸变者势力已经败北了，所以您就想趁机死灰复燃吗？‘净化’计划可是要用大量畸变者的命、人命去填的！您果然已经忘了，母亲她可是为了救畸变者才牺牲的啊！”

“可杀死你母亲的人也是‘畸变者’，况且现在聚落里的大部分人，也都在期望着‘畸变者’的牺牲。”

李智幽幽地与王向日对视着，一时间，空气仿佛凝结了。

“向日，这个世道，没有谁理所应当去死，也没有谁理所应当活着……这都是为了人类的未来。”

王向日紧紧盯着眼前这名只有靠机器才能勉强维持生命的老者，从他的脸，到他被子上狰狞可怖的痕迹。虽然一旁的仪器上显示的心率证明老人还活着，但王向日却觉得与自己对话的是一只还魂的亡灵。这让他再也无法忍受这个房间的腐朽空气了。

“为了未来？呵，外面的人可不这么想，他们感兴趣的只有‘畸变者’的死！如果人类必须要靠这种方式才能苟延残喘的话，那我倒觉得还不如干脆灭绝了好。”

说完这句话，王向日没有等老人回答就快速地起身，从来时的入口大步离开了。房门自动合拢，只留下李智兀自怔怔地望着天花板。像，太像了。在李智眼中，孙子与女儿那本应体型差距巨大的两个身影正在逐渐重叠起来，他的鼻子久违地发酸了。

“曼曼……”

“庆典即将开始，接下来将为您播放会场画面，请做好出席准备。”

机械臂上投影出的画面打断了老人的回忆。画面上，衣衫褴褛的人们正聚在大楼外，围着楼门口的一座宽大金属台子嘈杂地交谈着，其间有不少全身白衣的人在前后忙碌。李智的目光很快便被一处不寻常的角落吸引，在人群的边缘处，停着一辆造型奇特的车子。那流线型的构造与四个大得夸张的轮胎，让他有些诧异：“联合重工的纳米房车？这种顶尖科技居然还有完整品留存啊……”

三

车内，纪新与重重包裹在袍子内的绿曼正好奇地观察着外面热闹非凡的场面。这个聚落的人们在沙地上建起了一个个大棚，围绕在一栋大楼周围。早在离这里还远的时候，纪新就能清楚地看到这个耸立在沙海中央的建筑，它有七八层高，表面散发着黑色的光泽，像个金字塔一样坐落着。人们此时正聚在这建筑的一面大门之前，在那个约两人高的合金台子旁来回游荡。他们中有不少人都注意到这一辆外来的奇特车子，但也仅仅是略有讶异，很快就忽视了它的存在。与此类似的外来者，他们已经屡见不鲜了。

“您好！请问埃尔彼达生物出什么事了吗？”

纪新从车子侧面打开的小窗里探出头来，叫住了一个正在车旁慢悠闲逛的青年。青年热情地伸手指了指楼前的台子：“一会儿那里要办庆典！”

“庆典？”

“对，听说要重启一个什么计划，有一群‘畸变者’要成为自愿的实验对象呢！‘畸变者’怪稀罕的，你们算是来对时候了！”

“可这和庆典有什么关系？”

“哎呀，这可是那位李智教授的实验计划，居然有一群‘畸变者’自愿送死呢！他们一会就要出来宣誓了，这不是庆典是什么？”

说着，那青年还笑着用手比画了一个胜利的手势：“为了人类的未来！”

纪新强忍着快要皱起来的眉头，僵硬地冲那人道了谢之后，便重新关上车窗。外面欢天喜地的人群让纪新感觉到一阵恶寒，他担心地望向身旁的少女，却发现她的身体正在剧烈地发抖，这让纪新吃了一惊：

“绿曼！你怎么了？啊，别怕，咱们这就离开这儿！启……”

“不，就，留在这……”

绿曼颤着声，在纪新惊讶的目光中抬起右爪，制止了他伸向操作界面的手。“好吧！我们留在这，绿曼，深呼吸，你哪里不舒服？”

绿曼没有回应纪新的关切，袍子在颤抖中露出缝隙，只见她双眼空洞地望着大楼的方向，小声反复嘟囔着同一个词汇：“净化……净化……”

纪新只好用手慢慢轻拍绿曼的背。绿曼看到，无数的白色蝴蝶正像瀑布一样地绕着那栋大楼飞舞着，而自己仿佛也成了它们中的一员，扇着翅膀向上飞——纪新用水喂她吃下了几片药——她穿过车窗，同蝶群嬉戏，紧接着，天地、行人都变成了白色的蝴蝶，充斥着世界的每一个角落……庆典开始了，纪新顺着绿曼呆滞的目光，看到了走上台的那群“畸变者”：章鱼般的触手、马蹄一样的腿、狮子模样的脸孔……他匆忙地伸手挡住少女的目光。几个模样怪异的事物突然出现在了雪白的世界中，它们开始像黑洞一样吞噬起白色，落入黑暗的无数的蝴蝶正一只只消逝成碎片。会场上的人们开始狂热地高呼：“为了人类的未来！”而纪新正在少女的耳畔轻轻呼唤着她的名字——她的翅膀也触碰到了黑暗，刹那间，与实体间的感受联系回归了她的心灵。

“绿曼！”

纪新真的慌了，少女突然以极快的速度打开了车旁便门，行云流水般地窜出了车厢！甚至以纪新久经生死的神经，都未能来得及制止绿曼的行动。完了！预想着最坏的情况，他也飞快地跟着下了车，迅速地抽出椅背旁的一把霰弹枪并上了膛。此时少女已经奔向了人群，那件宽大的袍子因经不起她行动时的风压而脱落在地，金黄的右瞳与毛茸茸的右爪在阳光的映照下，格外引人注目。纪新强迫自己冷静下来，在人群的一阵阵惊呼中，他一手举着霰弹枪，另一只手则抽出腰间的手枪对着天空。

“砰！”

庆典在这预料之外的变故中戛然而止，人们自动地让开了道路，纪新则趁着这个机会追到了少女身边。绿曼已经在靠近高台的地方停了下来，正用空洞的眼神观摩着台上她那惊疑不定的同胞们——那些明明是在向死亡奔走的人们，模样却简直比“活着”时还要生机勃勃，不过如今已经死寂下来。纪新抬枪挡在了绿曼身前，他看到，此时已经有七八个黑洞洞的枪口从人群中伸出，对准了二人。面对着人群嗜血的目光，纪新的大脑极速运转着，却想不出任何能得以脱险的方案。三秒、四秒……纪新与人群就这样僵持着，若不是顾及高台上的人，想必二人早就已经变成筛子了吧！

“都把武器放下吧！这是误会！”

一道洪亮的嗓音划破了寂静，在纪新疑惑的目光中，一位全身白衣的壮汉高举双手，从人群中走了出来。在看到走出的是那名壮汉之后，人群里的枪口便一个接一个地放下了。纪新迟疑了一下，决定也学着他们的样子，将枪口垂向了地面，但他的指尖依然紧贴在扳机上。纪新的这一举动落在了壮汉眼里，但这人对此仅仅付之一笑。他缓慢地凑近了二人所站的地方，在距离纪新两臂远的地方停了下来，亲切地露出笑容。

“好久不见，这就是你之前跟我说的那个患有特殊精神疾病的新型‘畸变者’病例吧？抱歉抱歉，你联络我的时候我在忙着准备庆典，我现在才看到消息。唉，都怪我！要是我早一点注意到信息就会直接来接你了！”

纪新顿时明白了来者的用意，但随即又犹豫了一下。在这个距离下，他举枪是有一定把握将这名汉子胁迫为人质的，但涉及绿曼的安危，他还是放弃了冒险。而且莫名地，看着那人神采盎然的目光，哪怕纪新戴着墨镜都能从中感受到真诚之意。

“你可终于来了！我等了半天都没见你答复，结果患者趁我给她喂药的工夫，突然发病挣脱扣带闹到这里来，我真怕这么宝贵的病例就这样被打死了！你可要理解，我动枪也是迫不得已。”

“当然当然，全都是误会！”“喂！小张，你们的仪式接着办，这次全都是我的问题，到时候我会向教授解释的！”

人群的目光渐渐缓和下来了。汉子一面向高台上招呼着，一面走到二人身边。紧接着他侧身到纪新耳边细声耳语：“叫我王向日就行。听我安排，保证你们平安离开。”

四

大楼房间内，李智正躺在床上静静地观察着空中的投影画面——一张地图以及一个在图中移动的红点。早在庆典之前的聊天中，李智就通过房间内设的椅子将追踪器安置在了王向日身上，此后便一直都在注意着他孙子的一举一动。他太了解他可爱的孙子了，若说王向日会就这样看着计划顺利进行，那他绝对第一个不相信。第一轮实验的展开预计在庆典结束的三天后，而今已经有两天过去，期间李智一直在对王向日的举动进行着分析，并随之做出相应安排，他决心要让自己的孙子打心底里放弃他那天真的想法。

“在会场与两个外来者接触，其中一人在与其接触之后驾车离开了聚落范围，而另一人则在进入畸变志愿者的活动范围时与其分开……也就是那名新来的‘特殊’病例。嗯，正在对她进行密切监视。此后又与多人接触，包括三名部门管理级人员。在今天早八点时进入公共浴室一次，但之后追踪器显示其仍在活动中，存在已经被调包的可能性。此后对象一直在监控室附近活动，也就是说，和中央控制室的人员调包了么……”

李智默念着已知的情报，低哑的声音向系统再三确认之后，他肯定了自己的应对方案十分完备。于是他悠闲地调出楼门口的监控，开始欣赏那些在自己治下忙碌的人们——这能让他回想起儿时蹲在地上观察蚂蚁的乐趣。

大楼侧面，一扇写着红色标语“畸变”的小门附近，有两三名破衣烂衫的人正在一口井边打水。夕阳的余辉照在门旁的监控死角处，一名身着白色防护服、戴着防毒面具的人正靠着大楼微斜的墙壁休息。他像个正在轮班休息的工作人员一样，一手提着一个黑布包，另一手插兜，姿态放松地看着那些正在棚子外面忙碌着、被黄沙搞得灰头土脸的人们。这个位置是他在钻研王向日提供的信息后精心挑选的——既能避开监控，又能长时间逗留且不被怀疑的“风水宝地”。

此人正是纪新。按他与王向日商量的计划，今晚便是救援行动的关键。他的车还停在聚落之外，车内伪装成有人的样子，正被一伙白衣人盯着梢。“净化”计划的目标是让外表相对正常的感染者症状不再恶化，因此症状严重的“畸变者”们会成为实验的主要牺牲品。但也托此便利，参与实验的人员都会在条件允许的状况下，做最全面的自我防护——人人都戴着防毒面具，裹在厚重的防护服里。于是通过王向日给的身份卡，短时间的潜入就成为可能。纪新此次的任务，不仅仅是要趁着研究员们出来放风的时间将绿曼从这个实验所里救出，而且还要配合王向日将其他所有“畸变者”也从大楼里带出来，这是王向日提出的合作条件。

虽然当他告诉王向日，少女的名字叫“绿曼”时，那家伙一副悲伤而震惊的反应着实可疑，但事到如今，纪新除了相信王向日以外已经没有其他选择了。

“时间差不多了。”

纪新看了看腕上的表，抓紧了手中的袋子，里面有一颗定时电磁炸弹和几支泰瑟枪。果然，那带标语的小门在一两分钟后就打开了，七八名与纪新同样装束的白衣人陆续走了出来。纪新迎上去，做手势冲离他最近的一个白衣人打了个招呼，那人略一愣神后也同样摆了摆手以示回应。然而不等他搭话，纪新就拿出身份卡走进了小门。

“刚跟你打招呼的那个是谁啊？怎么在外面待着呢？”

“应该是小张吧，早上我见他出去来着。”

出门的几个人回头张望了一下，但对此没太在意。

…………

大楼内某一处昏暗的房间里，绿曼颤抖着蜷缩在墙角。黑暗、黑暗，哪里都是漆黑一片……除了机器发出的像苍蝇一样的嗡嗡声外，就只有自己短促的呼吸声。像，太像了……强烈的熟悉感，不断揭露着少女记忆深处的疤痕——同样大小的房间，同样干冷又阴暗的空气。女孩蜷缩在母亲怀里，茫然地看着周围白衣服的人走来走去。那些人好像在说些什么，她听不清，于是那些人的面容变模糊了。她隐约地感到不安，小爪子紧紧地抓着母亲。也许是被女孩无意间伸出的爪尖刺痛了，母亲开始伸手在她的头顶轻抚着，那是只和女孩一样的手，长满了浓密的毛发。

“妈妈，我怕……”

“乖，不怕不怕，和妈妈在一起就不怕。我们马上就可以为全人类献身了！”

回应女孩的声音，在温婉柔和中带着些许莫名的狂热。女孩悄悄地抬头看母亲的脸，那上面闪烁着她不能理解的奇异光彩，于是母亲的脸也模糊了。世界开始变得无声了，女孩就这样眼神空洞地望着周围的一切。她看着没有脸庞的白衣人带走了没有脸庞的母亲，看着一群奇形怪状但没有脸庞的人跑过来，看没有脸庞的白衣人一个个倒下……一个没有脸庞的白衣人抱起了她，带着她奔跑起来。但紧接着，她又感觉到一阵猛烈的冲击——那人抱着她摔倒了，白色的衣服里开始泛出鲜红。

“快跑！”

撕心裂肺的叫喊击碎了无声的世界。女孩被那人从怀里推开了。

“为什么？”女孩疑惑地望向那人。她看到了那人在听到自己的疑问后，露出的复杂表情——世界开始清晰了。

“为了活下去！你记住就行，你必须活下去！”

必须活下去……女孩还是不明白。那人秀丽的五官此时因痛苦而扭曲着，脸上的皱纹显得格外多。

“快走吧，你还活着，所以你一定要活下去！你不懂也没关系，将来有一天你会明白……”

那人的身影格外地清晰了，连胸口的名牌都能看得一清二楚。女孩发现，在那人闪动着光彩的绿色眸子里，有只白色蝴蝶正扇着翅膀飞出来。于是她开始追着它跑，虽然她不明白，但是她知道，她必须活下去。阴森的空间逐渐被甩在身后，阳光照到了少女的身上。她开始疲惫了，一名少年的身影出现在她眼前，于是她向他伸出了手。“我带你走吧，你叫什么名字?”少年用柔和的声音答复女孩。回想起那人胸前的名牌，女孩哭着回答:“绿曼。”“绿曼?”

一个穿着白色防护服的身影猛地砸开了房门，明亮的光芒随之照了进来，让绿曼紧绷着的身躯渐渐放松。啊！这个站在光芒中的身影、温柔的声音，是多么地令她感到熟悉。

“你是来救我的?”

“还用问吗？当然是了!”

“为什么?”

纪新面具下的脸上，不禁露出诧异的表情:“啊？当然是救你活下去啊!”

“活下去?”

“寻死需要理由，但活着可不需要！来，快走吧。”

纪新站在光里，向蜷缩在地上的少女伸出了手。刹那间，所有的蝴蝶都消失殆尽，久违的感觉令少女湿润了眼眶。她欢快地跳起来，向前飞扑，在青年的惊呼中紧紧地抱住了他。

五

命运的洪流已然酝酿多时，在这个注定不平凡的夜里，骤然爆发了。

“唔……”

李智在变昏暗房间里看着光幕上刺眼的汇报，一时间说不出话来。在入夜的两个小时以来，他的心跳一直逐渐变快着，越发明显的头痛让他知道自己的血压正在不断地升高——他发现自己正被自己的孙子玩弄于股掌之间。为了监视外来者的车辆，以及和王向日接触的诸多要员，他麾下的人手被牵制了大半。而王向日发现追踪器的时间，比他判断中的还要早很多，因此他对中央控制室的突击检查也落了空。当他的注意力还集中在中央控制室时，大楼总系统突然提示主机受到了强烈的电磁攻击，而负责看守的人员毫无音讯。楼内顿时因为总系统的崩溃而陷入混乱，为此他不得不调回在外看守车辆的人员。但就在那队人手准备回撤之际，却突然发现了王向日。他们才刚离开，王向日就从沙丘的角落里走出来，打开车门，大摇大摆地进入那辆车里——原来之前那是辆空车！彼此载具的巨大的性能差距，让王向日迅速地甩开了那队人，先一步赶到了大楼。此外，因为系统进一步的失控，这位老人现在已经无法知道任何关于房间外的消息了。

“姥爷，我得跟您和埃尔彼达说声再见了。”

黑暗中，已经断掉的信号突然被外部单向连接上，光幕上出现了王向日高大的身影。他指了指身后，那辆车从两个轮胎之间延展扩大，变形成了一辆足有楼房大小的巨车。“‘畸变者”们正陆续地往车里走，同样在上车的甚至还有几名白衣人。

“这些畸……同胞们就由我带走了，今后我的工作，就是为他们的未来而努力了。”

老人看着光幕上这些已经录制好的影像，眼神渐渐变得黯淡。本来就如同骷髅一般的身体，此时更是散发出强烈的腐朽气息。但影像上，王向日还在平静地诉说着：“最后，我觉得有些事还是得告诉您才行。您还记得之前，我新领进楼来一名女孩吗？她叫绿曼，我刚才向她本人确认过了，那是改自我母亲的名字。”

影像至此戛然而止。在李智的哑然中，房间陷入了彻底的黑暗。“‘李绿曼”、女儿的样貌开始不可遏制地在李智眼前浮现，他干巴的眼角很快被几点晶莹润湿了。他用绿色曼陀罗为女儿起名，花语是生生不息的希望。而在这一刻，一切仿佛都回归当初了……人类的灭亡，如果人类是如此期望的话，也许未必是坏事吧？毕竟在此之前，人类也如此地延续着。深沉的黑暗里，老人苦笑一声，拔掉了身上的管子……

呼呼呼……巨车奔驰在广袤无垠的沙海上，看起来就像一只蝼蚁。车内的人们多已睡熟了，悄然的星空下，只有纪新和绿曼还窝在驾驶舱里，仰望着皎洁的月色。静默中，一只手和一只爪，轻轻地交握着。

“我说啊，果然谁都有选择生命的权利呢。”

“嗯？干嘛一本正经地说这种大家都懂的道理啊？怪傻气的。”

“你这人！是谁在紧要关头一本正经地问我‘为什么要活下去’来着？”

“呸呸呸！我才不是那么说的。”

纪新无语地瞥了绿曼一眼，绿曼则报之以调皮的笑容——但手与爪握得更紧密了。经此一闹，纪新很快就注意到了少女身上的不同。

“你的挂坠呢？”

“我扔了。”

“啊？为什么？”

“蝴蝶已经消失了。”

“这样啊……”

静静地躺在星空下，暖流几乎要从二人的心底流淌出来，跃动着，其间充斥、回响的情感，无不是生命的喜悦。

一片祥和中，车子徐徐地驶向星夜的边际，月亮从天边洒下银屑，把渺小蝼蚁的影子拉得很长很长，直到将身后的天地划分开来。

游龙里

汉语 2004 班　董艳雪

天门中断见云颠，野上风儿放纸鸢。
玉箭雕弓飞焰后，金鬃红辔骋霞边。
仰观霄际青花染，俯览峰间露帐连。
路转去时龙口涌，迢迢数里乐怡然。

桂 梦

汉语 2004 班　刘庆龄

一

在许宁乐的记忆里，妈妈总是一副温柔顾家的模样，就和千千万万个普通的家庭妇女一般。她忙碌在柴米油盐中，把家里收拾得井井有条。大家都夸赞她说“你是一个好妻子”“你是一个好母亲”，可是好像没有一个人说过她本身就很好而不是通过其他的称谓，许宁乐也没有。

她很少会打扮自己，平日里买东西也总会先想到她和爸爸。许宁乐很内疚，这么多年以来把妈妈的付出认为是理所当然，她操持家里大大小小的事务，为了他们琐碎的生活起早贪黑，牺牲了自己的很多时间。可是自己却很少主动去为她洗一次菜、擦一次桌子，她甚至很少主动去关心她。

有时候她会想，人啊，总是心安理得地享受着家人的付出，因为心里知道他们永远不会离开，可是当意外来临的时候才突然醒悟，原来当时忽略了那么多，结果便是永远地失去了爱的人。

妈妈是胃癌去世的，她还记得那是一个风和日丽的日子，她正在教室里听课，老师突然把她叫出去告诉了妈妈住院的消息，她整个人都怔住了，也不知道怎么走出的学校。

等她赶到医院的时候，只看到爸爸孤零零地一个人坐在医院走廊的凳子上，许宁乐走过去挨着他坐下。

“妈妈现在怎么样？”许宁乐压低了声音忐忑地问。

“她在里面，你进去看看。”爸爸顿了一会，然后从包里拿出一根烟和打火机，但是想起这里是医院，又默默地把它们收了回去。

许宁乐知道爸爸在有意压抑自己的情绪，可是他不知道他泛红的眼眶早已出卖了他。

医生说妈妈已经是胃癌晚期了，因为发现得太晚癌细胞已经扩散到全身了，许宁乐很自责为什么没有早点发现，为什么没有多关心妈妈一点，这样结果会不会就没有那么糟糕了。

他们陪着她在医院里度过了最后的时日，化疗很痛苦，她保养得很好的长发没有了，但她还是一脸温柔，不曾被病痛打倒，许宁乐知道她在给予他们力量。

看着妈妈躺在医院冰冷冷的病床上，四周都是白色，她的脸也很苍白，仿佛一下子憔悴了许多，许宁乐心里止不住地难受，妈妈的生命就像这死寂的白，再也燃不起火花。

夜晚的风轻轻吹进来，带来了楼下的桂花香，看着妈妈恬静的睡颜，许宁乐想好像一切都没有变，他们还在他们的小家里，还是幸福的一家三口。

十月六日晚，妈妈进了手术室。

一切发生得令人猝不及防，上一秒他们还在一起谈笑着，说如果明天天气好要去下面的小道上走走，结果下一秒妈妈就躺进了冰冷的手术室。她和爸爸在手术室外等着，此时此刻好像整个世界就剩下她和爸爸，他们是最忠诚的信徒，等待着最后的宣判。许宁乐一次又一次地祈祷，希望死神不要那么残忍带走她最爱的妈妈。

十月七日凌晨，妈妈离开了。

她永远地失去了妈妈。以前妈妈在的时候整个世界都是鲜活的，她不在了，周遭的一切都迅速冷寂了下来，生活好像一下子失去了颜色。她看到家里的一切，就会想起曾经的她。有时抬头看天上的云，好像那不是朵云，而是妈妈脸上的笑容。

她常常在深夜里落泪，她真的太想她了。

即使已经过去很久了，但是妈妈的音容笑貌仿佛还在昨天。

后来许宁乐才知道妈妈早在很久以前就落下病根了，久到什么时候呢？或许是从生下她的那一刻开始吧。

大学暑假，许宁乐回了家，这天她在收拾东西的时候在床头柜底下发现了一个纸箱子，已经堆积了好几层灰，她把上面的灰掸干净，然后打开一看，里面竟然是几张妈妈在舞台上跳舞的照片，还有三盘录影带，以及很多奖杯、奖牌。

看着照片，许宁乐不由得对妈妈的过往产生了好奇，她从来没有见过妈妈如此闪耀的模样。她把家里放置很久的录像机拿了出来，有些年头了也不知道还能不能用，结果录像机的寿命也走到了尽头。事实证明，时间是一个永远不会枯竭的东西，任何的人或事物都会在它面前沦为灰尘，而它依旧静静地流动，千年万年不曾改变。

于是她花钱重新买了个新的，然后把一箱东西都搬进了自己的卧室。晚上吃过饭后就回到房间迫不及待将其中一个光盘放进了机器入口，当放进去的那一刻，她竟产生了前所未有的紧张感。深吸一口气，她点了开始，当那一张熟悉又陌生的脸闯入她的视线的时候，她终于忍不住落泪。

视频里的妈妈有着高挑的身材，一头乌黑的长发，鹅蛋脸，又大又圆的眼睛亮闪闪的，像天上的星星，微微笑着还能看到嘴角的两个小酒窝。然后画面一转，来到一个大舞台上，上面有很多女孩在翩翩起舞，许宁乐一眼就看到了妈妈，她舒展着自己的身体，脚尖轻轻踮起，旋转跳跃，一举一动充满了优雅的气质，是那么迷人，微微扬起的脖子，像一只高贵的天鹅。

许宁乐看了一遍又一遍，直到困意来袭，便忍不住沉沉睡去。

她看到了另一个她，真好。

二

远处隐隐约约传来一阵铃声，声音温柔，像午后阳光轻轻洒下，带来了温暖。

许宁乐缓缓地睁开了眼，浑身没有力气，总感觉做了一个很长很长的梦，这个梦很压抑，有一双手一直把她往深处拉扯，她努力挣扎但是没有用，只能这样一直下坠，坠入无边的黑暗。

许宁乐坐了起来，惊异地发现四周不是她熟悉的卧室，而是一片草地。她的脑海里一瞬间闪过了无数个最糟糕的结果。

这时，一阵说话的声音传了过来。

“阿语，你今天的演出完成得好棒啊！”

那个叫阿语的女孩轻轻笑了笑，说：“那你不得请我吃一顿？”

“好好好。”另一个女孩笑嘻嘻地回答。

许宁乐循声望过去，看到了她朝思暮想的那个人。

“妈妈……”许宁乐无意识地呢喃，整个人都恍惚了，又像是突然被点醒了一样，她立马跑过去在她们面前站定，想要说些什么但是又卡壳了似的什么也说不出来。可是她们就像没有看到她一样，直接从她的身体穿过去了。穿过去了？许宁乐心中泛起了疑问，她分不清楚现在是什么情况，时空穿越还是灵魂出窍？又或者只是她的一个梦？她不想去计较那么多，能再次看到妈妈活生生地出现在自己的面前，好像一切都不重要了。

她立马跟上两人的步伐，和她们一起走进了一家餐厅。两人说说笑笑，看起来感情很好。刚才没注意，现在仔细一瞧妈妈旁边那女孩，不就是小时候经常来她家的吴阿姨吗？后来吴阿姨的儿子出国留学了，于是他们一家也就一起出国定居了，之后她和妈妈便很少见面了，但是两人一直在联系，感情不曾淡过。

许宁乐就坐在陈宜语的旁边默默地看着她，她脸上的笑容她从来没有见过，她所熟悉的妈妈是带着成熟女人的温柔，不像现在这般肆意快活，带着十八九岁青涩的感觉。

此时此刻她很感谢上天能够给她这个机会，让她见到年轻时候的妈妈。即使妈妈看不见她，即使她没有办法同她说话，但是她已然满足。

吃过饭后，陈宜语和吴芝丽又去逛了商业街，许宁乐就这样跟了她们一路，这个时候经济正在起步中，远远没有以后那么发达，但是一些基础设施已经有了雏形。没想到短短十几年的时间，国家就发展得这么好，以前书本上的知识突然走进了现实，许宁乐才真切感受到时代的变化。

最后她们玩累了，在街头分手各自回了家。许宁乐也跟着陈宜语回了家，她自己租了一间房子，靠海边，晚上风从海上缓缓地吹到她的窗前，月光洒在海面上泛起阵阵波光，稀碎的光在浪潮一上一下中跳起了舞，美得不可思议。

她发现自己不仅能够穿过人体，也能穿透物体。她估摸着自己应该属于灵魂状态，摸不着碰不到，唯一起作用的就是这双眼睛能看到事物。

许宁乐看着陈宜语洗漱好就躺下了。正在想自己该怎么度过这漫漫长夜，突然空间一阵扭曲，无数画面在她面前胡乱飞舞，刺得她眼睛发疼，她忍不住闭上了双眼，等到睁眼的时候她发现自己又来到了一个完全陌生的地方。

这是一个大的表演厅，顶部是一个半弧形状，四周是金色花纹墙面，舞台大概有一个篮球场那么大，因为演出还未开始，所以此时的红色幕布是闭上的，大厅的地上铺着红毯，椅子坐垫的材质大概是麻绒，看起来十分软和，整个大厅估计能装下两千多人。许宁乐觉得这个表演厅放到以后也依旧算是一个挺不错的演出场所。

演出还没开场，一眼望去整个大厅已经装满了人，有的人静等表演开始，有的人在窃窃私语，还有的人走来走去。突然，整个会场的灯熄灭了，红色幕布缓缓拉开，此时此刻舞台上的灯光都聚拢在了那一群舞蹈演员身上，随着音乐响起，她们舒展了优美的身姿，会场的人也都安静了下来，默契地不再发出一点响动。

许宁乐走到了前排，一眼就看到了陈宜语。

她的舞姿轻灵，身体软如云絮，双臂柔若无骨，像一只振翅欲飞的蝴蝶……一会儿，动作慢了下来，此时的她又像深山中的明月，清冷绝尘。

许宁乐抑制不住地激动，仿佛下一秒心脏就要跳出胸腔。太美了！此时此刻的妈妈就是一颗明星，在散发着属于她独一无二的光芒。

演出结束后，许宁乐跟着演员们来到了后台，大家都在庆祝演出的完美结束，整个后台里欢声笑语，年轻女孩们脸上的笑容很是美丽动人。许宁乐环顾四周，寻找着陈宜语的身影，终于在一个角落里看到了她，此时她的前面正站着一个男人，但男人是背对着许宁乐的，所以她无法确定这个人是不是自己以后的老爸。正想凑过去仔细看一看，她就觉得眼前的场景开始变得模糊，她预感自己好像要离开了，所以马上加快步伐朝着他们奔去，还有一步，还有一步她就可以看见了，就在她即将靠近他们的那一刹那，空间再一次发生了扭曲。

等她再一次睁眼，就发现自己已经回到了自己原本的世界。

三

许宁乐猛地从床上坐起来，马上打开手机看了看时间，现在是早上八点，她揉了揉眼睛，昨晚哭得太久，现在眼睛又涩又疼。

她靠在床边百思不得其解，所以刚刚所经历的真的只是一个梦吗？可是一切都是那么地真实，妈妈的笑容和舞姿依旧在脑海里挥之不去。

许宁乐下了床，走到一面墙前面，试探性地再往前一步，结果和墙来了个零距离的“亲密接触”，磕得她脑袋有点疼。果然那些都不是真实的，她不由得有些怅然若失。

洗漱完毕，许宁乐看到爸爸正坐在沙发上看新闻，爸爸一直都有早起的习惯，以前妈妈在的时候，妈妈和他一起起床，然后给他做早餐。等她起床了以后，妈妈就会很贴心地帮她把早餐热好，现在……她看向桌子，上面是已经做好的早餐，用透气的盒子盖住，心中不由得涌起一股暖流。现在是爸爸在疼爱她，连着妈妈的那一份。

“爸爸，早上好。”许宁乐小跑过去给了许爸一个熊抱，“早饭真香，把我给馋醒了。”

“瞧你这丫头。”许爸爽朗一笑。即使人已到了中年，可是由于坚持锻炼，身材依旧保持得很好，没有一丝赘肉，整个人看起来既沉稳又帅气。

许宁乐边吃早餐边想梦里的事，她本来想把这件事跟爸爸分享，但是想了想还是算了，她打算今晚上再试一试看看能不能重新进入那个梦境。

在她从外面跑来跑去消磨掉一天的时光以后，晚上九点她准时躺在床上，又经过一个多小时的数羊环节，她终于进入了梦乡。等她睡眼惺忪醒过来的时候，还觉得昨晚睡得可真香，毕竟好久没有这么早睡过了。过了两秒，她反应过来了，她没有做梦！她使劲搓了搓自己的头发，把头发揉成了一团糟，怎么没有做梦，或许那真的只是一个疾疾无终的梦，只是她太想妈妈了所以老天送了她一个见妈妈的机会而已，可是她不甘心。

许宁乐觉得“做梦”或许需要什么媒介，小说、电视剧里都有这个设定。她想起当时她是放着妈妈的录影带睡着的，或许必须这样？她决定今晚再尝试一下。结果第二天起来还是没有任何作用，她整个人都显得极其急躁。

这种情绪在她想要削个苹果结果一直抽不出小刀的时候达到了顶峰。“连个破刀都要和我作对！”许宁乐咬牙切齿。

许爸从她后面经过，看着她这一副快要炸毛的样子，悠悠地来了一句：“这个不行换一个不就得了，可别伤着手了。”

许宁乐像被定住了一样，对啊！换一个，她立马放下了手中的东西跳起来给了许爸一个熊抱。“老爸，你真的是我的幸运星！”然后就冲进了卧室。

“这疯丫头。”许爸不禁摇了摇头，不过看着许宁乐这好不容易活跃起来的样子还是忍不住笑了。

许宁乐看了看箱子里仅剩的两个录像带，然后把其中一个重新放进了插入口，然后一直等待晚上的到来。最后一次，再试最后一次。她不由得捏了捏手心，然后按下了开始键，这一次的视频里妈妈依旧在跳舞，只不过不是在金碧辉煌的表演厅里，而是在一间看起来很整洁的练习室里。

许宁乐正入迷地盯着她自信起舞的身姿，这时眼皮不由得变得很重，她有预感她又要去到那个世界了，随后她就来到了一个陌生的街道……

她抬头看了一眼自己旁边的路标，上面赫然写着春华街。此时的街道人流量还不是很大，但是有部分商店已经早早地开了门，她漫步在街边小道上，思考着如何去找到妈妈。

突然她看到了一个熟悉的背影，是妈妈！她正挽着一个男人的手，看起来十分小鸟依人。许宁乐立马跑到他们前面去，这一次一定要看看这个男人的庐山真面目。

结果令她大失所望，这是一个她完全陌生的人。长得很高，狭长的双眼，英挺的鼻子，微薄的嘴唇，戴着一副金框眼镜，看起来很斯文，像一个留学回来的博士。

上次在表演厅后台背对着她的那个人估计也是他了。许宁乐看着他们此刻十指紧扣的两只手，不由得有些牙酸，也不知道自己的老爸现在在世界的哪个旮旯里。

许宁乐看着男人给她买了花，然后带她去了高档餐厅共进烛光晚餐，两人晚上还一起去海边散步，宛如一对璧人。男人对她无微不至，十分绅士，时间差不多了就开车把她送到了家楼下，最后两人拥抱分别。

许宁乐看着妈妈脸上半是羞涩半是矜持的模样，心里感叹：原来妈妈年轻的时候谈恋爱是这样的啊。

她还没有反应过来的时候时空又一次跳跃，只不过这一次的速度比起之前要慢了，也没有那么刺眼了。无数画面从她面前闪过，她看到了妈妈开心的样子，紧接着又看到了她伤心的模样，她的心也跟着揪了起来，然后她就站在了一扇门前。

争吵的声音从前面传来，许宁乐走上前穿过门看到了妈妈和那个男人，此时的气氛有些凝重，两人都是一副不服输的模样。

“子轩，我不会同意的。”陈宜语一脸坚毅，淡淡的忧愁却拢上她的眉头。

“阿语，你跳了这么多年了，也该休息了。跟我去国外做一个阔太太，每天养养花，和两三个朋友喝杯下午茶，不好吗？”陆子轩坐在沙发上，手肘杵在膝盖上，脸上是一副无奈的模样。“如果你担心你父母，我们也可以把他们一起接过去。”陆子轩抬起头看她。

“我不是家养的金丝雀，陆子轩。”陈宜语显然不想再多说些什么，“或许我们不是一路人，你走吧。”然后转过身背对着他。

陆子轩什么也没说，拿起挂到衣架上的外套，离开了。

从这以后，他们再也没有见过面。

从只字片语中，许宁乐了解到那个男人想要带她去国外，但是前提是要她放弃跳舞。许宁乐无法理解，如果爱一个人，不是应该支持她所热爱的东西吗？跳舞是妈妈坚持了那么久的事，即使她以前从未了解过妈妈的过去，但是自从来到了她的身边，看着她在舞台上闪闪发光的模样，她想舞台就是妈妈灵魂归属的地方。他喜欢她，可是他不够尊重她，他想把她留在身边，却不让她做自己想做的事。

她又想起了爸爸，他也是这样要求妈妈的吗？可是他不是这样的人啊，那为什么她从未了解过妈妈这样一段过去？从她有记忆起，从未看过妈妈起舞。

等许宁乐抬眼的时候，她已经来到了妈妈的小屋，妈妈此刻正坐在窗台边，脸上是还未干涸的泪水，许宁乐走到她的身边坐下，默默地陪着她。

“妈妈，有我在。”

妈妈也曾是少女，她也曾年轻，她会因为失恋而痛苦，她会一个人悄悄掉眼泪。这是她未曾见过的妈妈，这也是妈妈最珍贵的青春。

四

陈宜语本来想再送陆子轩一程，但是想了想还是作罢，她站在机场门口，看着飞机一架一架飞上蓝天，带着她疾疾无终的爱情一起离开，少女的心事从此深埋心底。

陈宜语转过头就看到不远处一个女孩正目不转睛地望着她，不知为何看着那女孩竟觉得十分亲切，于是她顿住了往反方向前行的脚步，朝着那个女孩走去。

“请问你是有什么事吗？”陈宜语微笑着看着她。

“啊？”许宁乐十分惊讶，“你……你可以看到我啊？”许宁乐知道自己她进入了妈妈的梦境，她刚刚走到床边想再仔细瞧瞧她的模样，结果就被一股不可抗拒的力吸进来，况且这个场景昨天刚刚发生过，只是没有想到梦里的妈妈能够看见她。

“嗯？”陈宜语忍不住笑了一下，对她的问题不置可否，只觉得这个女孩挺可爱的，打心底里想和她接近，尽管她也对这突如其来的想法感到疑惑。

于是她再一次发出了邀请：“感觉咱俩挺有缘的，要不要一起去喝一杯咖啡？”

“好啊！”许宁乐用力地点了点头，看起来十分开心。

她们来到一家装修十分淡雅的咖啡厅，坐在窗边慢慢品尝咖啡。

“你长得好漂亮啊！感觉你是一个舞蹈演员。”许宁乐藏在桌下的双手扭在了一起，缓缓地开口。

“你猜测得挺准的。”陈宜语轻轻抿了一口咖啡，姿态十分优雅。

就这样，她们在这间小小的咖啡馆里聊了很久，像是阔别已久的老友。

“每一个不曾起舞的日子都是对生命的辜负。”在许宁乐离开梦境的最后一刻，她只听到了这样一句话。

她又出现在了妈妈的小房子里，只不过现在已经是早上。

梦里的感觉实在太好了，她可以像一个朋友一样和她聊天，而不是像现在她无法感知到她。

于是，只要在妈妈做梦的时候，许宁乐都会进入她的梦境，尽管有时候妈妈梦醒后对于做的梦已经毫无印象，但是她依旧享受能够与她相处的感受，那是她期盼已久也失去了很久的时光。她告诉她要一直做自己，因为她觉得她不应该被局限在家庭之中；她告诉她以后一定会遇到一个更好的男人，她会很幸福。

她是一个小偷，偷走了妈妈的梦。

这一次，她待在这个世界的时间格外地久，她见证了妈妈从一个普通的舞蹈演员变得小有名气，也见证了她深夜里挥洒的汗水和泪水。

终于，她命中注定的男主角出场了。

许宁乐怎么也不会想到，爸爸妈妈的相遇会是这么平常，或许爱有时候就是来得这么随意。就在一个温暖的午后，开满桂花的街道上，风里夹杂着淡淡的花香，迎面走来的两个人眼神在不经意间碰撞，爱情的火花就产生了。

两人在一起后的日子过得很是甜蜜，妈妈依旧在自己所喜爱的舞蹈领域里闪闪发亮，爸爸也在勤恳地工作。他不会觉得婚姻就是束缚她的枷锁，也并不觉得结婚了她就必须回归家庭。他爱她，所以他尊重她的选择。所以真正相爱的两个人都是在为对方考虑，而不是只顾及自己。

许宁乐不明白妈妈之后为什么选择放弃了舞蹈，甚至不再提起一句。

画面一转，许宁乐来到了他们结婚后的时间里。她看着他们甜蜜的生活，仿佛自己也跟着他们经历了一番。

有时候许宁乐觉得爸爸一点都不浪漫，他不会送上一束娇艳欲滴的玫瑰花，他不会制造生活中别样的惊喜，但是他会在天冷的时候为妈妈接好一杯热茶，会在妈妈疲惫的时候为她捏捏肩膀，这种生活里细碎的温暖真的会让人心动不已。他有时候愣头愣脑的，但是却很真诚。或许建立起彼此最坚固的爱情堡垒最好的办法就是把一颗真心捧出来。

陈宜语很高兴，团长告诉她如果能参加一个月后的演出，她就有机会成为首席。她从小开始练舞，到现在已经快二十年，终于她离自己的梦想更近了一步。

陈宜语回家就给了许文彦一个拥抱，然后告诉了他这个好消息，许文彦当晚还亲自掌厨炒了很多菜。就在他们还在为这个好消息庆祝的时候，没过多久陈宜语就发现自己怀孕了，怀孕前期不怎么明显，所以就没往这方面想。

尽管这个生命来得如此突然，但是她毫不犹豫选择了这个孩子，她想首席的位置大不了以后再竞争，可是未曾想这一选让她永远不能再重新站在舞台上。

许宁乐看到妈妈为自己放弃了自己最热爱的事业，心里五味杂陈。她看着两人一起去医院产检，医生说她的身子骨很弱，所以要好好调养不然孩子不太容易保住。后面还说了些什么，但她就听不见了，空间又开始扭曲，她知道她要走了，她只来得及看到妈妈突然苍白的脸。

妈妈，你在担心什么呢？

五

许宁乐睁开眼，习惯性地看了一眼时间：还是八点。她觉得自己仿佛度过了半个世纪，作为一个局外人看到了父母年轻时候的故事，那么甜蜜，那么幸福。可是压在她心底的谜团还是没有解开，她觉得妈妈这样一个热烈的人不会轻易放弃自己的梦想，而且爸爸也从未阻止她去追梦，那么……或许她心里已经有了一个答案，只是在等待一个肯定。她决定去找爸爸。

许爸此时正在给阳台上的桂花浇水，那是妈妈生前最爱的花，因为妈妈喜欢，所以爸爸就买了两盆。桂花的叶子碧绿碧绿的，长得茂盛，花瓣很细小，跟米粒差不多大。两盆花密密麻麻，一簇连着一簇，远远望去，仿佛绿叶丛中点缀着碎金，此时正散发出淡淡的清香。

餐桌上依旧是放好的早餐，阳光透过窗子投射到地板上、餐桌上，还有他的身上，许宁乐又想起他年轻的时候，爸爸的形象在她的心中又变得不一样了。

“老爸早。”照例给爸爸打了招呼，这是他们这么多年一直有的习惯。吃过早餐过后，许宁乐把许爸拉到沙发上坐下，把那个箱子里妈妈年轻时候的照片拿给他看。“爸，你跟我说说你和妈妈年轻时候的事呗。”

许爸有些惊讶地看着她手里的照片。“你这丫头，从哪里翻出来的？”

“你不管嘛！爸爸，你就跟我说说你和妈妈的故事吧，我想听。”许宁乐撒娇道。

许爸口中他们的故事跟她所看到的相差无几，还有一些她所不知道的细节，在他的讲述中，她已经自动在脑海中把他们的画面补齐了。

爸爸说她的到来让他们很惊喜，眼里充满了回忆，那是一种思念。

“那妈妈呢？她后来怎么没有再继续跳舞了？”

“你妈妈她啊，”爸爸的眼里有着许宁乐看不清楚的情绪，“你妈妈身子太弱了，生下你后身体就有些受损，做不了大幅度的动作了……”

他说他只记得那天很冷很冷，妈妈一个人把所有关于舞蹈的东西都收进了箱子里，爸爸想要去帮忙被她阻止了，他就在一边默默地看着她把所有的回忆压进箱底。

那个冬天，她亲手把自己的梦想埋藏了。

许宁乐怎么也没有想到，葬送妈妈职业生涯的原因竟会是自己。

大概是看她的情绪有些低落，许爸揉了揉她的头说：“乐乐，你不要多想，妈妈从没有后悔过她的选择。”

“谢谢爸爸，我出去走走。”许宁乐出了门，来到了他们以前最爱散步的街道，现在已经是秋天了，桂花的香味萦绕到她的鼻尖，和家里那两盆花的味道一样，视野里是漫天黄色，像舞台上打的聚光灯，原来距离妈妈离开已经三年了。

她找到一个石凳然后坐了下来，然后放空思绪，任它随着风渐渐远去。不知不觉已经快到晚上了，她起身拍了拍手，然后沿着来时的路一步一步走回去，路灯的光把她的影子拉得很长很长。在那段时间里，她想了很多很多，她已经悄悄做了一个决定。

还有最后一个录像带，许宁乐突然有些不敢打开了，她知道一旦用了之后，她就只能拥有最后一次见到妈妈的机会，可是她还是想试一试。如果她通过这个录像带真的是回到了过去，那么她想要改变过去，改变妈妈的命运。

她毫不犹豫按下了开始，这是一段独舞的视频，她可以明显看出视频中的妈妈动作幅度没有以前那么大了，她明白这或许是妈妈在产后尝试着重新起舞，可是……

“妈妈，希望你能继续做你喜欢的事。”许宁乐心想，然后黑暗侵入了她的双眼。

她来到了爸妈的家。爸爸正在厨房里熬汤，妈妈在沙发上看着育儿的书籍，可以看出他们都在期待着这个生命的到来。

等晚上他们都躺下休息了，许宁乐进入了妈妈的梦境。她的梦境是在一个婴儿房里，里面有很多婴儿的用品，还有小衣服。

陈宜语正在勾毛线，她想给自己的孩子亲自织一件衣服。

许宁乐来到她身边坐下。

陈宜语看到了她并不觉得惊讶，只是看着她温柔地说："我好像之前也见过你。"自从怀孕后，她整个人变得更加柔和了。

"你在准备给宝宝的衣服吗？"许宁乐蹲在她面前看着她，眼里尽是孺慕。

"对啊。"陈宜语依旧在专注着手中的毛线，仿佛什么事都没有她现在织毛衣的事重要。

然后她们就像之前进行过无数次的对话一样聊了起来，没有任何隔阂。

"我告诉你一个秘密吧，其实我拥有预知未来的能力，这个孩子会给你带来不幸，没有她你会过得更好，你……"许宁乐突然盯着她急切地说。

陈宜语打断了她："我不知道你到底是谁，可是我的孩子由我和孩子的父亲来决定，而不是什么所谓的预言。况且，"她低头摸了摸自己的小腹，眼里全是母爱的柔和，"不管以后如何，这都是我自己的选择，我不会后悔。"

"可是……"许宁乐还想据理力争，陈宜语却没有给她这个机会，她被赶出了梦境，她尝试着再进去却进不去了。许宁乐有些挫败，也有些委屈，她只是不想让妈妈为她做出那么大的牺牲，希望她永远发光发亮，就算结果是自己永远消失。

她忍不住哭了，为妈妈的选择，也为自己的无能为力。她不知道自己来到这里的意义是什么，她什么都改变不了，只能眼睁睁看着妈妈走上一条既定的道路。

她见证了"自己"在妈妈肚子里的成长。刚开始时，妈妈总是胃口不好，什么都吃不下，别人怀孕都是胖了一圈，她反而更瘦了，到了七八个月的时候，她的肚子已经很大了，还长了一条又一条的妊娠纹，又黑又紫，看起来十分恐怖。而且她人又娇小，走动的时候就像她随时随地揣了一个大型炸弹，下一秒就会爆炸。晚上她总是翻来覆去睡不好，她没有办法弯腰，上厕所和洗浴的时候都很不方便，有时候肚子里的“自己”还会很顽皮地动来动去，这时她就会贴近妈妈肚子，警告那个“自己”：“你乖一点哦，不然我收拾你。”肚子里的她好像能够听到自己说话，然后就安安静静地不动了，这种和自己的对话让许宁乐觉得很奇妙。

许宁乐亲眼看到了才知道妈妈怀孕的过程是多么辛苦，世界上每一个敢于孕育生命的妈妈真的都很伟大。还好爸爸晚上总会很贴心地为她捏捏肩膀，帮她缓解一点疼痛，听到一点动静就会醒来，每天都会换着法给她做好吃的，她很幸运自己遇到了这么一对父母，他们是如此地温柔、有爱。

终于到了分娩这一天，爸爸只能守在门口，许宁乐跟着妈妈进入了产房，她从未近距离看过女人生产，这让她从头到脚都在发冷发麻。俗话说：“女人生孩子就像是在鬼门关走了一趟。”她觉得就算是在医疗进步的以后依旧如此。听着妈妈声嘶力竭地叫喊，她只觉得心痛，她突然有些讨厌“自己”，为什么要让妈妈受这么多苦。

她只能跪在台前一遍又一遍地说：“妈妈，你别怕，我在。”

这时医生突然说：“孕妇晕过去了，快测量血压，叫醒她。”然后整个产房有条不紊地进行该有的流程，显然这种情况他们经历过很多次。

许宁乐看着妈妈因为疼痛而苍白的脸，咬了咬牙硬闯进了她的梦境，这一次她没有被拦住。

她来到了一片悬崖，妈妈现在正站在悬崖边摇摇欲坠，许宁乐冲过去喊道："小心！"

陈宜语此时脑子有些昏昏沉沉的，她不知道现在自己在哪里，只听见一道很熟悉的声音传来，她想转身看，但是脚下一扭下一秒就要落空，还好一双手把她拉回了原地。

"是你。"经过刚刚惊险，陈宜语突然清醒了过来，然后看向拉住自己手的姑娘。

"是我。"妈妈。许宁乐忍住涌上眼眶的泪意，在心里叫她。

梦境里的风总是温柔的，不知道是不是她的错觉，这风带着桂花的香味，吹过她们的发梢。

"我好像记得我在医院。"陈宜语有些疑惑。

"对，你正在产房里。"许宁乐看着她，"你的孩子需要你，所以你快醒来吧。"

陈宜语突然席地而坐，许宁乐只好跟着她坐下。"我知道自己现在好像在渡一个难关，"她说，"只有我撑过去了，我的孩子才会平安来到这个世界。"

"对。"许宁乐哽咽着说。"如果早知道这么危险，如果早知道生孩子可能让你永远也无法在舞台上跳舞，你还愿意生下她吗？"

"怎么会后悔呢？"陈宜语微笑着看着她，"她是我期待了那么久的宝贝啊。"

许宁乐只能咬紧牙关，不让自己落泪。心里的情绪奔涌而来快要把她吞没。

"我总觉得你很熟悉，我们好像见过。"

“或许吧。”

“如果我的女儿跟你一样可爱……”陈宜语看向她，眼里是细碎的温柔的光，缓缓露出一个微笑。

许宁乐猛地抬起头，眼泪顷刻之间决堤，她想过去抱抱她，她想告诉她妈妈“我就是你的女儿”。可是来不及了，当光芒从她们四周亮起的时候，她知道妈妈要醒了。

恍惚之间，她只听见一声嘹亮的哭声，紧接着是医生护士们惊喜的声音：“生了生了！是个女孩。”

她来到了这个世界，带着爸爸妈妈最诚挚的期盼。

许宁乐再一次从自己床上醒来，眼角是未曾干涸的泪水，她越想越难过，蒙着被子痛痛快快地哭了一场。

她把家里翻来覆去地清了一遍，期待着是不是能够出现第四个录像带，在她翻箱倒柜了很久以后她找到了一个录像带，只不过它却不能再带她时空旅行。

画面里的妈妈在病房，整个人还是一副虚弱的模样，这是她生前录的。她不知道为什么现在才发现，依稀记得最后一段时日妈妈曾回过一次家，或许就是那个时候悄悄放下的，只不过却没来得及开口告诉她。

“妈妈的宝贝乐乐，妈妈知道时间不多了，你要学会放下，朝着前方义无反顾地走。”妈妈温柔地笑着，跟记忆中那个年轻的她重合在了一起。妈妈说了很多很多，仿佛想把一辈子的话都在这个视频里跟她说了，可是时间终究是有限的。

最后她说：“妈妈记得生你的时候，做过一个梦。当时妈妈正站在悬崖边，有个人拉了我一把，我总是觉得她很熟悉，心里莫名其妙想和她亲近，我已经记不清楚她的样子了，但是那双眼睛妈妈记了半辈子，和我们乐乐的一模一样。”然后她笑了，那是一种即将离去却又释然的微笑。画面就此结束。

许宁乐鼻头一酸，眼泪一滴一滴地落了下来，或许这就是回到过去的意义，看起来她什么也改变不了，可是冥冥之中她们却产生了一丝若有若无的联系，这也许就是她跨越时空去到她身边的证明。她不再介怀，她始终相信自己是被爱着的，她该听妈妈的话大步往前走了。

妈妈，谢谢你如此坚定地选择了我，就像我也如此坚定地选择了你。

小记：

最初构思这篇小说的灵感来源于我在网上看到的一段视频，大概就是讲女主角意外回到了过去，然后决心改变妈妈抑郁自杀的命运，最后妈妈过上了她所希望的截然不同的人生而她却消失了的故事。我也曾刷到过一个帖子，说“如果让你回到过去见到十七八岁的妈妈，你会对她说什么？”我记得很清楚，热评第一是“我会跟妈妈说：你不要生下我。”紧接着的第二条是“不要嫁给那个人。”看到这些，我说不出自己是什么感受，或许他 / 她是没有再去爱这个世界的能力了，或许是因为他 / 她觉得自己的到来拖累了妈妈，太多太多这样的评论了，他们的言语是那么地“丧”。而从这一方面也可以看出妈妈们的生活状态很糟糕，这也是现在很多女孩不愿意生育的原因。在过去，妈妈这个头衔被贴上了很多标签，比如“伟大”“为母则刚”，可是现在，很多人都希望妈妈不用被身上那么多枷锁束缚，做自己想做的事，希望她活得更自由一些，她先是自己，然后才是妈妈。或许这就是我们时代进步的意义。

很多人都觉得要是能够回到过去改变妈妈的命运就好了，或许她会比现在过得更好，可是我们心里很清楚时光从来不会倒流，我们没有任何办法可以乘坐时光机器回到过去。但是在妈妈的心里，她从未后悔过将我们引领着来到这个世界，所以我们一直都是彼此最坚定的选择。

我特别喜欢时空穿越题材的小说和电影，所以也想自己尝试一下，这也是我第一次完整地写完一篇小说，之前很多次开了个头就放弃了，因为我总是没有思绪再去接着展开一个故事。这一次我硬着头皮把它写完了，我知道自己的文笔还很稚嫩，剧情也不够紧凑，要修改的地方还有很多，感谢你能读完。

最后，珍惜自己和家人相处的时间吧，有空多和他们说说话。希望我们所爱的人都能平安喜乐。

家

汉语 2004 班　宋金兰

早年，平乡村村头的两户人家靠马路的墙上各印有一条大红标语：“生男生女都一样，优生优育是关键”和“晚婚晚育，少生优生”。

刚开始时，路过的人都会看个新鲜，但没多久就见怪不怪了，毕竟识的字也不多，哪能知道墙上说的是个啥。对他们来说，有时间琢磨墙上的花花绿绿，还不如去多挖点地、多种点菜。

一

每当提及村里唯一一户田家时，村里人大多是一面羡慕一面惋惜，羡慕的是他家躲过计划生育得五子，惋惜的是他家五子皆女子。生四五个子女在田秀英的爷爷奶奶辈是很常见的，但在她这辈就很少见了。村里人都唤她英子。英子家是为数不多的超生家庭，当时计划生育管得严，大多数家里就一两个小孩，三个都是少之又少，英子家在当时可谓独树一帜。

英子作为田家大女，按理来说妹妹们没出生前她是有独一份宠爱的，但是她没有。在她还不太能记事的时候，爸妈就着急出门“打工”了，独留她和并不是很喜欢自己的奶奶在家，奶奶一直盼着抱孙子，没承想是个丫头片子，谁都能看出她的不开心。因此，小小年纪的英子就学会了很多，干活儿利索，看过的人无不夸赞，再瞅见自家孩子拖沓的样子时就往往恨铁不成钢。

英子爸妈不是没察觉到老人家的心思就把孩子丢给老人，正是知道了，才无奈留老人孩子在家。此后，他们保持着隔不了几年就带一姑娘回家的频率，终于在带五姑娘回家的某天的下午被计生办的人逮到去做了结扎。

二

英子自懂事以来无时无刻不在想：家里要是有钱就好了，妈妈每次怀孕的时候能去查一下胎儿性别就好了，当初他们没有生下自己就好了……

英子家出门往左直走几分钟，路旁是稀疏的松树，无序排列着，树冠疯长。以前没事的时候英子总喜欢到这里来，树影投落在地面的杂草之上，草丛里点缀着繁星般的无名野花，她小心翼翼地避开“繁星”爬到树上去，什么也不想，就愣愣地看着对面或油绿或金黄的田野，心里很快舒畅了。如今既没有“繁星”，她也不是那个还能爬树的小孩了，田野是什么风景她亦无心欣赏。

“英子，你回来了？”

听到这熟悉的声音，英子愣了一下，然后下意识回答：“哎！

早上回来的，我下午就走了。”

英子刚吃完饭从家里出来，脑子里似线团，一圈绕一圈，横竖理不清。耳边仿佛还能听见屋里她爸妈的对话，但她一个字都不想听，久违的窒息感将要把她淹没了。

本来她打算到这边来吹会儿风就进去，没承想恰好碰上小卖部奶奶过来这边了。

小时候，英子经常帮家里买东西，得到了不少小卖部奶奶的“好处”，这是村里其他小朋友都没有的。一颗泡泡糖或是一根仔仔棒，小卖部奶奶让她拿着悄悄吃，不要告诉别人。虽然现在看起来不算什么，但在那时足以让小英子开心好半天了。

英子望着许久未见的小卖部奶奶，不禁想到自己初中辍学离开后，给家里买东西的任务顺理成章落到了二妹身上，也不知道她有没有得到小卖部奶奶的“优待”。

“我真是，想这些干嘛呢？”她不由得恼自己胡思乱想。

虽然从那以后很少看见小卖部奶奶了，但英子偶尔回来那几次，奶奶都会拉着她嘘寒问暖，怕她在外面给人欺负了。

像小时候一样，英子时常会产生一种错觉，认为对她好的小卖部奶奶才应该是她的亲奶奶。

任凭思绪万千，英子脸上仍表现得波澜不惊，以至于看起来略显呆愣。

“咋还发呆了？不认识人了？”小卖部奶奶笑道。

她马上回过神道：“奶奶说笑呢，哪儿能忘了您啊？”

看着小卖部奶奶一只手揣着，另一只手端着抵在腰处的盆里的菜，便明白奶奶是过来洗菜了。

这儿隔了一条路的不远处有两口井，一口井用来洗菜，一口井用来洗衣服，两口井中间有一个出水口，洗菜井修得略高，水流向洗衣井。这两年村里修了围墙把洗菜井围住了，还封了顶，因此，洗菜井除了上面漂浮着洗菜时留下的菜叶，常年清澈，井底时不时还会有小鱼游过。

“奶奶，我来。”说着英子伸手将奶奶手中的盆接了过来。

小卖部奶奶望着端过盆走到前面的英子，心里直叹气，这孩子打小就这样，有事儿就憋着，啥也不说。都说会哭的娃有奶吃，英子小时候就不爱哭，小大人一样。

两人各怀心事，一前一后走着。

到井边，英子蹲下用手捧了几次水把另一块地面冲洗干净，然后将盆放边上就开始拿菜出来洗。

看到奶奶也蹲了下来，准备拿菜洗，英子立马道：“奶奶你这是干嘛？我一会就洗好了，你就去那儿坐着，我你还不信吗？”说着还抬头示意了一下那边的石头。

洗菜井和洗衣井中间地带有一块方正的大石头，砌墙的时候没人把它挪走，毕竟也不挡道。村里人洗衣洗菜，带小孩子的，怕娃娃乱跑掉到井里，就经常让他们坐那处玩，石头倒也干净。

“好好好，你做事我是放一万个心的。”说罢，奶奶也没多做推辞就走过去坐下了，慈爱的目光一直停留在认真洗菜的英子身上，但心中百感交集：“虽说英子出去了这些年，但还和小时候一样，我一来洗菜就争着抢着要帮我洗，这娃哟，可惜了可惜了。”

英子感受得到老人灼热的目光，但一直没敢抬头看她，只是专心洗菜，但心里的愧疚不断翻腾、上涌。仔细想想，自己离开后都没去看过她，一直都是奶奶来寻她，但奶奶待自己一如从前般亲切。

小卖部奶奶看她一直沉默不语只是洗菜，虽然知道了个七七八八，但还是问道："英子，咋不多待两天啊？我们可都念叨着你，前些天听你妈说……"

"奶奶！"还没等奶奶说完，英子就急忙出声打断了，"我知道你要说什么，刚刚他们就和我说了。"她将手中刚洗净的菜放在一旁冲洗过的地上。

"奶奶，这个家现在我是待不下了，早离开要好一点。"

奶奶看英子说得那般有些不忍了，但作为一个长辈还是说道："乱说什么呢？这是你家，家都待不下去还能哪里？"

英子心里也并不好过："是啊，我能去哪里呢？"刚出去那两年还没满十八岁，做什么人家都不敢要，只能在理发店做学徒，长时间的站立，脚仿佛失去了知觉，长期触碰那些发膏发剂，有时甚至都不能戴手套，一双手难看至极。成年后就立马进厂了，倒是比在理发店好很多，工资也高了，虽然还是累，但那也好过留在家里，丝毫喘不上气，忙里忙外，没有自己。

想到这些，她不禁捏紧了手中绿油油的菜，看着叶上被虫啃噬的几处小洞。

"我……奶奶，你应该是晓得了，我妈他们，他们想让我直接回来，去张老三家，说他家有个小儿子，快三十岁了。这，我怎么可能会去！"

说到这，英子抬起头来看向小卖部奶奶，试图从中那儿得到支持。

小卖部奶奶看她这样，不由坐直了：“英子啊，这事你妈给我说过一嘴，那会我也是不同意的，当初是他们做得不……才让你小小年纪就出去打工，现在不能再错了，但拗不过你妈，她太犟了。”

缓了会儿，奶奶又说道：“但你也别怨她，一个家这么多张嘴要操心，她也不容易。张老三家老大搬出去了，就一个独儿子，这两年他们父子俩存了不少钱，你过去那边差不了，我算是看着你长大的，也看不得你受苦。”

英子摇了摇头：“不，奶奶，我不会去的。”

说完便悲伤不已：她不容易，难道我就容易了吗？当初我都要中考了，班主任也跟他们说只要我考，就一定可以进重点高中。但他们呢？说四妹马上就要读幼儿园了，家里供养不起五个孩子读书，让我辍学去打工。我照做了，但是始终不明白——既然养不起，当初为什么要生呢？

以前我听他们的，现在我听自己的，她如是想。

“我打工也能过得很好，不需要他们安排嫁人。”也不想要待在那个每每想到就喘不上气的家。当然，后面这句话英子没说出来，怕奶奶多心。

她看着英子这般模样，便知道事情是成不了了，也不继续劝她了，本来自己一开始就也不赞成。

“你大了，能想清楚这些，我也不跟着逼你，不过你要记着，在哪里都不要亏待自己。”

小卖部奶奶又说：“对了，我那里还有好东西，他们送给我的，我哪里吃得那些硬的，你走的时候来，我给你带上。”

“好！”英子不忍拂了老人家的好意。嘴上答应着，心里想着下次回来一定给奶奶带些东西。

可惜，她不知道这一别竟是永远。

英子耐心地听着小卖部奶奶又问了自己一些在外的事，无非就是过得好不好啊？吃得饱不饱啊？吃得怎么样？一起工作的人好不好相处？但听到这些时，她心里还是涌起一股暖流，这才是亲人间直白的、真挚的问候啊，而不是一句冰冷的“你回来了”。仿佛一句话能囊括所有，自己在外经历的一切什么都不是，甚至于自己这个人也什么都不是。

“我在外面挺好的，他们看我小都照顾我，一开始还不习惯，后面就好了，那边是包吃包住，住的地方有点小，但是干净，吃得也好，顿顿都有肉哟！”

小卖部奶奶听着她说这些不禁笑了，知道她可能在哄着自己，但还是很开心。

“这不错，有肉吃好啊，多吃点，长身体嘞！”

或许在老一辈看来，有肉吃，生活就是不错的。

“嗯！”英子也跟着笑道。

英子拿起空了的盆到井里，舀点水出来冲洗了一下，倒掉，再把洗净放在地上的白菜装进盆里，全放进井里过水，捞起，用手摁住菜将盆里多的水倒掉。

“奶奶，洗好了。”英子端着菜便站起来了。

小卖部奶奶也起身走了过来，接过英子手中的盆。夸道：“哎，英子，你手脚麻利嘞，一会儿工夫就洗好了。”

虽然奶奶夸了她，但她还是一边用衣服擦着手一边不解地问道："今天风一阵一阵的，你咋还来这洗菜了？"

"唉！"不问还好，一问奶奶便是叹了气，接着说道："水龙头出水浑啊，三天两头的，看着就不干净，还是得用井水洗，别看天冷，这水倒是热的。"

小卖部奶奶说得是有理的，这两口井可谓冬暖夏凉，小时候英子便知道了。

她想着刚出来那会家中炉火大，于是说："是，是，那奶奶去家里坐会儿嘛，里面火大。"刚刚洗菜的时候没感到冷，手没碰水了才感觉到凉意，说完便不由把手揣进衣服口袋里去。

"我就不去嘞，炉子上还在烧水，你去和你妈他们好好讲，实在不行我再说说她。"奶奶朝英子摆了摆手，准备就走了

她立刻应道："好，我一会好好和他们说，奶奶慢点哈。"

话音刚落，奶奶点了点头，转身就走了。看着她不太挺直的脊背，英子才意识到奶奶年纪大了，岁月已将她的背压弯，但她精气神很好，和以前一样守着小卖部，有人来买东西就拉拉家常，没人的时候就纳鞋底做布鞋……她还会去挖地种菜，种出的菜长势喜人。

正当她想得出神时，不远处的奶奶忽然转过身来。

"英子，你不要忘了走的时候到奶奶这来哈。"

英子笑着说："好嘞，忘不了，您就放心吧。"

得到肯定的回应后，小卖部奶奶这才又转过身继续走，脚步似乎轻快了不少。

三

目送小卖部奶奶离开后，英子还是不得不面对现实，该回去了。

她不紧不慢地走到家门口，没有动。耳边是远处此起彼伏的狗吠声，里面没有传来说话声，英子的心不由得一紧，他们大概商量好了就等着我进去呢，真想现在就离开，就不该回来，若不是……

“啊！姐！”三妹秀红的惊呼声让英子瞬间回神，原来是她恰好在这时开了门准备出来。

秀红开心道：“姐你去哪儿了呀？我正想找你去。”

“找我干嘛？算了，过会儿再说。”英子怏怏地回她，然后轻推了下她的手臂，两人一起往里走。英子看了看沙发那边，没人在。

“爸他们呢？”

秀红立马回答：“你出去没一会满叔就来了，好像说牛丢了，他们就跟着去找了。”

“噢！”英子松了口气，这样也好。

满叔家在英子家上去些，英子刚在下面那边，难怪没看见了。估计一时半会他们也回不来。

想到秀红说找她，英子问道：“对了，刚刚你找我干嘛？”

“姐，你晓得的嘛，我现在书多了，有些留着没用，妈让我打理下直接卖了，就看到一个密码本，我记得你和二姐都有这种本子，不知道是你还是二姐的，她没在，我就想先问下你，万一到时候一起卖了你们找不到怪我，我就……”秀红倒豆子般说着，到这就停住了。

英子先是皱了下眉，想了想问道：“封面是蓝粉色的吗？”

“嗯嗯，那应该是你的了，我去拿给你哈。”刚说完，秀红就风一般跑进房去拿本子了。

英子上小学那会儿，密码本风靡学校，好多学生用不用得上都会买一个甚至是好几个，本子上设三位数密码锁上就很“安全”，小小年纪就有了自己的小心思、小秘密。

她也不例外，很想要一个密码本，于是怂恿二妹秀云一起，连挖了一个星期的蒲公英和采摘其他药材，将这些都晒干卖了钱，买了两个密码本，一个是她自己的，一个是秀云的。英子还清晰地记得那天她们俩都很兴奋，晚上睡觉的时候还将本子放进被子里，手都舍不得离开本子，就反复摸着，第二天早上抬起手臂才感觉到痛意，上面留下了本子的印记。

但显然买本子只是小孩子的一时兴起，英子好像并没有要写的打算，她想着不能像秀云一样在本子上面乱涂乱画，浪费本子，但写日记也是不可能的，她不想，甚至是抗拒。

小学假期，老师总会布置写日记、周记的作业，英子每天都是在割草、放牛、摘菜、洗菜、做饭……能写的翻来覆去也就那几句话，每次都要费尽心思去编有趣的事来润色这些重复的日常，这是她非常不喜欢却又必须要去做的。

直到那天，她开始在这个来之不易的本子上动笔了。

噔，噔，噔……

“姐，你咋还站着？”

看到姐姐还站在原地，秀红赶忙停住脚步，抬起头，不解地看着她，一撮头发调皮地在秀红脸庞晃悠着。

她站定后也没等英子回答，立马就将一个蓝粉色的本子递到英子面前。

本子封面有些许斑驳，不知道是不是落灰久了。英子心想秀红应该是用手揩过，她大拇指指肚上肉眼可见的灰，这样也没能将本子擦净。

“喏，给你。”

“哈哈哈……”看她这样，英子没忍住笑了出来，心情好了不少，同时也没忘伸手去接本子，没拿得动。

秀红被笑恼了，暗暗使劲儿，指尖都泛白了，摆明不想让她姐轻松拿到。

英子强忍着笑意道：“你头发乱了，像那啥……”至于像啥，两姐妹默契十足，心照不宣，所以秀红抓狂了。

“啊啊啊！”

秀红尖叫着松了手，两步蹦到沙发那儿去照镜子了，抬手时这才看见自己手上的灰，毫不在意地拍了拍。

秀红现在这个年纪的女孩子啥也不怕，就怕没了“形象”。

照着镜子将碎发拨到耳后，她瞪了英子一眼。

“哼！你哄我呢，哪里像了！”

虽然秀红恼起来的样子还挺有趣，但要是真生气可就哄不好了，于是英子连应道：“不像，一点都不像，一如既往的好看。”

说着便朝另一边沙发走了过去，咯吱一声，她坐下时沙发仿佛承受不住发出了抗议。它陪伴田家多年，该退休了，却还在坚强地工作。

“这还差不多。”秀红傲娇地说，然后继续捣鼓着头发，看架势像是要重新扎。

手反复摩挲着密码本，英子不禁嘀咕着“密码是多少呢？”毕竟也过去多年了，对于小时候随意设的密码是一点印象都没有的，许是当天数学课上的数字又或是眼睛不经意间瞟到的数字，感觉到了，密码就设上了，时间一久，记忆便打上了马赛克。

听到姐姐的碎碎念，秀红立马就精神起来了，抬头道：“姐，你打得开不？不行的话可以用钳子撬，钳子就在柜子下面，春燕她姐也有这种本子打不开，后面是来借我们家钳子撬开的呢。”她语气略显激动，像是发现了什么秘密一样。

“好，我试试，太久了记不得密码了。”说完正准备起身去拿钳子。钳子直接撬开确实可以，反正本子也不记事了。

看英子要起身，秀红立刻扎好头发就站起来了，嘴上说着：“我来，我来。”看她都过去了，英子也就坐着没动了。

她熟练地打开柜子并从里面拿出钳子，一气呵成。

英子问道：“春燕她姐的本子怕不是你撬的吧？”

“不是啊，春燕撬开的，让她给我试试她都不给！”看她愤愤不平的样子，英子忍不住又想笑了。

“她不给你，我给你哈，喏！”一边将本子递给她一边叮嘱道：“注意不要碰到手，到时候我可不管你。”

她连点头道：“肯定不会碰到的。”

接过本子，她自然就坐到了英子旁边，沙发依旧抗议着，声音倒没有刚刚那么清晰了。

她将本子立放在大腿上，仔细用钳子捣鼓着小小的密码锁，神态认真，跟做作业似的。密码锁在她手上没撑过一分钟就脱落了。

英子不吝夸道：“你还真有两下子，可以啊！”

“也不看我是谁。”说着她还挺了挺胸，神情傲娇地看向英子。

英子想着虽然秀红已经初二了，身高却和小学时差不了多少，没想到心性也是，和以前一模一样，姐妹间的熟悉感渐渐回来了。

看着她这样真好！

想了想还是问道：“你之前不是还在打理书吗？就弄完了？”

“还没，姐，你帮我一起弄嘛，你看我都帮你打开锁了。”说着秀红就把本子放到英子腿上了。

“不行，你自己去哈，我等爸妈回来说事。”

“换做以前我肯定会毫不犹豫去的，今天不行，我还要好好想想一会该怎么和妈他们讲清楚。”想到这事，英子头都大了。

提到爸妈，秀红就想到刚刚饭桌上的事，瞬间沉默了。

没一会儿，秀红还是忍不住开口，声音低哑地说道：“姐，前几天他们也一直在吵，爸喝多了还动手打人，你是没看到妈手上……要不是满叔来拉架，满婶儿和小卖部奶奶在旁边劝，我根本不知道该怎么办，小白（五妹秀白）还一直在旁边哭，小春（四妹秀春）就拉着她，也怕得不行。后面妈就送她俩去外婆家了，说是玩两天。我不想过去，我怕妈……”

听了秀红的话，英子才明白为什么今天回来没看见小春小白，爸妈也不提，原以为是在外面贪玩还没回来，没承想是前几天被吓到，去外婆家了，她们在那边能和小舅家的几个一起玩，想来也是好的，过两天就好了。

人多没钱养是原罪，英子爸妈吵架、打架不是一天两天了，在家就有无止境的矛盾，她虽然对爸爸打人的行为不认可，但其实也已经麻木了，不过以前他们都不会当着小的面吵，想不到这次居然……

英子摸了摸秀红的头，说道："我不跟他们吵，就说事，不打紧的。你不要想太多了，快去打理书吧，一会我过来和你一起收拾。"

秀云面露难色，表情纠结但还是说："好，我这就去打理，你歇会儿吧，也不用过来，我弄一会儿就好了。"

不知道她原想说什么，可能感觉到姐姐情绪也不太对，便没有像之前那样要求了，想说的最终也没有说出口。她不说英子也不会问，两人保持着一贯的默契。

等秀红回房后，英子拿起了密码本，脑海里却不受控制般一直有个声音在萦绕：他们不在家就好了，之前没在不都是好好的吗？为什么回来不是吵就是打？从外面带来的不是活生生的"惊喜"，就是各种怨气怒气了。出去这几年我都很少和家里联系，妹妹给我打电话或偶尔回来我才了解了家里的情况，不是不得已我都不想回来。

她摇了摇头，试图把这些甩出脑海，然而于事无补。

四

窗外的天空是灰色的，云层被裹挟的水分拉得很低，压在头顶像是快要崩溃的天花板。空气像是要让人窒息一般，一丝风也没有。世界像是被盖上了锅盖，一切的生灵都将闷死在里面，所有的挣扎都毫无意义。

田家几个姊妹中，除了英子和秀云，秀白在读幼儿园，秀春读小学，秀红读初二了，秀红的成绩很好，奖状贴了一大面墙，另一部分奖状是英子的。每当有人来田家，都会感叹奖状之多，好一番夸奖，又顺带惋惜：“英子要是还读书，现在怕是个大学生咯！”再就是尴尬笑笑。

秀红期末考完，特地给英子打了个电话，说自己考得不错，还说了很多家里的杂事，最后居然提出想到姐姐那儿去，一方面是想看看姐姐工作的环境，另一方面想在假期帮姐姐分担一些。

这事英子肯定是不同意的，傻小妹啊！她低叹道：“厂里有什么好看的？读书的时候才是最好的，好好上学，假期就好好写作业，家里事也多，都忙不过来了，其他的现在都别想。”自家姐姐都这么说了，过后秀红也就没再提过了。

秀云和秀红恰恰相反，秀云读书不行，成绩一直不好，去年读完初三就和同学出去打工了，也不知道是做什么，问也不说，就说挺好。平时她也不怎么联系家里，很少回来。英子忧心着，却也无可奈何，这是毕竟她自己的选择。

原来英子爸妈基本在外面打工，只带着最小的孩子，就过年时会回家。独留下老人在家照顾姐妹几个，说是照顾，倒不如说是看着，老人几乎不管她们，这么些年她没有如愿抱到孙子，对家中几个孙女算不上苛责，但都是不冷不热的态度，几姐妹心里跟明镜似的，知道奶奶是不喜欢她们的。所以家里大小事务主要还是英子来做，秀红渐渐大了，也帮着做些。

前年奶奶就过世了，走的时候没看几姐妹一眼，骂儿子儿媳不争气，话没说完就咽气了。当时英子妈一瞬间眼泪夺眶而出，怎么都止不住，看到妈妈这样，站在一旁的除了英子外，几个女娃都哭得稀里哗啦，英子作为家中长女、长姐在那时发挥了重要作用，和她爸爸跑这跑那，安排好了所有事。

虽然英子一直认为自己奶奶不如小卖部奶奶待她亲，但她又何尝不知道是小卖部奶奶家已经有两个大孙子了，想有个孙女可惜也没有，就把她的慈爱分给自己了，可疼自己孙子和心疼别人家的孩子终究是不一样的。

现在英子爸妈年纪大了，所待的厂对年龄有要求，他们被迫下岗，无奈只能先回家，想着翻年再出去找工作。爸妈到家这件事也是秀红给英子打电话的时候提到的，还说他们回来挖了哪哪的地，说多种点菜，之后我们还能吃。

这次英子被爸妈单独叫回来了，说是有急事，回来才发现是要商量一下结婚的事儿，她听完心里咯噔了一下，不过很快就冷静了下来。她知道自己不能慌张，不然只会更糟糕，这次说什么都不能听他们的，否则以后可怎么办，也不能和爸妈争吵，这样没什么用。

但她还是会悲哀地想：真的很想逃离这个家，但是没办法啊，自己是家里大姐，很多时候他们都让我多考虑考虑家还有妹妹们，去打工是这样，就连让我结婚也是这样，我不照做就是不考虑吗？为什么就非得是我呢？一定要牺牲我才行吗？

思绪同瓜蔓一样爬开来，又模糊又纷繁。

英子看向手中的密码本，也不打开，想着这个本子她记了不到一半，虽然后面也不打算写了，但离开的时候是想带走或扔了的，总归不能让妹妹们看到，谁知道临时居然还找不到了，可能是秀红或秀云收东西的时候一起装进去了，现在打理才找了出来。

家里几姐妹一直是睡一个房间的，因此，东西搞错是常有的事。房间里面摆了一张床，比主卧爸妈那边的都还大；一个大方柜，用来装衣服的，英子妈以前说过这方柜是她的陪嫁，家里条件不好，外婆就找人打了口柜子给妈妈；本来是放在堂屋装谷子的，无奈几个孩子的衣服多起来以后房间里到处是，实在找不到放的地方了，只能腾出方柜来装，谷子就直接用口袋装着，堆放在几姐妹房间隔壁那间。因此，经常有老鼠在晚上光顾她们的房间，啃噬着方柜和床。在晚上啃噬声是那样清晰可怖，让人无法入睡。

英子惆怅地想，不知道现在晚上还有没有老鼠，不过她是不打算留下来过夜了。

自田家奶奶去世后，英子爸妈依旧出门打工，带着还未到读书年纪的小白。去年小白到了读书年纪才留她在家，然而读幼儿园是需要家长接送的，但这对当时的田家来说是个难题，大人不在家，几个孩子又都在读书，谁有时间接送小白呢？

于是外婆来了，到她们家照顾几个妹妹和她的孙子们（小舅的孩子）读书。为此，小舅打了好多袋米放她家，和那些谷子堆一起，还在她家增了一张床在堂屋后那间房，那里本来是用来堆放杂物的，但也只有那儿有能放的地方了。外婆平时就睡她们爸妈房间，爸妈回来的时候外婆和翔翔（小舅的大儿子）早就回家去了，只留下一些衣服、裤子、鞋子。

小舅家的几个孩子除了妹妹都上学了，大的翔翔读一年级，第二个强强读中班，小儿子想想读小班。翔翔他们之所以没有在家那边读是因为户口问题，他们家也属于超生，孩子的户口就是一个大问题，但小舅妈因为嫁给小舅的时候年纪小，领不了证，户口就还在娘家，索性就把这几个孩子的户口全上到了小舅妈家的户口上。小舅妈的娘家也在平乡村，不过是另一个寨子了。而翔翔他们没有去自己外婆家则是因为他们外公外婆时常去打零工，没时间在家顾孩子。而英子家恰好也没有大人在，但小妹上学要人接送，于是两家商量了一下，就都到田家来了，由外婆一个人带男男女女共七个，秀云、秀红大了，不怎么需要管，主要还是秀春、秀白以及翔翔、强强和想想。

看田家这番“热闹”景象，村里就有人感叹：人还是得信命的，命里有时终须有，命里无时莫强求。想得儿子的，苦了这么些年，都是女儿；生了男孩的，倒想要个女儿凑个“好”，就说奇怪不奇怪吧？

许是想得入神了，没一会儿，英子就睡倒在沙发上了。

外面吹过一阵风，把门撞得直响，英子丝毫没有受到影响，如果没有紧皱着眉头，也算睡得香甜。

睡梦中的英子，隐隐约约听到了对话声，像是在说什么山啊、牛啊的。等想到可能是爸妈去帮满叔家找牛回来了的时候，她头脑已经完全清醒了，立马就坐了起来。

看着不知道什么时候开了的门，她走了过去。

“英子，醒了？”英子妈看到走到门口的英子惊讶道。

英子爸闻声也抬头看向她。

英子没说话，点点头，想了想又问道：“满叔家的牛找到了吗？”

“嗯，找到了，牛跑山上去了。”她爸不假思索地回答。

然后就安静了好一会，他们各自做着自己的事，本来以为心照不宣都不提中午饭桌上的事了，谁知英子妈还是开了口，说："英子啊，来的路上我们遇上王奶奶了，她听说你今天回来了，还问你的意思。"

王奶奶是平乡村的媒人，英子一听这话就绷不住了。

"妈，你们怎么想的？他多大？我多大？这合适吗？"

听着大女儿四连问，英子妈立马反驳："张家哪里不好了？你舅妈比舅舅小多少你又不是不知道，现在这不是挺好的吗？"

"好？哪里好了？就因为生了儿子吗？你要我像舅妈一样留在家里带孩子吗？他们张家是给了你什么好处，就这么想把我卖了？"英子控制不住地吼道。

"啪！"清脆的巴掌声响起。

听到她口不择言，她爸一巴掌就呼过去了，不留余地。

"怎么和你妈说话的？你在外面都学了些什么？"

"我学了什么？我天天上班，能学什么？你以为我还在读书吗？你们给我机会了吗？"

这一巴掌彻底击碎了英子的理智，独自在外多年的辛酸苦楚一下子涌到胸口，思想仿佛一团正在遭受炙烤的炭，在炉盖之下，不停地爆裂。

看着英子这般，她爸又举起了手，似是想到什么又迟疑了，最终没落下。

"打啊！怎么不打了？打死我算了，你们谁愿意去张家谁去，我是不会去的！"

英子爸气到不知道说什么，只是指着她说："你！你！"

"我这就走，不碍你们的眼。"说着便跑进屋了。

“你打她做什么？好好说，英子听得进去。”英子妈斥责她爸刚刚的冲动行为。

话音刚落，英子就从里面跑出来了，手里拿着早上回来时带的包和一个本子，看架势竟是真的要走，事情都还没商量好。

英子妈下意识就伸手拦住她，慌忙道：“英子，你这是做什么？你爸脾气你又不是不知道。”

“妈，这事怎么说我都不会同意，你们自己看着办。”英子还没有从刚刚的情绪中走出来。

“让她走，走了就别回来了。”

话虽是对着英子妈说的，但英子知道这是在跟自己说。这种感觉，犹如钝刀，一下下地在心上切割。

但她没说话，错开妈妈伸过来的手就头也不回地走了。

身后是她妈妈无力的啜泣声，渐渐地也听不见了。那种难过的感觉，犹如瓶中浑水里的泥沙，渐渐沉淀下去。

五

英子最后也没有去小卖部奶奶家，直接到车站坐车离开了。

郊外的马路空无一人，只有中巴车在大好的星空月色下往前飞驰，一片片模糊的绿色往后倒退。

没有人知道英子的密码本里面写了什么，只有她自己清楚，那是她自秀白被带回来那天起，用稚嫩的语言写下的对这个家的无声控诉。

七月十五

汉语2004班 黄思嘉

在我们那儿，每年农历七月十五除了要去给逝去的亲人烧纸、祭奠外，还会举办抬神活动，玉皇大帝、王母娘娘、菩萨、嫦娥仙子、托塔李天王、如来佛祖等等各路神仙都会抬，甚至连孙悟空都抬。这个活动是居民们自发组织、自己管理的，所以每年都比较随意，请的“神仙”数量和角色都不确定，只要人数不要太少就行，一切都只为图个高兴，图个吉利。我想以前人们估计是想把各路有名的人物抬出来吓唬吓唬那些小鬼们，让他们中元节不要出来捣乱，好好待在自己该在的位置。这样大家可能就会好心些，在给家人烧纸钱的时候顺便给那些不知道家在哪里或者不能投胎的孤魂野鬼们也烧上一些。每年这天，周围各个村寨或者附近县的人都会来到镇上，街上从早到晚都很热闹，说一句万人空巷也不为过。

我们镇主要分为南北两街道，每年的抬神活动就由这两个街道轮流来管，资金也由各个街道的居民平摊。虽然是不同街道，但每年的流程大概都差不多。每次抬神开始的时间并不固定，有时候早上10点左右就开始了，有时候中午12点左右开始，有时候甚至下午一两点才开始活动。游行队伍通常从镇上最大的广场出发，然后沿着街上的各大街道进行游行。

游行过程中，路边大大小小的商铺都会在自家门口前立个小桌子，然后摆上一些苹果、橘子、香蕉、瓜子、糖等吃的，表达对各路神仙的尊敬，祈求各位神仙保佑自己来年生意兴隆。抬神队伍全走过后，这些店家也不会把东西拿回家里，而是继续放在外面，任由街上观看活动的人们自由拿取。听老一辈的人说，以前这些店家除了摆放供品外，还会烧香、放鞭炮，有时候也会放烟花。但是近些年来，为了响应国家号召、遵守政府管理，街上已经不能随意燃放烟花爆竹了。小镇上主要的街道就那么几条，一般两三个小时就能游完，游完后人们又会回到广场，观看舞狮表演。广场上人声鼎沸，熙熙攘攘。

忽然，我看见不远处有两只“狮子”，一只是红色的，另一只是金黄色的，非常可爱。那两只“狮子”时而站起，时而趴下；头也随着锣鼓声一抬一低的，不停地摇动着，身子也一摇一摆的，惹得人们都哈哈大笑。它们还不时地在地上扑、跳、翻、滚，有时，那几只大大的眼睛还会时不时眨上几下，显得十分淘气和可爱。转瞬之间，猛地张开“血盆大口”，威风凛凛，精彩极了。人们时不时报以热烈的掌声。伴随着精彩的舞狮，场面越来越热闹，人也越来越多，大家围个水泄不通，我看得越来越兴奋。一会儿，“狮子”又换了一个方位表演。最精彩的还是要数采青。采青就是把一棵青菜悬挂在半空中，旁边用彩带把红包挂住，只有把青菜叨下，摘走红包，才算成功。开始采青了，只见这两只“狮子”，一会儿蹲下，一会儿跳起，每次都离“青”差一点距离，眼看就要得手了，总是擦肩而去，看得人紧张地捏着一把汗。忽然，一只“狮子”起身一跃，踩在另一只“狮子”的背上，再一跃而起，一口把青菜“吃掉”了，还摘走了红包。采青毫无悬念地成功了，人们都大声喝彩着，我们也使劲鼓掌。一阵又一阵雷鸣般的掌声此起彼伏……舞狮表演就这样结束了，“狮子”在人们的欢笑和掌声中走远了，但是留给了人们无穷的回味和欢乐，还有舞狮这个民间传统艺术那国泰民安、吉祥如意的无尽寓意。

虽然从小到大生活在这里，但是有记忆以来，我从未去看过一次完整的表演。有几次也想进去看看，奈何人太多，实在不好挤进去，即使进去了也只能看到一片人海，索性便放弃了。也许父亲带我去看过，不过那时太小，已经全无印象了。整个活动一般在下午五六点就会结束，但是人群并不会因此就减少。忙碌了许久的人们都想趁这个机会好好放松一下，和三五好友一起享受这难得的休闲时光。虽然有的地方有说法是“鬼节这天晚上不要外出”，但是我们这里不讲究这个。街上的人们一般要到半夜十一二点了才会逐渐散去。

小时候我也极爱凑热闹，总是闹着要和爸妈一起去街上走一走，串一串，看看热闹。还记得那时候晚上是会放河灯的，一只只小小的河灯就这样在那狭窄的河面上悠悠扬扬地飘着、亮着，将岸边人们的思念带去远方。放河灯是中元节的传统习俗，它既寄托着人们对先人的思念，还意味着让厄运随水而逝，一去不返。河灯也叫“荷花灯”，一般是在底座上放盏灯或蜡烛，于中元夜放入河中，任其漂去。放河灯的目的，是普度水中的落水鬼和其他孤魂野鬼。这项古老的习俗大约起源于南北朝梁武帝时期，当时只是僧人在放生池里放河灯，后来流传到民间，成为人们表达对死去亲人的思念以及祝福活着的人们的美好习俗。宋代规定中元节各地燃河灯、济孤魂、放焰口、演目连戏。此后，放河灯在七月半举行并随道教、佛教传播而流行全国。

这一天，人们在家设酒馔、烧纸钱祭祖，到寺庙、道观参加放河灯等活动。放河灯有这样一种说法，说是很多溺水而亡的孤鬼为了投胎，往往会拉人下水让其溺死，来换取自己投胎的资格。民间就用“放河灯”的方式为它们超度，希望这些水鬼能不再受苦，早日投胎，免得危害人间。传说，人间的河与丰都鬼城的河相连，人们把对先人的思念以及对地藏王菩萨说的话都通过河灯带到阴间。以前能放河灯的时候还比较小，只觉得好玩，后来长大了却不知道要去哪里才能将自己心中的想念放到那只河灯上，让它帮我去见那思念的人。

这天人们除了看游行外，还会去庙里烧香祈福，吃斋饭。镇上这座小寺庙的位置很奇妙，不在偏僻、安静的地方，而是在中心街道后面的一个小半坡上，周围挤满了居民楼，寺庙就这样“隐藏”在那里。如果不是每年七月半会去那里烧香拜佛，估计它早已被人们忘记，毕竟这么多年也没有在路边立个指示牌，路过的人们实在难以想象在这些房子的背后还有一座小寺庙。至于斋饭，当然也不是可以免费吃的。游行活动比较简单，扮演神仙的演员都是镇上的居民，所以在这上面花费的资金并不多。大部分的资金还是拿去举办寺庙里的那场斋宴。人们捐完钱后，负责人会根据各居民捐的钱在各家的请帖里附上相应的饭票。到了那天，拿着饭票就可以去寺庙里吃斋饭。如若香客们也想在庙里吃上一顿斋饭，只需花几块钱买张饭票即可。斋饭嘛，肯定不会太丰盛，吃的人也不过图个新鲜、求个好寓意。当然，庙里的斋饭并不难吃。奶奶每年都会去吃斋饭，听她说庙里做的斋菜味道很好，有的菜品都是僧人们买原材料回来自己做的。奶奶尤其爱吃寺庙里自己买黄豆回来做的豆腐。前几年回来过节时，我陪奶奶去过一次寺庙，不过我并没有进去参观或是吃斋饭。庙里烧的香实在太多了，闻着难受。我只是在外面看了下，感觉那里不像脑海中想象的那种寺庙那样祥和神圣，看起来就是一座普普通通甚至有点老旧的古建筑。听奶奶说，现在的僧人不像从前的僧人那样只能待在寺庙里修养身心，庙里的僧人们也不是每天都要待在这里，他们一年之中只有一些日子会回来打扫、上香。大部分时间寺庙都是关门的。僧人们其他时候和我们多数人一样结婚生子、工作赚钱。

从我记事起，奶奶好像就已经在吃斋念佛了。和庙里的僧人一样，奶奶并不需要每天吃斋念佛，一年当中也只有那么一段特殊日子要戒荤吃素。平时也有一些不能碰的肉类，比如狗肉、马肉、羊肉等。即使是装过这些肉类的餐具，奶奶也会忌讳。奶奶今年快八十岁了，回想她的一生，充满了曲折。奶奶小时候家里条件比较好，家里有两个哥哥和一个姐姐，作为家里最小的孩子，自然备受宠爱。但是奶奶四五岁那年，家里突发变故，为了还清债款，不得不抵押家里值钱的所有东西。一夜之间，曾经的美好生活烟消云散。奶奶的母亲后来由于劳累，生病没多久就离世了。她的父亲接受不了打击，整天恍恍惚惚的，有一天晚上喝醉酒后，不小心失足掉进河里淹死了。哥哥姐姐虽然一直对奶奶很好，但是他们也有各自的家庭需要照顾。奶奶只能开始学着自己想办法养活自己。十七八岁的年纪，哥哥姐姐就开始托人给奶奶找对象。经过介绍，奶奶很快就嫁给了爷爷，随着爷爷来到了镇上。这几年，爷爷的脾气一年比一年差，经常像个无理取闹的小孩一样，总是因为一点点小事就找奶奶的麻烦，和她吵架。但是听姑姑们说，爷爷年轻的时候脾气挺好的，不像现在这样暴躁，而且他的思想也很开明。

爷爷和奶奶一共养育了五个孩子：三个女儿和两个儿子。我父亲排行老三，小叔年龄最小，排行老五。那时候，尽管家里并不是特别穷，但要养育五个孩子，供他们都上学，还是比较困难的。那时上学花不了几个钱，不过如果孩子们全去上学，家里干活挣工分的人就少了。然而爷爷还是尽力让五个孩子都上学读书，孩子们也都挺懂事，放学就回家帮忙干活挣工分，尤其是三个姑姑。在这中间，奶奶是很不想让姑姑们全去上学的，小姑说那时候奶奶特别重男轻女。但是在爷爷的支持下，她们能继续去读书。五个孩子都读到了初中，我父亲初二那年因为贪玩不喜欢读书便没读了，二姑姑上初一那年因为期末考试没及格就被奶奶逼着回家了。小姑说二姑姑当时如果想继续往下读就得另外交一笔钱才行，具体是多少我忘记了，应该花不了多少，但是奶奶不愿意给二姑姑交那笔费用，逼着她回家干农活，以便减轻家里的负担。爷爷没有办法，最后二姑姑只能离开学校，回到家，拿起锄头，走向地里去。后来二姑姑结婚成家后，也明白了当母亲的不容易。但是对于那时的她来说，心中对自己母亲的埋怨只有那么深了。同样是后来没有继续读书的儿子，但是对于他奶奶却格外地纵容和宠爱。一般来说，都是家里最小的那个孩子格外受到宠爱。在爷爷奶奶这里却不是这样，从小在家里最受宠爱的是我父亲。即使现在说起来，姑姑们多多少少还带有一丝难以释怀的怨气。小时候，我父亲很调皮贪玩，每次去地里做农活，没一会儿就不干了，爷爷奶奶也不会逼父亲，而他剩下没干完的活儿会被匀给几个姑姑来做。姑姑们平时如果想偷懒休息，被奶奶看见了，一定少不了一顿臭骂。在那个物资稀有的时代，很多东西都很珍贵，平常家里是很少会给孩子买零嘴的。但是奶奶每次去买东西，一定都会给父亲带些零嘴，父亲又十分爱吃甜食，那时候他兜里总是会装着几颗糖。虽然剩下的四个孩子也会有这些东西，但是父亲的一定是最多的。每次家里有肉吃了，父亲吃到的一定是最多的。父亲二十三岁那年，悄悄地牵着家里的一头牛去街上卖了，买了辆摩托车，即使生气，爷爷奶奶也只是嘴上责怪了几句。

爷爷奶奶十分宠爱父亲除了因为他是长子外，也许还因为父亲身上寄托着他们的愧疚。大姑其实并不是爷爷奶奶的第一个孩子，他们的第一个孩子是个男孩，比大姑大四岁，但那个孩子两岁不到就夭折了。所以后来有了我父亲后，爷爷奶奶格外地宠爱，他们害怕再次失去儿子，同时也将对那个孩子的愧疚和弥补转移到了我父亲身上。后来奶奶吃斋念佛也是因为难以放下那个孩子，想要做点什么为那个孩子祈求祝福。不过，到了我们这一代，奶奶就变了，在她身上几乎看不到什么重男轻女的思想。对于我们几个孙女孙子，她都一视同仁，有时候甚至要对我和大姐更好一点。我清楚地记得那是一个炎热的夏天，晚上我躺在床上久久都睡不着，奶奶发现后，拿起扇子为我扇风。家里也有空调，但奶奶一生俭朴不舍得用。感到凉快后，我逐渐地进入了梦乡，但只要察觉到没风没多久我又会醒。奶奶就这样慢悠悠地，摇了一晚上的扇子。只有黑夜、皎洁的月光以及嘹亮的蟋蟀声知道奶奶那一夜的劳累。我无法想象到奶奶是怎么熬过这一夜的。

第二天，我见奶奶的眼睛有许多血丝，我问她怎么回事。她说："可能是晚上做噩梦没有睡好吧。"很久之后和爷爷聊天，我才知道真相。小姑说她记得特别清楚，也是有一年的夏天，我被爸爸妈妈放在了爷爷奶奶家，小姑从外面工作回来看爷爷奶奶的时候知道我也在老家，就给我买了几瓶可乐、一袋桃子和许多零食。奶奶去地里干活的时候，把我和小姑也带去了，我于是就拿了一些吃的和一瓶可乐去，天气炎热又要干活，带去的水没多久就喝完了。小姑后来太渴了，懒得回家拿水，就想偷偷地喝一口可乐，不巧被我看见了。小时候的我十分霸道不讲理，立马向奶奶告状，哭闹着喊小姑再赔我一瓶，看我哭闹得实在厉害了。奶奶不仅狠狠地骂了小姑，还让小姑回家再给我拿一瓶回来。小姑说虽然知道隔辈亲，但是她实在没有想到奶奶居然在我们这一辈有这么大的变化。尤其是二姑姑，虽然觉得奶奶不重男轻女挺好的，但是一想到自己当初的遭遇，心里总还是埋怨的。很多时候，二姑姑总是忍不住设想，如果当初自己继续读书，那么自己一定会过得比现在好。但是事情已经发生，一切设想也只能是一场幻想罢了。

当年放弃读书而回家做农活时，二姑姑即使心里很难受，但也只能接受这个事实。不过她也没在家里待几年就跟着朋友去外省打工去了，一年多后，二姑姑还是回来了，回到了这个伤害过她但又养育了她的地方。她在县里找了个工作，每个月挣的钱除了自己的花销外，还会拿一些给正在读高中的小叔用。在县里工作的那段时间，二姑姑认识了现在的二姑父。和二姑姑相比，二姑父的条件好很多，他家就是县城的，家里经济条件也比较好。在我的印象里，二姑父是一个有点木讷、不善言辞、性格温顺的人。这性格和二姑姑比完全是南辕北辙。二姑姑性情泼辣豪爽，做事干脆。周围的亲戚朋友有时候也会觉得她俩不是很般配，但感情是他们两人自己的事情，他们状况如何只有他俩最清楚，外人再操心，终究也是白费。二姑姑和二姑父一开始虽然对互相有好感，但是暧昧了好久才确定关系，两人谈了三年的恋爱才正式决定要结婚生子。在那时候来看，谈这么长时间的恋爱算是久的了。说来凑巧，三个姑姑结婚都很晚，三十岁左右才成家。

二姑姑和二姑父两个人虽然相爱，但是婚姻注定是两个家庭的事。结婚没多久，二姑父的母亲就暴露出了对二姑姑的不满，经常无缘无故地挑二姑姑的毛病。幸亏我二姑姑从来不是一个软弱的人，那几年里也总算是没有受太大的委屈。二姑姑后来跟家里说，二姑父的母亲不仅不喜欢她，从小对二姑父这个亲生儿子也是不喜欢。到底是什么原因，我就不知道了。几年后，二姑姑和二姑父再三考虑，还是决定搬出去自己住，他们买房子宁愿欠着别人的债也没有问家里要一分钱。即使生活比较艰苦，但他们两人都能吃苦耐劳，是热衷于为了自己的幸福生活而奋斗的人。二姑姑三十七岁那年，终于迎来了他们的第一个孩子，为了生这个孩子，她付出了很多，由于是高龄产妇，她比平常的孕妇更辛苦。所幸后来妹妹平安降生。但是妹妹小时候身体一直不太好，她五六岁那年吧，生了一场大病，差一点没有挺过来。所以家里的人都比较宠她，包容着她。

时间一年又一年地过去，妹妹也在逐渐地长大，二姑姑家里当初买房欠的债也快还清了，一切似乎都在朝着好的方向发展，但老天爷有时候就喜欢和人们开玩笑。妹妹小时候可爱极了，但长大着长大着，就变了。尤其是十一岁后，妹妹的脾气变得越来越古怪，十分容易暴躁、偏激，旁人还会用“疯癫”这个词语来形容她，说她是个疯子。开始我也没有想太多，每当我听到别人说她有精神病的时候我还会反驳别人，在我看来妹妹只不过是到了青春期阶段，所以有时候才会这么敏感，容易发脾气。再加上本来二姑姑和二姑父因为就那么一个孩子，这么些年又十分宠溺她，她脾气本来也就不是很好。脾气不好并不是什么问题啊，况且现在大多孩子的脾气不都这样嘛。可是后来我才知道原来妹妹真的有可能有精神性疾病，严重的时候，确实会神经错乱。二姑父家族那边有精神病遗传史，他家族中几乎每一代都有精神病案例。听母亲说，有一次妹妹心情不好，突然暴躁，抱着头在那抓，二姑姑吓坏了，也不敢动她，最后她硬生生地扯下了一大把头发，有好几处头皮都扯出了血。后来尽管有带她去好几个医院尝试进行治疗，但是这种疾病不好医治，只能尽量让她保持心情愉悦，慢慢疏导。这次回去，我顺便去看望了二姑姑和妹妹，二姑姑头上又长了些许白头发，妹妹似乎还是那样。时光总是这样过得飞快，曾经那个肆意洒脱的二姑姑正在逐渐老去，我们也在不断地长大。

自从毕业去外地工作后，我也好几年没有回来了。还记得离开的那天天气好像还不错，虽然早上有些雾蒙蒙的，但是下午一两点的时候乌云就都散去了，太阳一下子就出来了。那天，爸妈不在。我六点多就醒了，起床洗漱后，走到窗边看见天已经开始亮了。回到沙发上，打开电视，选了选，最后还是决定看一部已经看过的综艺。看了半集左右，天就已经彻底亮了，我肚子也有点饿。我拿遥控器按下暂停后，走到厨房，打开冰箱拿出已经切好的小葱和炒好的肉末放在桌台上，拿过锅接了点水放在电磁炉上烧着，然后转身弯腰从碗柜拿出一个大碗和一双筷子，用筷子夹一些肉末和小葱放在大碗里，倒点酱油，放一点盐。水烧开后，打开盖子把面条放进去，偶尔搅一下，七八分钟后，感觉差不多了，用筷子夹起一根面条，微微用力便可以夹断，就把面条捞起来放在碗里。把电磁炉关了后，我端着碗回到了客厅，边吃边看电视。吃完后在沙发上躺着玩手机。

很快，时间就到了该离开的时候。即使再不舍，还是要离开。这次回来，感觉这里的一切变化实在太大了，记忆中的那条街道已经彻底改变，街上的楼层也变得越来越高。这一切，我实在不知道该高兴还是难过。家乡的发展越来越好，我固然为之开心，但是每当看着街上那些长得差不多的店铺和房子，我总是格外怀念童年里的那个带着一些破旧的街道。回忆就像一杯酒，甘醇而馥郁；也像一抔泥土，厚重而清芬；更像一面镜子，明净而遥远。故乡就像那甘醇的酒，像那厚重的泥土，像那明净的镜子，深深地牵引着我的心，令我无时无刻不能忘怀。故乡的山山水水、一草一木，都是我久久不能割舍的记忆，无论何时，无论何地，都值得用一辈子的光景去回味。城市越来越发达了，随着新农村的兴起，许多老村落都是被改造的对象。即便是未拆迁，也是在风雨里飘摇，只剩下断壁残垣，一派荒芜。在故乡，现在还能清晰见到的大概只有石磨了，它失去了以前的功能，被弃在一旁，格外醒目，却也格外令人伤感，我想起“去年今日此门中，人面桃花相映红。人面不知何处去，桃花依旧笑春风”的句子来。世事变迁，沧海须臾。秋风又吹起来了，又是一年秋来到，我仿佛又闻到了板栗的香味，听到了树叶落下的声音。

这些年家乡的变化越来越大，不论是选择去外面更广大的世界，还是选择留在家乡，不同的道路，只要是自己的选择就不后悔，坚定信心走下去。当初我在夏秋之交离开家乡，如今我又在同样的时间回到了这里。

小时候总爱幻想，期待长大后的自己会活得比小时候的自己更自由、更快乐。七岁那年的生日，我许愿希望自己可以一下子就长到十八岁，这样我就可以不再受父母的约束了，可以自己去做许多自己期待已久的事情——我可以一个人出远门旅行，可以一个人晚上去看演唱会，可以一个人骑着自行车在街道上自由穿梭……可是真到了十八岁那年，我的十八岁并不像电视剧里那样充满浪漫或是曲折。更没有一个人出门远行，没有一个人晚上去看演唱会，甚至如今连自行车都没有学会。有的只是一个闷热的教室，一张堆满课本的书桌，以及一个正在奋笔疾书的我……后来我又许愿，希望一年以后我已经考上了自己梦想中的大学，希望自己能像电影里的人物角色那样可以在一个阳光明媚的下午悠闲地在学校各处闲逛，希望自己不再那么幼稚……然而最后我没有考上理想的大学，大学生活也根本就和电影、电视里描述的那些场景大相径庭。后来，我不再向未来许愿，只向当下走去。找到的工作虽然不是自己预期喜欢的，但是这些年我也在认真对待这份工作。可是突然有一天在办公室办公的时候，听着窗外淅淅沥沥的雨声，我突然发现自己还是不喜欢这样的工作，不喜欢这样的生活。于是，这一次我毫不犹豫地踏上了归途。当初因为人群拥挤没能看完的舞狮表演，这一次我不会再错过。兜兜转转，又回到了原处，这里既是起点，也是终点。

春日迷失

汉语 2101 班　袁　艺

月亮注视林间
那里藏了紫色的海
声波紧随节奏，诡秘地荡漾
闪烁的光圈，模糊试图窥探的眼
猫头鹰在电音中凝视深渊

湿漉漉的黑色清晨
冷山派遣浓雾入侵
慢镜头般蹑手蹑脚
吞没窗前的白色小孩

绿风车长满了一棵树
飒爽的风多情地舔舐
叶痛快得发痒
树林中爆发出阵阵狂笑

颤抖得过分嚣张

一群鸟，像上了发条
整齐地肃立在绿色五线谱上
沉默中一齐挥动翅膀
蝴蝶诞生，蛹的死亡

高中同学

汉语 2101 班　杨　鑫

他叫赵崇，直到现在我才发现我似乎一直都不知道他来自何方，是哪里人士，家里情况如何，但他留给我的印象却极其深刻，甚至于到今天也不曾忘记。

我是在高一下分班后见到赵崇的，他的身材算得上高大，大约一米七五，在文科班中算得上显眼。他顶着一头又白又黑的头发，并非我胡乱描述，而是他的头发确是一半白一半黑，黑白相间，显得他头上总是有银光般，在太阳底下看着闪闪的，脸也不似个高中生，仿佛久经沧桑吧，能明显地看到几条皱纹，难以想象这是一个高中生——他并没有留级。然而就是这样一个看起来如此苍老的同学，却十分活泼，脸上总是挂着笑容，见到人总是十分热情地打招呼，甚至于眼睛眯成一条缝，两颗几乎都看不见的眼球下面挤出两条皱纹，牙齿露八颗，还戴着牙套，显得格外精神，这时你回应他了，他会显得很高兴，总是要和你说两句的，而这两句也是热情的，情到深处还会伴随着几粒唾沫星子，使你既感到惊奇又不得不防范这“飞来横祸”。他大抵就是这样一个人了。

热情的人是少见的，更何况是赵崇这样一个热情得有些过分的人，大家对他都很有印象，却谈不上有多喜欢。但老师是非常喜欢他的，因为他回答问题嗓门总是最大的，即使回答错了也就是憨笑两声，声音放小但也听得清晰地解释一下，他也不在乎有没有人听，好像是说给自己一般。下课或者晚自习时，时常能看到他捧着一本《圣经》，胸前挂着个十字架——他同时还是一个虔诚的教徒。记得有一次与他同行，我好奇地向他问到信教的事情，他说道："当我每次感到迷茫的时刻，总是会翻两页《圣经》，心灵似乎都宁静了，上帝在看着我，而我也会在周末去看望他，向他祈祷。""我们市也有教堂吗？"我问道。"当然有！信徒还不少呢！"他眉头微皱，但嘴角始终是向上的，情绪激动起来了。我侧了侧身子，尽量使他在前面。"当我第一次进教堂的时候，教堂的正中央摆着耶稣受难的十字架，阳光从两边的彩色玻璃射进来，照在雕像上，仿佛整个教堂都洒满了金色的光辉。这时要祈祷的话，在座位上起立，对着主的方向，你不会认为主是不存在的了，他在看着我们。"他像电影里的大主教一样，双手张开了，眼睛又眯了眯，好像很享受的样子，我略微有点不自在，却也好奇他说的了。然而不是每个人都十分欢喜他这神经质似的样子，他总爱把"主"挂在嘴边，一次，我从他旁边过，还听到他说"达瓦里氏"。大家每每聚在一起谈论一些八卦时，他总爱凑上去，或讲到稍微好笑一点的东西时，他便放声大笑，盖过了所有人的声音，说话的人也不得不住嘴了，随后转移话题说其他的去了。赵崇每每总插上几句，却也不是打断，开始还有人接他的话，但当他说到"主"或"达瓦里氏"的时候，大家就不再理会了，赵崇过了一会接不上话，也只好去别处了。

赵崇还特别喜欢看书，对历史颇有兴趣。一次历史老师想要同学们上来讲课以锻炼口才，赵崇很果断地举起了手，想要讲讲，老师很乐意，我们也期待。就这样，赵崇迎来了他的第一次上课。那天是下午，他内置一件衬衫，外面披的还是校服，手拿一本跟历史有关的书，开始讲了，那是一次关于宗教改革的课，他从天主教的诞生一路讲到德国宗教改革的结果，我第一次听全了十三圣徒的名字，虽然我后面还是忘了，但总归是惊奇的。赵崇露着他的牙套，嘴角还是上扬的，讲到高兴处得拌几声爽朗的笑声，他讲得很细，宗教知识延伸得很多，与课本上的倒相去甚远了。一节课毕，老师率先鼓掌，但他太兴奋了，意犹未尽般想继续发言，我相信再给他一个小时，他也讲不完的。赵崇讲得面红耳赤的，笑着走了下来，老师拍了拍他的肩以示鼓励，又夸奖了赵崇一遍，班上也响起掌声。

夏天似乎是倦了，温暖来得太久，似乎看乏了这校园，于是便带着它那聒噪的蝉声渐渐远去了，而冬天就这样猝不及防地在某天夜里悄然降临了。学生如同被抽了魂儿一样，总提不起精神，手脚能缩就尽量缩，热水成了稀缺资源，却也鼓励着大家课间要赶紧运动运动，不然热水是定然没有你的份儿了。学校像不甘寂寞般，也可能是为了给大家提提神，开启了衡水跑操模式，只一瞬间，哀号声此起彼伏，却也不得不往操场去了，赵崇还是一如既往地“话痨”，只是同他搭话的越来越少了，他也不甘寂寞，总是自顾自地说着，寂静的跑操队列中总是能听见他喋喋不休的声音。一次，落雨了，不大，周围雾蒙蒙的，赵崇仍旧自顾自地说着，周围仍是安静的，到了集合时，我看到他的头上集满了小水珠，晶莹剔透的，洁净的水珠搭上蒲公英似的白毛，在一众黑头中格外显眼，我笑着对他说："赵崇，你好像一个老爷爷啊！""像你爷爷一样。"他很兴奋，看向左右的同学，并没有人搭话，我不知怎么回答，索性也沉默了。过了一会，他似乎意识到说错了，声音也小了，最后归于沉默了，我的余光能看到他的嘴角，似乎没有上扬了，但还是带着弧度的。

新来的英语老师是个高个儿，似乎很不怕冷，一年四季都可以看见他几乎只穿一件短袖，外套是很少披的，很有活力。他决定上课前每个人都要背一篇英语小短文，大家不禁又多了件事，赵崇却是十分兴奋，快到他的前一个多月，每天的晚自习后或是课间都能听见赵崇嘹亮的嗓音回荡在整栋教学楼，大家都打开窗户好奇地看着这个小高个子，隔壁几个班的窗户也不禁探出几个好奇的小脑袋，他先是中规中矩地读着，到最后竟激情澎湃起来了。"我们将会在田野里战斗，我们将会在街巷里斗……我们将捍卫我们的领土，我们决不投降！"他激情澎湃的结尾引起一片掌声！这一刻我感觉他仿佛真是丘吉尔附体般，确是十分地有精气神了。他十分坚持，每天总是要读，他读得越来越有感情、越来越频繁、越来越流利了，但掌声却越来越少了，教室里愈发沉默了。

到了他演讲这天，老师迈着大步一边说道："Who is the next ?"赵崇应声向着前排走去，他走路很奇怪，两只脚后跟并着，搓着地板，双手并在腹部，同样是面带微笑地，以一种很奇怪的方式向前"挪动着"。老师也不禁看向他，他速度很慢，不想看的同学也时不时投去好奇的目光。终于到了讲台了，他肃正衣冠，抬头挺胸，双脚并好了，神情严肃起来了，嘴角平行了，他掷地有声地背起来了，以一个胜利者的姿态，他大声地、流利地、充满感情地背着。他的手飞扬着、指挥着，像一个将军拿着他的棍子指向沙盘一般，窗外的汽车时常鸣响着，此时却像哑了一般，听不见半点声音，只有赵崇的声音回荡了。“We shall never surrender!”这个结尾仿佛是用音响播出来的一般，愣了一会，全场响起了猛烈的掌声，老师也笑了，拍了拍他的肩膀说“good boy”，赵崇也笑了，这次却没有发出声音。

此后，大家仍然自顾自地忙碌着，距离高考还有近两年的时间，但大家好像都很赶一样，赵崇每次来到教室，常常找不到空闲的、玩耍的同学，或是有时看到有人在谈论，可等他走近了点，又散开了，他又只好回座位了。大概是个把月？又或是个把星期？我总归是不记得了。赵崇把他的桌子搬到了楼下——他转班了，我没看到他，只是听同学说，他平静地、静悄悄地搬走了，有同学去帮他，他也默默接受了，只是不抬头，一直搬着，他的皱纹第一次消失了，我没看见。

又是一个学期过去了。一天晚自习，我的前桌转过来跟我闲聊，谈到了他。“他现在在一班给人算起八卦了你知不知道？”前桌笑着，脑袋朝后仰，很开心的样子，“而且他还收了个徒弟，真的牛，活像个神棍一样了。”我应和着笑：“赵崇嘛，合不来没办法，这也是别人的选择嘛。”几天后，大家聊着说到，末了都笑了笑，但我感觉有点笑不出来。再后来？听说他好像不信耶稣了，信马克思了，他可以正大光明地成为一个“达瓦里氏”了，再后来？他好像去俄国了，说是要留学。大学里的某一天，我看着 QQ 提醒：“时隔多少天，××× 又发动态了。”看着屏幕上那个熟悉的名字，我点进去看了看，是一张平静的脸，满头黑发，身着正装端坐在两三个同样装扮的同学旁边，旁边的黑板上隐约能看到“辩论赛”几个字，只是他不笑了，显得年轻了许多，比高中时候更像一个高中生了。我记得，那天下午，阳光下，那个张开双臂迎接他的主的少年，身上带着光，很耀眼，耀眼到我无法直视他，但同时也很暗淡，暗淡到灰暗了，直至再也看不见他的影子了。

晚归小记

汉语 2101 班　袁　娜

立冬日与友人晚归，道中忽逢一老人与其孙游戏，感其情，遂以此小诗记之。

朝带霜风起，东归雪色残。
道中谁语语？原是小孙欢。

盛夏的残花

汉语 2101 班　龙永康

夏日降临，天空依旧明朗
相册封存的记忆，在此刻苏醒
不是怀念的夏天，却是一如既往的盛夏
你是否已经成为天空的孩子
在我看不见的远方翱翔
路上遇过的风声，将会是你胜利的呐喊
你开始遗忘不堪回首的过往
尽力去展望那美好的未来
可惜枕头里发霉的梦，很久地纠缠着我
于是他只能捡起缺席盛夏的残花
在心底给予你深深的怀恋

花开在有风的地方

汉语 2101 班　杨霜艳

四月，花开的季节。你听到了吗？花的盛开是有声音的——噗、噗、噗。不必细听，只是闭上眼在花下细细地感悟，像走进教堂那一刻最最虔诚的信徒。

我一向是没有什么闲情雅致去赏花的，并非对花不感兴趣，而是似乎“忙碌”惯了。世界上多的是步履匆匆的行人，我也不过其中一个。行人的步伐尚且追逐不上，停留便危险了。然而去年来了新的校区，听朋友说，此时这边的花开得正好。恰逢开学，学业不算繁忙，我便也想赶赶“潮流”，瞧一瞧这“传闻中”的花。

我做什么事情往往喜欢结伴，大到比赛，小到作业，总想有个人陪着，心里或多或少能更安心些。这次却是例外，并非独立了，只是像我一样的闲人少了，接连问了几个朋友都没有空闲，只能作罢。到这时候，看花的想法已打了几成折扣，几欲放弃，可转念一想，又不甘心，便兀自去了。

初到的春是不冷的，这时的花也开到了繁盛期。看着手机里好友发来的照片，满天绚烂飞舞的花瓣，各式各样衣着的人群，显得十分热闹，我也莫名增添了几分期许。

人该要学会“放空”自己的——我并非第一天认识到这个道理。然而我从前以为的“放空”大概全在精神层面：我享受无声阅读、沉浸音乐的过程。那种一个人的精神世界，是空白而富有的。空白的是只我一人，富有的是一人足矣。纵有世间空荡荡，只身可匹敌千军，大抵如此。

但，除了精神世界的“放空”，现实生活的“放空”还未曾试过，那这次就当是开个先例吧。实际上也应当如此，给自己的生活留点余暇，放点小假，才不枉来人间体验这许多的春夏秋冬，不是吗？

终于敲定想法，我随手挎上相机便出门了。也算是天公作美，这天的阳光确实不错，暖洋洋的，连一向“神龙见首不见尾”的大橘猫都跑到马路边晒起了太阳。它趴着，眯着眼，看起来软糯糯的。过往的行人很多，总不免有人跑到它面前摸上几把猫毛，占一占“学长”的便宜。不过“学长”还算是大度，也或者是不屑理会，连眼睛都舍不得睁一睁。这样明媚的午后，在暖和的阳光下打打瞌睡，好不惬意！猫可比人会享受生活。

坐上校车，沿路偶有花枝掠过眼前，一瞥惊艳。十分钟的车程原来也是慢的，以前不甚留意，只觉得一下就过去了，今天倒实打实地感受到了时间的流逝。恰是春天刚刚苏醒的时候，凉风习习，拂过脸颊十分舒适。原来这就是春，“一切都像刚睡醒的样子，欣欣然张开了眼”。从初中起就会背诵的课文，如今是有几分感悟到了。春天确实如此多姿，不自觉就要沉醉。

下了车，又走了几分钟的路，终于来到照片中樱花飘零的路口。樱色入眼的第一瞬，我的脑海中只闪现两个字：盛大。不是盛开，不是盛放，而是盛大——一场迎接春天的独特而盛大的仪式，非此不可名也。

一株株樱花树分立道路两旁，像即将出征的士兵严阵以待站着岗，可偏偏枝头那不安分的花簇在多情地笑，平添几分妖娆。偶尔吹过一阵清风，像是从遥远的地方赶来，其中还裹挟着不知从何处捎来的温润气息，那飘飘然从枝头滑落的花瓣儿就在风中打着旋儿，一点儿，再一点儿，终于是落在了地面上。过往的游人扣紧了帽子，轻拽着裙边，笑声便融化在春风里，毫无保留地向四面八方化开。

正如照片上看到的，花开得很盛，大片大片的粉色在摇曳。透过交错的花枝间细碎狭窄的缝隙，我窥见清明柔和的晴空：一片澄澈的蓝，随意抹着几笔柔软的白。再换一个角度，倾斜弯曲的花枝映在学校砖红的墙面上，有种雪中赏梅的美感，又像极一幅“疏影横斜”的文人画。加上楼前的“沁雅苑”三个字，更显雅致。

绽放大概是花最神圣的使命吧！它们热情地拥着风，又肆无忌惮地袭向游乐的人们，把自己的使命带向每一个愿意迎接花香的来客。一阵一阵的笑声，也在春日的喧嚣中成为这神圣使命的一部分。风要去哪儿呢？和着一缕花香、几声欢笑，或许还要朝着下一个更远的地方。毕竟，风可不会停留。

樱花树下到处是拍照的人们，大多是女孩子。有的穿着清爽的短裙，也有的身着雅丽的汉服，或倚树而立，或干脆席地而坐。看得出来，每个人都精心打扮过一番，穿着自己满意的漂亮衣服，或微笑，或掩面，好不美丽。这片樱花地就这样被分成了很多个小世界，相约同行的人有说有笑，但不仅有三五成群的热闹，也有的人享受独自一人的宁静，比如我。“热闹是他们的”，但我还有我自己。

走在树下，微微抬手便可触及花枝。我突然想起肩上还挎着一个相机，打开拍了两张，却不甚如意。调整来调整去，总归觉得缺点什么，索性便不拍了——大自然的美，或许只有眼睛可以记录吧！自小到大，我走过的地方也不算少，但无论是手机还是相机，都很难还原眼睛所领略到的美：一种天然的美。不需要所谓的滤镜，大自然的存在本身就很美，即便是阴天也依旧能让人感到生机勃勃，更别说在这肆意倾洒的阳光下又别有一种“意气风发”。

收起相机，我反而松了口气：今天不是怀着任何功利目的来的，我只是来看花。风景的美，眼睛会领略，会记住，纵使无法原原本本地记录下来也无妨，至少这一段切身的感受并非虚假。我来过，仅这三个字就很值得。

走在这条樱花道上，我的脑海中浮现一句话：但少闲人如吾两人者耳。这是苏轼与友人张怀民于庭院中散步所感。

古往今来，常有大作家于散步中有所得。如今我是“但少闲人如吾一人者耳”。我望着这条路，也有这么个想法：散花。苏轼与张怀民散步，散的是路，是月色，是难以言说的情怀；而我散花，散头顶正处于“青春年华”的锦簇，散为这平平无奇的地面点缀一二情调的落英，散风中若隐若现的花香。一个人孤独，又充实。

拍照的人们都在抬头看簇拥的花朵，而我低头注意到了地面的花瓣。如果说头顶是一团团盛开的花簇，那么地面上一片片的“散装”花瓣是什么呢？

樱花的花期并不长，想来再过一两个星期该到花谢的时候了。我们中国的传统文人似乎有这样一个“习俗”，那就是看到花开便难免要想到花落，于是眼前的盛景似乎也在顷刻间化作凋零的惨状。

但，花的凋落又何尝不是一场盛大的憾事，一个伟大使命的终结！地面也好，山丘也罢，飘到何处，心安处便是吾乡。

想到这儿，我随手拾起脚边的一片花瓣儿，突然有个惊奇的念头：这沿路莫不是花的墓葬？

再一抬头，恰好见一片残缺的花儿悠悠然飘落。一个新的、小小的墓葬就这样落成。风是唯一的祭祀者，而我有幸做了见证人。每一朵飘落的花，没有面对生命消亡的恐惧，反像是平静地奔赴下一场旅途。

当然，也许会有人觉得这样的感触有些无病呻吟了。可当面对这样从未细想过的场景的时候，心灵的震撼总是猝不及防而难以自抑的，总是驱使着要你去细想的。虽说大多数时候这种震撼只能意会而难以言传，我仍想抓住这一刹那的“细想”，将它如实地记录下来，以期有人与我有这一刹那的同感。

除了震撼，这“偷得浮生半日闲”的舒适也令我安然。大概是受高中时间观念的影响，我对于时间的把握总是急促而紧凑。在高中，自主学习的时间是宝贵的，即便是吃个饭，桌面上也一定要放本摊开的小册子，或是背古诗，或是背单词。于是，在吃饭时间，饭堂里便能看见一大片“书与饭同在”的“壮景”。这种对于时间的紧张感已经养成习惯，带进了大学，甚至是以后的漫长人生，以至于我对周围的一切似乎有一种连自己也未意识到的淡漠。只要一有空闲的时间，便总想利用这碎片找点事情做。总在奔跑的道路上，朝着永远没有尽头的目的地。而现在我停下来了，一步，两步，三步——我刻意将步伐放慢，发现在我从前不会关注的地方，沿途风景正好。

一边胡思乱想着，这段并不长的路，被我用眼睛和脚步来回丈量。到了太阳落山的时候，周围已经没有先前那般热闹，只有风还在乐此不疲地四处跑。

一个下午就这样在各种零零碎碎的感悟中过去了，我决定走路回去。这次我的脚步轻快，像是与风同行，又像是顺带被风捎了一程，总之是欢愉的。沿途风景依然是大片的绿和大片的花色。一路又一路的车过去了，我回头看，依旧是来来往往脚步匆匆的人群。我不再想了，只是往前，带着掉落的花，朝着有风的方向。

千万不能被人发现

汉语2101班　周圻珈

一场没有硝烟的躲避战即将开始！此次作战的主要目的是让我能悄无声息地溜出房间直上二楼小厨房去觅食，这期间我最大的障碍便是躲避掉敌军也就是我奶奶的视线！

中午的时候，我因奶奶做的菜里面有青椒——一种我此生最大的敌人，而与她口头大战了三百回合，奶奶还说以后都不给我饭吃了，气得我转身就走了，最终以我灰溜溜地把自己关进房间宣告结束这场战争，于是冷战也便开始了。高傲如我，是绝不可能低头向奶奶认错的，可是肚子中空空如也，确实是饥饿难耐，于是一个绝妙的躲避战计划在我脑海中生成。

计划共分为三步，第一步是打开我房间的门并关上，这一步看似简单实则暗藏玄机，奶奶此时就坐在客厅的沙发上看电视，而我的房间正好位于沙发之后，门只要有一点响声都会被我奶奶发现，所以这一步一定要无声进行。出来后第二步便是拿到放在鞋柜上的开二楼门的钥匙，我得躲在沙发下缓慢地向对面的鞋柜靠近，这个时间十分短暂，因为我必须趁奶奶去上厕所的空隙拿到钥匙并且途中不能让钥匙发出声音。第三步当然就十分简单了，只要通过楼梯走上二楼打开门进去，我便可以给我的肚子填充满弹药了。

计划开始！

我先把耳朵贴在门上听外面电视机的动静，打算等电视剧播放到剧情高潮的时候我再开始转动门把手。“对不起，我是真的不能接受你的这份好意。”“不，你就收下吧。”听着外面男女主人公推推搡搡的这段对话，我想是时候动手了！我的手紧握着门把手，一点一点地转动着它，直到转动到尽头，再轻轻把门往里提一个缝，很好，接下来只要慢慢地把把手又转回去，我就可以溜出去了。突然一声巨响“轰隆——”，吓了我一大跳，原来是电视剧里面在打雷，可这一吓把我手抖松了，门把手自己快速地转了回去。我的心简直是提到了嗓子眼，盼望着奶奶千万不要听到我房间这边的动静。我又贴着耳朵观察了一会，客厅里依然是只有电视剧的声音，奶奶没有什么动静，看来我这第一步算是成功了！不过奶奶今天看电视的时候开的声音也太大了吧。

现在计划来到了关键的第二阶段，拿到钥匙！我已经成功来到了客厅，正潜伏于沙发之下以待时机到来。我趴在沙发下摸着地板冰凉，还有一层薄灰，心想我要是被奶奶发现的话一定会被念叨：“那地上这么冰又脏，你趴地上干嘛？快起来！不然一会你感冒了又在那里‘咳咳咳’地叫唤，一件新衣服又被你弄得那么脏，我还要给你把衣服洗洗干净，真是个麻烦娃儿。”我可不想又挨奶奶的一顿骂，所以这场躲避战我除了胜利别无选择！根据我平日观察敌军所得情报来看，奶奶每次看完下午档的第一节电视剧便会去一次厕所，这是我行动的最佳时机。

“珈珈奶奶，你在不在？”这句话可惊得我一激灵，隔壁家的婆婆来串门了，真倒霉！这让我该如何是好。我现在退也不是，进也不是，躲避战陷入了困局，我趴在地上不敢有一丝动静。只听那婆婆开口说道：“我家楼顶种的葡萄熟了，吃起来还是挺甜的，我摘了点给你们家送过来，你家珈珈平常是不是最爱吃葡萄哦？”“谢谢你的葡萄，那我就不跟你客气了。”奶奶接过葡萄又接着说，“你看原本我们两家一起买的葡萄苗，你家的那几株都已经结葡萄了，我家的这几株都被我家那个调皮娃儿给折腾没了。”婆婆听完哈哈大笑了一阵，接着说：“你家孙女确实是调皮了点，还不是你们宠出来的哟，你看你家那边墙上，好好的白墙被画得花里胡哨的，我看就是欠打。”我在沙发底下羞愧地低下了头，捂住自己的脸只求不要被发现。“算了算了，现在的娃儿怎么打得哟！我也舍不得打她，我多吼她几句就是了，娃儿调皮点也正常，你我小时候还不都是这么过来的嘛。”奶奶笑着说道。听着奶奶说的这话，我心里总觉得暖暖的，但我的肚子还咕咕地叫着，我才不会向奶奶低头呢，躲避战还要继续，我一定要吃上饭。

没过多久，那婆婆终于走了，奶奶也进了厕所，现在就是我的最佳时机！我赶紧从沙发底下翻滚出来，再蹑手蹑脚地飞奔向鞋柜，轻轻地、慢慢地把钥匙串提起来，我就要胜利啦！就在这关键之时，我听见了楼梯口传来一阵脚步声，我心中暗叫不好，赶紧躲在了大门后面。脚步声越来越近，我的心也跟着脚步声的节奏“咚！咚！咚！”一声一声地跳着。现在是下午三点过，按理来说爷爷不应该回来这个点回来呀，平常爷爷都会在中午吃完饭就下楼打麻将，要打到下午饭点才会回家，回来的时候还会给我捎一些小零食回来。要是我被爷爷发现了，那么奶奶肯定也会过来的，这样我不就只能低头认输？我低头仔细一想，如果不是我爷爷，还能有什么人在这个点来我家，还是说是要找隔壁婆婆的？这时奶奶也从厕所出来了，可恶！我现在被困在这门后了。我心中十分烦躁，汗珠也开始滚落下来给我徒添麻烦，躲避战又被推向了危急时刻。

“请问有人在吗？我是来抄水表的！”我躲在门后那可是大气都不敢出，一只手用着衣服角擦着头上的汗水，一只手紧紧地握住钥匙串不让它发出声音。奶奶听着这声音便走出来说：“是小王啊，赶紧进来吧。”奶奶把小王叔叔迎了进去。就是现在！我赶紧趁着奶奶带小王叔叔去抄水表的间隙，迅速地溜上了二楼。“哈哈哈哈——看来这场躲避战还是我赢了！”我心中狂喜，开门时口中都差点哼出小曲了。“我该吃什么好呢，是给自己下一碗面，还是拿中午的冷饭再加个鸡蛋炒饭吃？冰箱里面我记得还有上次和奶奶一起包的饺子。”我纠结着到底吃什么来填饱我肚子，但走进厨房我却呆住了——厨房灶台上的网罩子下面盖了许多菜！我打开一看，中午的那盘青椒炒肉已经没有了，余下的都是一些我平日里爱吃的菜，还有一碗拌好的凉米皮。

米皮可是一种好东西，我平常最喜欢吃米皮了，我奶奶做米皮有可多花样了，蒸、炸、煎、煮的米皮我可都是吃过。不是我吹，我奶奶做饭的手艺那是我们街上出了名的好，我奶奶年轻时可是开餐馆的，每一个来我家吃饭的人不吃上个三碗饭都简直是暴殄天物。但就我奶奶这么好的手艺，都还是降服不住我这张小嘴，我挑食的能力简直是可以跟我奶奶的厨艺比肩了。说回当下这碗米皮，奶奶加了我爱吃的香菇肉丁，撒了点葱花，还有点花生米，白色的米皮现在红彤彤的，一看就知道还加了很多自家做的辣椒油，我吃辣可厉害了，不过我家的辣椒油也不是很辣。“咕咕咕——”我的肚子又开始叫了。我想用筷子夹起米皮往嘴里送，可是却怎么也夹不起来。我心里着急啊，但越是着急就越是夹不起来，那米皮总感觉成精了一样会跑回碗里。我只觉鼻子酸酸的，眼泪水好像在眼睛里打转，我马上就要吃到好吃的了，我难过什么呢？视线也变得越来越模糊，我有点看不清眼前的这碗米皮了。突然手有点无力，碗向地上摔去。

“不要！”我睁开眼，场景却已经变成了我的宿舍。

原来只是一场梦罢了。

奶奶已经离开我快九年了，时至今日，我也仍然没有习惯奶奶不在身边的日子。泪水已经浸湿了枕头，鼻尖仿佛还能微微嗅到那一碗米皮诱人的香味。长大后的我吃过了许许多多的米皮，但是却没有一家店的味道能做得和我奶奶一样，我时常思索着奶奶到底是用了什么独门秘方才能做得这么好吃，可我至今也没有寻到秘方。想起小时候别的小孩哭嘴里都是叫着妈妈，只有我每次哭都是叫着奶奶，大抵是因为我心里面知道只有奶奶才会给我无限宠爱，在奶奶的怀里我永远能得到偏爱，可是我好像把那份偏爱弄丢了。

现在的我整日装作一个成熟的大人，在这世间中匆匆穿行。人越长大便越会弄丢许多的东西——亲人，朋友，最爱的玩具，喜欢的蛋糕店，好听的光盘，或者是撒娇的机会。作为一个成熟的大人，我已经被剥夺了撒娇的权利，不能流露出脆弱的情感，所以新的一场躲避战又悄无声息地开始了，高傲如我，可千万不能被人发现我在偷偷落泪，因为想你。

我希望那天有火烧云

汉语 2102 班　王维可

今天的大学英语课上，老师问："如果离你的死亡只剩下一天，你会做些什么？"

同学们你一言我一语，讲得很起劲的样子，偶尔有人讲出一些笑点，全班便交头接耳聊起小话来，左右桌对上暗号了似的意味深长地笑，哄哄闹闹。年轻的老师很会接梗，整个过程几乎是完美的一堂讨论课，气氛很好，原本沉重的空气里甚至混进了一丝俏皮。

快要下课铃响，老师敲了敲黑板，总结陈词："你们忽略了一项很重要的事情。"

粉笔在黑板上摩擦，有些刺耳，白色字迹在黑色背景下显得格外突出。

她写下"regrets"。

看清后，班级里带起一片意会的唏嘘。

青春期的年轻人总对这个词有奇怪的滤镜，更年轻一点时会觉得文艺、觉得伤感，到了读大学的年龄，很多人为了标榜自己又会给它贴上无病呻吟、故作玄虚的标签。

而我坐在第一排，听着听着却几乎有一点想哭。

是否有人希望在自己最绚烂的那一刻死去？

“如果今天是我生命的最后一天，”老师感叹道，“今天天气很晴朗啊，似乎很适合躺在草坪上晒着太阳，然后躺着陷入imagination。”窗外的阳光很亮，是深秋初冬交会时穿破冷意的艳色，照在树叶上，有风经过，洒了一地金。

我希望我死去的日子能看到火烧云。

想起来秋天的傍晚，夕阳在阅湖上倒映下的璀璨的光影。风从我眼睫间跃过，扯着我去看日落。太阳像是一团藏在云里的巨大火苗，把周围的云愈烤愈稀，快要融到山的那一端。片刻后又将自己铸成一条耀眼的金龙，往天际游弋，鳞片被烤化的云晕成琥珀色，渐渐暗沉了，不知道从哪儿泼来粉色颜料，长龙飞过的地方都被染成淡淡的粉，揉揉眼睛再看，或许又变成了紫色。

我站在步行景观桥上，有鸟扇着翅膀从我脸颊旁边滑过，白色的野鸭不时悠闲从湖面游过。我蹲下去看，翅膀展开是柔软而洁白的长羽，轻轻浅浅掠过镜似的水面，涟漪散出圈圈波纹，黄昏的落日慷慨洒下无数晶亮碎钻，于是我想去做渔人，去捞波纹和涟漪，再碾碎编成渡人托梦的轻舟，渡像我一样在白与夜之间苦恼的有缘人。

背着包的大学生们穿着各色的衣服，手上提着炸得金黄的洋芋粑，抓着脆皮淀粉烤肠，捧着纸碗装的糯米饭，还有饭团、手抓饼，更多的是奶茶、烧仙草和各式果饮，女孩子的裙摆飞扬，似乎让水汽也沾上了馨香，自行车铃声、笑声和谈话声在树叶的窸窸窣窣里飘。

活了十几年的是山里的小城，有不知名的小河穿过整个城关，两岸是步行街，种了很多绿植和花卉。镇子里高楼交错，街道有宽有窄，石头桥边是陶瓷街，卷檐下便是闻惯了的瓷土的香。天空永远都是澄澈而空明的，有无法预计流向的云和斑斓的光影变化，街上的人总是慢悠悠，巷子里总能飘出糖炒板栗与烤红薯的香味。

现在还能回忆起儿时的傍晚有送牛奶的叔叔，他一进院子吆喝，我便拽着妈妈飞奔而下。刚刚煮制沸腾的牛奶还在大大的保温桶里冒着泡，掀开盖就有浓郁的奶香扑面而来，那时候的黄昏也有火烧云，奶泡也变成一样的橙黄色，桶里像装进了一片小小的天空。爬满青苔的石墙泛着淡淡的光，我拿家里的碗舀了差点溢出来的牛奶，不回去，就和妈妈一同坐在单元楼门前的花坛边，一口一口抿着奶，一下一下晃着腿，甜意从舌尖漫到心尖。

傍晚走在街上，最经常遇见的是放学的初高中生，清一色的红蓝校服写满了青春的印记。女孩子的高马尾像兔子耳朵，跟着她轻快的步调。落日的余晖会落到上面，从发顶到发尾，勾勒出金黄色的线条。除了学生，还有出来散步的老人。他们最爱紧贴着河边走，步伐慢吞吞，呼吸慢吞吞，连眨眼的频率都慢吞吞。也不同身边老伴儿聊天，只是手臂挨着手臂走，偶尔停下来看那片快要消失在山头的云，或是坐下来听小河静静流淌的声音。傍晚的城市青春又宁静，年轻又迟暮，它包容一切。

我爱我的城市。

也许就是在未来的某个黄昏，我可以站在距校门不过百米的湖边，静立在火烧云下，旁边是壮丽的图书馆，我是沉默于其旁的一粒灰。忘却了所有自己已经完成的夙愿，然后感慨，人生也不过如此。

而我如今坐在多媒体教室，扩音器尖锐的声音回响在教室，拷问着我们关于死亡的问题，像是活在梦里。

“人类是世界上唯一一种知道自己活着就是走向死亡的生物。”老师抬起头，“但是你们不要想喔，现在就想这么多关于死亡的事情，以后你们也不会成为哲学家的。”

日光灯正照在手机屏幕上，反射出的光也是惨白惨白的。我有些被晃了眼，抬起头望向老师时，她的眼睛里似乎闪烁着不明意味的光。

第一排的位置离老师很近，抬头时常常会和老师对上视线。于是这一次我不敢抬头，像是害怕被窥视内心的坏孩子一样移开目光，于是我瞥见黑板上那个仍然清晰的 regrets。

是什么呢？

视线渐渐模糊，我又想起来小时候。

小时候有数不清的朋友，唱歌的、弹琴的、跳舞的，又或是游泳的、大队委的、小记者站的，圈子可大了。然而随着时间过去，拉钩说要好一辈子的朋友都离开了，曾经多么重要的人，到如今甚至已经数年未曾谋面，多么熟悉入骨的人，甚至相见时一句问候都不知道是否应该说出口。

而我从来都只是个懦弱的胆小鬼。

高中时和以前的朋友重逢便发现了“物是人非”这一词语有多难堪。和原先最好的朋友再相见时是在放学回家的路上，依旧是灿烂的黄昏，火烧云隐藏在高耸入云的大厦背后，给钢铁森林里的冰冷机器添上了那么一点人情味。从上一次见面到如今，已经过去了将近两年，两个人都长高了，对视的一刹那似乎还有曾经的光辉一闪而逝，然后陷入了尴尬的沉寂。已经忘了是谁先开的口，互相打了声招呼，寒暄了几句天气，便借口待会儿有事就各自离开了。

我想我是想与她“重归于好”的，毕竟见面的那一刻，我的脑子里全是过去我们愉快的记忆。可我也陷入了无所适从，张了张嘴却只有冷空气从里头冒出来，我只能若无其事地闭上。

逃避虽然可耻，但是有用。

于是就一直这样，一路走走停停，得到了新的，又失去了更多旧的。害怕失去我便不去正视失去，逃避去似乎充满温暖的未来，像一阵风吹过来又卷起的千堆雪，把过往与现今隔开，看不清原路与过去。

从那以后我的情绪不可避免低落，不知道过了几天，我找到妈妈，我问她：“你有遗憾吗？”

窗帘的白纱被吹起来，飘飘扬扬，透进了一点橙色的光。

我知道外面一定也有火烧云。

彼时我躺在妈妈的大腿上，妈妈低头摸着我的头发，我看不清她的表情。但她的声音是温柔又浅淡的，好像也在怀念什么，风将她的尾音吞掉。她说，等你长大以后就不会了，不会看重错过的旧人，不会看重错过的机会，也就不会遗憾过去。来便来，走便走，它们都叫自由。

于是我似懂非懂地点点头。

可是后来越长大越发现，从妈妈身上汲取基因与营养长大的我，始终还是和妈妈不一样的。

我野心勃勃，我欲壑难填，但我始终是小时候那个懦弱的、害怕失去的胆小鬼。是啊，我姑且只能算一个脆弱的野心家。

旧人走了还有新人会来，可是死亡呢？生命进度条完结之后，还会有存档点或有新的版本等待开启吗？

于是我死死盯着那个单词，不可名状的恐惧缭绕而上。

长时间的凝视使我的眼部肌肉紧绷又放松，散瞳状态下我的视野再次一片模糊。斑驳的充盈改掉了明晰的一切，于是隐藏在清晰之下的一切也都焕然现身。

我的浮躁，我的恐惧，我的渴求。

以及那片火烧云。

我想做的事数不胜数，于是我无限地恐惧死亡，恐惧衰老，恐惧逐渐老化和腐烂的精神。我崇敬造物主赐予我的听力、视力、感受与天赋，也因此更加恐惧失去。于是我妄想着，若我在二十余岁时、人生最为美好的时日死去，我是不是不用感受所拥有的一切被逐渐剥落的绝望？这是不是最好的结局？

但是人的欲望无限无止，我所希望做的事情也无穷无尽，没有人能够达到真正的终极。

Regrets?

数不清。

凰

汉语 2102 班　杨露娟

七月天，蝉鸣声不绝于耳，太阳毫不吝惜地将大地变成了蒸笼，闷热得让人心燥。在一条乡间泥巴路上，一个少年穿着右脚破了洞，露出大脚趾的绿色解放鞋，步伐匆匆地走着，他脚下生风，速度之快，仿佛能让裂开的鞋底在浑烫的泥巴上擦出火星子来。

家住金坝村的陈林在葫水镇读初三，今天是星期五，只用上半天的课，他下了学就忙不迭地往家里赶。从葫水镇到金坝村有二十公里左右的路程，他已经走了三四个小时，一路上几乎没什么人，只偶尔擦过几辆往葫水镇方向去的货车。眼瞅着太阳西沉的速度，再过一会儿这天儿该要开始下黑了，陈林加快步伐，手掌小心地护在外套的荷包上。

荷包里装着的，是他给他奶奶从镇上买的冰棍。

陈林的奶奶是个面相颇为凌厉的老太太，家里是地主出身的，但是后来出了些变故，嫁到了贫农家庭陈家。打陈林有记忆开始，奶奶就与他们家格格不入。陈林的爷爷是个老实朴素的农民，话不多，也不怎么讲究，但是陈奶奶却不像个农村人。她总是将头发梳得一丝不苟，仔细地盘起来，身上的衣服虽然料子一般，却从来都是被熨得平平整整的，看不到一点褶皱。奶奶平时总是瞧着爷爷这不顺眼，那不顺眼，几乎不怎么跟爷爷说话。

奶奶最疼陈林了，就因为他是陈家三个孩子里唯一一个读到了初中的人。奶奶总是对他说：“你爷爷没出息就算了，偏我生的三个儿子——你大伯、你爹还有你那个三叔，都是没出息的！农民有什么好做的啊！还是我的大孙子有出息，咱们好好读书，以后当大官啊！”

家里逢年过节吃肉时，奶奶总是先往陈林碗里夹，这一夹就夹走了几乎所有的肉，只留些骨头和碎肉在盘里。每当这时，陈林的二妹和三弟就会哭着说奶奶偏心，奶奶眉毛也不抬一下，讥笑道：“想吃肉啊？想吃肉你们也给我好好读书去，农民是不配吃肉的。”

陈林就是在奶奶这种几乎没有原则的夸赞与溺爱中长大的，自然对奶奶也格外亲切。这根冰棍就是他用这星期省下的两毛钱生活费买的，一路小心地护着，生怕路上被村头的几个小混混看到给抢了去。虽是大热天，但把冰棍放进荷包的时候，隔着一小层布贴着他的肚子，还是给他冰得龇牙咧嘴的。只是走着走着，就好像揣着一袋温水了。

回到家时，冰棍毫不意外化了，可祖孙俩依旧笑嘻嘻地靠在门墩上分享冰棍水，那画面深深地刻在了陈林的脑海里。除此之外，刻在陈林脑子里的，还有奶奶对他的谆谆教导。

“农民是不配吃肉的。”

他每天都要将奶奶的这句“箴言”在脑子里过上几遍。

他发誓：一定要努力读书，考大学，当大官，要摆脱农村人的身份，做一个有城市户口的人！

事实证明，陈林的确是个有能力的人。

1990年，十八岁的少年辞别了父母亲人，踏上了去省城读师范的道路。他可以有更好的选择，但是读师范包分配，他必须抓紧时间让自己尽早地独立且强大起来，好摆脱农民的身份。

那年，他托奶奶去取消了母亲给他订下的娃娃亲，因为那个女孩只有小学文凭，而陈林认为与他携手相伴之人，不说大家闺秀，至少也得是个出身书香门第的。尽管那个女孩长得如花儿一般漂亮灵动，每到周五总是在村口的石台上坐着等他从学校归来，给他递上自己早上才蒸好的甜馒头，羞答答地叫他“小林哥”。

“农民是不配吃肉的。”他压下心里爬上的惋惜，再次提醒自己。

师范毕业后，仅仅工作两年，他便凭着自己良好的社交能力和口才，在乡里的一所中心学校当上了教导主任，虽然只是乡里的学校，但那年他才二十多岁啊！所有人都夸他是金坝村飞出去的金凤凰。村里的孩子需要上学的，都是带上土鸡和米面上林家老屋去，恭敬地请陈奶奶跟陈林说一声。陈奶奶也乐得享受这种被人敬着的感觉，从脑海里摸出小时候家里长辈坐在正堂主座上接待客人的记忆，让陈爷爷给她打了把太师椅，摆在堂屋里，每来客人她就端坐在上面，手边还得放上一盏茶，有模有样的，像个尊贵的老太君。

只不过这样受人尊敬的好日子仅仅过了两年，老太太就寿终正寝了。临走时还紧紧抓着陈林的手，憋着最后一口长气断断续续地道："我的……好孙孙喂，奶奶在……在地下保……保佑你做大……大官，挣大……大钱！"

第二年，陈林娶了葫水中学老校长的小女儿董敏。据说起初的时候，那董老校长见他玉面粉相，觉得不太靠谱，又不知在哪儿听说了他三年里和四个女老师处过对象的传闻，这下本就算不上好的印象更是一落千丈，便死活不同意。可董敏沉迷于陈林英俊的长相和出众的才气，竟拉着陈林去家门口跪着，一跪就是一整晚，逼得董敏的母亲哭着去责骂董老校长，老先生终究是耐不住，便也妥协了。

陈林在老家办婚礼那天，有一个叫昆堂的傻子也来参加了。昆堂是陈林的小学同学，从小就是个智障，农村的学校不像城里的学校那么完善，聋哑人、残疾人都是和普通同龄人一起上学的。

彼时，金坝村村里的小学，除了教师办公室有一个烧蜂窝煤的破旧炉子外，没有任何取暖的设施。统共就两间教室，一间是低年级的，另一间是高年级的，窗户还都是破了的透风窗，到了冬天简直像待在冰窟里一样冻人。

起初，学校的两个老教师还会让学生下了课到办公室烤火驱寒，后来不知怎么的，隔三差五就丢东西，不是零钱就是教具被偷，这么下去可不行。后来经过两个老师的商量，决定让学生们自己从家里带暖炉。所谓暖炉，其实就是一个用泥巴做成的桶状土炉子，每个学生早晨来上学时，让家长往里面放入两块烧得红亮的煤，提到教室里放在自己脚边，这么一来，整间教室都温暖了不少。学生没那么受苦，老师也没那么为难了，这项传统也就一直这么延续下去了。

有一年冬天，大家照常从家里提了煤炉来，那天因为下雨，泥路湿滑，陈林在路上摔了一跤，算算时间，他到学校时第一节课已经上了大半。他忐忑地走到教室门口，却发现桌椅板凳都被移到了两边，所有人都围在教室中间叽叽喳喳地，吵闹声中还伴着一道突出的惨叫。陈林快速瞅了一圈，不只有他们班的同学，高年级的学生也都围在那里。陈林走进教室，往前攒了攒，这一眼，给他吓出了心理阴影——只见地上趴着个人，裤子被扒到了脚踝，从臀部到大腿根外侧的皮肤，全部被烫得血肉模糊，像块烂掉的猪肉。那人发出杀猪一般凄厉的叫声，几个力气大的高年级男生帮忙摁住他乱动的四肢。陈林再仔细一看，这人不是傻子昆堂还是谁？教数学兼体育的老教师蹲在昆堂旁边，自顾往嘴里塞进一大把不知从哪里弄来的草叶，使劲嚼碎后，吐在昆堂被烧伤的皮肤上，再用手给抹匀。昆堂依然死命地哭喊、嚎叫着。另一个教语文兼音乐的老教师，手里拿着粗长的竹条，一边关心着昆堂的状况，一边狠狠地抽打着被罚站的几个男生。

那天因为这件事提早放学了。回家的路上，同班的一个女生悄悄告诉陈林：昆堂来学校时尿裤子了，那几个被打的男生一边嘲笑着他，一边怂恿他坐在火炉上烤，本来只是开玩笑，谁知昆堂真信了，一屁股就坐在了自己没有封顶的火炉上，直接给那块肉烫烂了……

女同学临走前还对他比了比噤声的手势，让他保密，老师说不能在村里传这件事。陈林整个人都愣住了，他一想到刚才看到的场景就止不住地想吐，一阵干呕后，全身都开始打起寒战，却并不是因为天气冷……

可这件事情还是传开了，最后是怎么处理的陈林并不清楚，只是听奶奶说，昆堂的老妈在学校门口又是哭又是喊的，说什么昆堂虽然痴傻，但是人长得还算端正，个子也高，原本想着自己这个寡母平常辛苦点，省吃俭用攒上一笔丰厚的彩礼钱，高低也能给他说一门亲事，找个能照看他后半辈子的人，这下好了，他的人生算是完了。

后来昆堂再也没有来上过学，但是拜了那个教语文和音乐的老教师为师父，跟着老教师学二胡。听说两位老教师向昆堂的母亲承诺，会一直照看他，就算日后两人身故了，也会嘱托子女把昆堂当兄弟一样照顾。

没过多久，昆堂的母亲去镇上吃席，在回家的路上，由于多喝了两口酒，一头栽倒在了水田里，等天亮被发现的时候，人都泡胀了。再后来，两位老教师也都相继离世，他们的子女都在县城工作，谁还会记得那个痴痴傻傻、身上的烧伤时常流脓发臭的昆堂呢？

于是，昆堂开始挨家挨户地去拉二胡，以此讨口吃食，能活一天是一天……

陈林敬完酒出来透气，看到昆堂拿着一把破旧的二胡站在墙角呆呆地看他。陈林朝他笑了笑，问他吃饭没。

昆堂愣了愣，随即张口笑了，口水流出来挂在下巴上。他认得眼前这个人，这是当时唯一一个不会对他打骂、嘲弄的人，他虽然傻，但是总能记得一些令他开心的事。

昆堂终于笑了，记不清有多少年了，几乎没人见他笑过。这个傻子平常去人家家里讨吃的，也是只板着一张脸痴痴地拉二胡。

这些年来，由于几乎没人跟他说话，他已经丧失了基本的语言能力，他只盯着陈林一个劲地笑。陈林从西装的口袋里掏出一个红包，这是刚才有个客人来不及登礼而当面给他的。陈林把红包递给昆堂，昆堂摇了摇头，陈林上前把红包塞进他的裤兜里，又让负责烧菜的人用塑料袋给他装了饭菜，够他吃上一整天了。

自那之后，昆堂没有再在村里挨家挨户地拉二胡讨饭了，而是到了乡里，在赶集的大街上摆了个破碗，在那里拉二胡。陈林每次去镇里采买学校物资的时候，都会路过那条大街，每次昆堂见了他就傻傻地朝他笑，陈林也笑，然后总会在他碗里放上一些零钱。

又过了两年，陈林在董老校长的保荐下入了县教育局工作，在城里贷款买了商品房和一辆二手的轿车，一家子都上了城市户口。这下，他当上了官，也真成了城市人，但他却并不如想象中那般开心。因为自他到县里工作以后，认识了更多人，其中就有不少家财万贯的大老板。那些大老板手上戴着能抵他两个月工资的名牌手表，随便一顿应酬就够他全家吃上半个月的，他那东凑西凑买到的二手轿车和人家的名车一比，瞬间就成了废料站的破铜烂铁。

陈林迷茫了，原来吃肉并不足以让他满足，他要戴名表、开名车！他不想只做一个普通的城市人，普通人是不配戴名表、开名车的。

那天晚上他做了一个梦，梦里奶奶坐在太师椅上，语重心长地对他说："好孙孙啊，今天张家的老太婆来看我来了，在我面前好一顿炫耀他那孙子在北京有多成功、多挣钱，还给我看她孙子送她的玉镯子和金项链哩！我的好孙孙喂，你一定要成为人上人呀，好让奶奶也可以给那老太婆还回去……”

第二天上班的路上，他居然在县城的步行街看到昆堂了！

昆堂也看到了他，但是这个傻子看到他好像并不意外，而是依旧像以前一样朝他痴痴地笑，口水流下来挂在下巴上。陈林就快迟到了，可他还是小跑过去往昆堂的碗里放了十块钱，朝他打了个手势，说自己忙着工作先走了。昆特目送着陈林远去的匆忙背影，收住了笑容，看着碗里那张十块钱，他有些纳闷：这个唯一会跟他说话的老同学，怎么这次没有对他笑了？

陈林是个口才了得的人，在县教育局跟着领导不停地应酬了这么些年，在社交场上越发如鱼得水。他结交了大量非富即贵之人，他们私下经常应酬，在酒桌上，那些大老板会跟他说很多道理，还有甚者鼓动他辞去教育局的工作跟着他们投资生意：“小陈啊！我看得出你是一个有实力、有远见的人，但不是我故意给你泼冷水啊，如果你一辈子都在体制内上班，一辈子也就这个样了！饿不死，也发不了大财！”

氤氲的酒气里，陈林接收了太多颠覆他认知的观念。

董敏对他每日只知应酬不着家的状态非常不满，夫妻二人几乎每天都在吵架，那个当初装满了他们爱与期望的小家，总是传来激烈的争吵声。

2017 年，陈林瞒着董敏，将刚还完贷款的房子抵押给了高利贷，贷了五十万，将钱全部投入了一个所谓的“大项目”。每次路过昆堂，他都会大方地往他的盒子里放钱，有时是二三十，有时甚至是百元大钞。昆特仰头看着他，阳光穿过他的发丝透下来，他的笑容似乎饱含着对未来的期冀。似乎翌日太阳东升时，他便已是住豪宅、开豪车的成功人士。

2018 年，陈林等得有些不耐烦了，一边是如雪球般越滚越大的债额，一边是没有激起任何一点水花的投资，一股从脚底蔓延到发丝的寒意侵蚀着他的身心。

2019 年，陈林欠下了两百多万外债，不仅被停了职，房车都拿去贱卖抵了债，妻子带着女儿离开了他。昆堂已经许久没有见到他了，虽然昆堂所在的那条街是他出门的必经路，但他似乎在刻意避开昆堂，每次都是贴着临街的商铺走。好几次昆堂都瞅见有个路过的人身形很像陈林，但在他的认知里，陈林的背影是永远都不可能如此落魄消沉的，他便又板着脸自顾自地拉起了他的二胡。

2020 年中元节，金坝村一座不起眼的小山坳上，坟墓前，满脸胡茬的男人跪坐着，他的眸子被沉沉的灰暗所覆盖，透不出一丝光泽。

依旧是七月天，空气里涌着一股热浪，蝉鸣不绝。陈林从荷包里掏出一根冰棍——准确地说，应该是一包已经化掉的冰棍水，虔诚地摆在碑前，然后转身走了。

金坝村不知又是哪家在办结婚酒，喜庆的唢呐声和炮仗声从村头响到了村尾，这光景，同二十年前的某天一模一样。陈林抬起头看着天，一行泪划过面颊，由炽热到冰凉。不知是太阳刺了眼睛，还是那喧天的锣鼓敲痛了他的心。那只年少骄傲的金凤凰，终究是没能涅槃。

江城子·植绿柳

汉语2103班　韦思琦

花溪城中雨初晴，春风清，万物明。一树年轮，种遍江南岸。何处飞来枝叶柳，人不见，数峰青。

还记相逢陌上花，往来忙，醉人游。柳弄春光，依约黄昏后。欲问何日再逢时，金银山，换绿柔。

船

汉语 2103 班　贺诗洋

我说我想要一只船
扬着漂泊的帆
你说我们去海上
蓝上望见孤零的凉

谁给我一支桨
划过浮华的岸
去岛上
云上涌着赤灼的翻浪
我会有一只船
月将挂上桅杆
迟钝的小船

吹起青笛
起风了
我在云河彼岸

青玉案·夜咏

汉语 2104 班　岳仕炜

冰蟾杳杳凉梅树，断桥处、长遐顾。独步残冬衣袂素。凄声苦调，寒歌冷赋，悒悒行尘路。

斜枝切切依长暮，夙驾星尘叹霜露。梗迹蓬飘将几度？一觞浊酒，满街晨雾，渺渺催南赴。

端午怀君

汉语 2104 班　李仕毅

溪山江畔有清音，五月佳节怀屈君。
碧水青山峰更近，好个山水两面清。